本书受到上海市东方英才计划青年项目（QNJY2024093）的资助

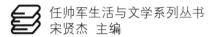

任帅军生活与文学系列丛书
宋贤杰 主编

龙门之跃

任帅军 著

天津出版传媒集团
天津人民出版社

图书在版编目（CIP）数据

龙门之跃 / 任帅军著. -- 天津 ：天津人民出版社，
2025. 3. --（任帅军生活与文学系列丛书 / 宋贤杰主编
）. -- ISBN 978-7-201-21032-2

Ⅰ. I247.5

中国国家版本馆 CIP 数据核字第 2025C0P750 号

龙门之跃
LONGMEN ZHI YUE

出　　版　天津人民出版社
出 版 人　刘锦泉
地　　址　天津市和平区西康路 35 号康岳大厦
邮政编码　300051
邮购电话　（022）23332469
电子信箱　reader@tjrmcbs.com

责任编辑　王佳欢
封面设计　汤　磊

印　　刷　天津新华印务有限公司
经　　销　新华书店
开　　本　710 毫米×1000 毫米　1/16
印　　张　16
插　　页　2
字　　数　180 千字
版次印次　2025 年 3 月第 1 版　2025 年 3 月第 1 次印刷
定　　价　88.00 元

总　序

　　我在2018年春与任帅军相识并开始交流。他是一个非常阳光,特别热爱生活的年轻人。对于上进的年轻人,我总是忍不住想要帮助他们做点儿事情。与帅军深入交往后,我才发现他喜欢写东西,还坚持不懈地写了十几年。我很佩服他,但同时也产生这些文学作品以后若能出版会很有价值的想法。想不到,多年以后,他把我当初的这个想法付诸实践,并热情地邀请我当他这套丛书的主编。我既惊又喜,对他有勇气出版这套丛书表示支持;但我感觉当不了这个主编,还得另请高人才能提升这套丛书的社会影响力。可是终究架不住帅军几番热情相劝,我只能出来"冒个泡"了。

　　呈现在读者面前的任帅军生活与文学系列丛书:《大学哲思》《守望人生》《见证亲情》《复旦心语》《诗性智慧》《龙门之跃》,集结了帅军老师从求学到工作期间对大学教育的若干思考,体现出他自强不息的人生奋斗历程。自觉构建全员全程全方位的育人大格局,离不开高校通识教育与校园文明建设的互动。本丛书围绕实现大学生成长成才的育人目标,从不同主题和文学体裁入手,思考高校通识教育的现实落脚点,呈现帅军对落实高校立德树人根本任务的一些想法和做法。

《大学哲思》是一部以"大学"为关键词,从若干大学故事的讲述中引发哲理思考的作品集。它有鲜明的创造特点和主题思想,集中体现在两个方面:第一,从学生到教师,作者对大学进行双重视角的审视。从学生视角看大学,大学被披上了一层温情的面纱。被誉为象牙塔的大学,为千万学子提供了求知和深造的机会,成为他们一生中最独特,也最难以忘怀的一段经历。随着审视的角度由学生到教师的转换,对大学的认识不经意间就发生了变化。由感性的情感表达,到理性的哲理思考,对大学内涵的探究也随之变得丰富宽广,学生情结也随之变成人文情怀,把大学作为一种追问人的存在的生活方式的认识就得以确立。第二,从北方到南方,作者对大学进行地域变动的审视。地域对一个人的影响是潜移默化的。北方大学的粗犷、直率,与南方大学的细腻、含蓄,自然是不一样的。南北差异反映到一个人的求学历程中,必然会在这个人的成长过程中留下深深的印痕。从对"学而优则仕"的追求,到对"自省、修身、审美人生"的认识,对大学的认知就经历了从外在到内在、从学习书本知识到认识自身的转变,从而达到了陶冶人、熏陶人的效果。对大学的认知不同,取得的收获就不同,《大学哲思》可以给人带来对大学不一样的认知和思考。

《守望人生》从对人生的思考切入,通过记录和反思,形成了守望人生的作品集。它的核心思想是,引导人通过认识自己展开和实现人生价值。首先,人是通过人生经历来认识自己的,这是人生在世的智慧。人生对于任何人来说都是独一无二的,但未必每个人都能够意识到人生的重要性。自省使人时刻保持清醒,在修身养性中人才能获得成熟的状态,在自我塑造中才能创造出人生的审美境界。人的一生会遇到各种问题和挑战，只有对人生保持一种清醒的认识，才会有意识地作出选择，通过所选择的行为塑造人生。其次，对人生的探寻需要与对爱的思考相结合。很多哲学和宗教观点都认为，人是通过爱活在这个世界上的，也是通过爱面对生活于其中的这个世界的。对人生进行发问，其实在很大程度上是对人生是否值得爱与被爱进行发问。在很多人看来，爱是人生最重要、最根本的问题。守望人生，就是在守望人生中的爱。爱与被爱，让人感到愉悦、满足和幸福，感到人生有目标、有意义，感到实现了人生价值。在爱中获得成长、在爱中活出人生，都是为了让人在这个世界上更好地活着。然而对人生的理解不同，人生的展开过程就不同，对人生的审美也随之不同。这就需要获得人生在世的智慧。守望人生中的智慧，是本作品集的一大特色。它告诉人们，人生既漫长又短暂，需要欣赏且珍惜。

《见证亲情》饱含了作者对亲情的思考，把人性中最动人的一面呈现出来，可以将之视为描写千万中国人生活百态的作品集。它想要表达两个主题：一是书写创伤，二是书写苦难。一方面，化创伤为前行的动力。在中国，男人在家庭里面大多是顶梁柱。男人的早逝意味着一个家庭的崩溃。遭遇变故的人，最能体会其中的伤痛。把受到的伤害体验写出来，把普通人受创的反应表达出来，不是为了往伤口上撒盐，而是为了揭开伤口的千疮百孔，让人能够直面挫败，正视人性。这是对生命、死亡的直视。创伤会对生活造成压抑，会使心理产生焦虑，对普通人来说，会造成身心方面的沉重打击。这就需要对创伤进行思考，使人有能力走出阴影。以创伤为创作主题，体现了对个体生命的悲悯和慈爱。另一方面，在苦难中见真情。对苦难的肯定和描写，不是为了博取同情，更不是惧怕苦难，而是展示身处苦难中的人，如何守护人性中的良善,如何克服生活中的困难,如何改变无法撼动的现实。正视苦难,是将同情与悲悯的目光转向芸芸众生,从他们身上审视生命的脆弱、灵魂的无助,正视和反思自己身上的不足,进而改变自己,成为一个真正大写的人。

"复旦"二字,取自《尚书大传·虞夏传》里的名句"日月光华,旦复旦兮"。这句话的大意是,日月的光辉,日复一日,敦促莘莘学子追求光明、自立勤奋、自力更生、自强不息。《复旦心语》这本作品集以复旦大学师生为关注对象,讲述他们在求知中追寻意义的一些故事。对于个体而言,每个人都在探索自己生命的意义,体会生命的价值。要想在求知中学有所成,就必须去追求,使自己每一天都有一些心灵的启示与智慧的增长,每一天都对这个世界有一些回馈和奉献。《礼记·大学》里的"苟日新,日日新,又日新"就是这个意思。记录在复旦大学求学的历程,不是将它作为可以炫耀的"资本",也不是将它作为人生的"装饰品",更不是将它作为求职的"敲门砖",而是将它作为悟生活之道的"精神场域"、求一技之长的"育人园地"、立人生志向的"心灵港湾"。这就是复旦大学对一个人的影响。它使人认识到,人就是应该具备一种敢于拼搏,不怕苦、不怕累、不怕付出的大无畏精神;具备一种追求真知、敢为人先的勇气;还要具有一种勇往直前、愈挫愈勇、百折不挠的信心。因此,可以将《复旦心语》看作记录作者在求知过程中表达一种精神上的熏陶、一种与真理为友的作品集。

诗歌从来就是能登大雅之堂的文学形式。首先,诗歌里的"雅"具有多重意境。首先,"雅"是志向的一种表达。诗歌的语言既是抽象的,用较为抽象的语言表达作者对大千世界的看法;又是具象的,生动形象地表达作者的丰富情感,让人一读就马上心领神会。《诗性智慧》用春·生、夏·长、秋·收、冬·藏、你·我·他、诗意生活来言志、来抒情,鲜明地展示出诗歌的这一特性。其次,"雅"是对光明的向往和对理想世界的追求。在普通人眼里,春夏秋冬只是四季的交替轮换。可是在这本作品集里,春夏秋冬被寄寓了不同的情感——春夏秋冬不是要表达作者对季节的适应,也不是要表达作者对季节的留恋,更不是要表达作者对季节的拥抱,而是要表达作者对季节的反思、对季节的冲破、对季节的塑造。就像英国浪漫主义诗人雪莱歌颂云雀,不是歌颂留恋家园的云雀,而是歌颂蔑视地面、云游苍穹的云雀。不管是云雀,还是春夏秋冬,都不纯然是自然界的事物,而是作者自我的一种理想表达或理想的自我形象,表达了作者对光明的向往和对理想世界的追求。最后,"雅"是对人间疾苦的观照。雅不是俗的对立面,是对俗的认知和超越。所谓"大雅即大俗",就是大众普遍接受了雅。本作品集对现实生活的关注,你·我·他和诗意生活从日常生活的真情实感中生发出诗意和爱,无不饱含了作者对现实的人的深情关怀和对人性真善美的不渝追求。因此,《诗性智慧》值得大家一读。

　　小说是文学写作中较难把握的一种体裁,它要求在创作上有清晰的主旨思想,在艺术表现手法上有独特的叙事模式,在语言特色上有鲜明的行文风格,在人物形象塑造上有代表性,等等。以《龙门之跃》命名的作品集中包含长篇小说《龙门之跃》和中篇小说《媳妇飞了》,力图呈现小说的基本要素。这两部小说都以改革开放以来农村社会的变迁为主题,揭示广大农村社会融入现代化的历史进程中所呈现的种种问题,以此引起社会的关注和人们的反思。在叙事模式上,这两部小说均采用"迷茫—引导—改变—受挫—感悟—成长"的叙事逻辑结构,把农村人的性格特征呈现出来。人物形象在极为复杂的特质中,呈现出立体饱满的感觉。故事中人物的命运并非都是线性的发展。虽然他们承受了诸多苦难,但能从他们身上感受到浑厚的生命力。小说的基调总体而言是昂扬向上的,体现了人文主义的情感关怀。这种对人的直视,并不刻意回避人性中的弱点和生活中的丑陋。对现实的不满反过来更加促使人反思自己的不足,达到对所谓命运的超越。由于作者独特的人生经历,无论是《龙门之跃》还是《媳妇飞了》,都离不开对命运抗争的描写和对生命意义的追问。正如希腊德尔菲神庙大门上镌刻的阿波罗神谕:"人啊,你不是神。认识你自己!"认识自己,可以从阅读这部作品的两个故事开始。

以上感悟,是我阅读任帅军老师的作品后的一些不太成熟的看法,还请各位专家同行批评指正。

上海大学为任帅军老师提供了新平台。来到这里,站在人生的新起点,我相信他会把握住当下,通过创造人生的新气象来获得人生的全新意义,并在享受当下的过程中感同身受地体验作为学者的生命意义。作为他人生路上的重要家人,我为本丛书的出版感到高兴,也希望他能获得更好的人生。

是为序。

宋贤杰

复旦大学

2025 年春

前　言

　　呈现在读者面前的丛书包括:《大学哲思》《守望人生》《见证亲情》《复旦心语》《诗性智慧》《龙门之跃》,是我从2007年开始写作,断断续续,一直持续到2024年春节,整理出来的六部书稿。

　　这么多年来,在用文字记录生活方面,我虽然一直坚持着,但是从未奢望将它们公开出版。本丛书主编宋贤杰教授在几年前提出了让我出书的建议,这令我备受启发。当我萌生这个想法后,时光流逝,出书的执念不仅没有跟着消逝,而且越来越强烈了。既然要鼓起勇气做这件事,索性就认真对待,把这些年的文字好好整理一下,争取早日与大家见面。我执意邀请宋教授作为这套丛书的主编,这也是对他热心提携我这个后辈的一点儿微不足道的回报。

　　要问我为什么会有写随笔的习惯,还得从我的求学经历开始说起。2007年的秋天,我来到上海大学攻读法学理论专业的硕士研究生。上海的生活打开了我的眼界,促使我不断地反思自己,反思我的家庭和以前的生活环境。于是,我将自己在求学阶段的所思所想记录了下来。我当时没有想到,这种随手记录的习惯,竟然持续了这么长的时间。

一开始,我只是对文学抱有好感,用文字来慰藉我脆弱的心灵,逐渐发展到这种"文字涂鸦"成为我的一种重要的生活方式,再到我用文字交了很多知心朋友,这些文字也成为我的心灵朋友,直到最后,我萌生了一个想法——想要给它们找一个理想的归宿。经过这么多年的积累,已经形成百万字的书稿。我把它们按照体裁和主题分门别类,共形成了六部作品。

散文形式的《大学哲思》,记录了我从2007年以来,在上海大学、杭州师范大学、复旦大学等地求学或工作期间,在高校学习和生活的所感所悟。这本书按照不同主题分为九个部分。"大学生活"记录了我对大学生活的认知和反思;"大学亲证"写出了我的求学感悟,以及我在求学的过程中形成的学生情结;"大学留痕"记录了我求学时的生活方式和生活习惯;"大学友人"里面的好友都不是千篇一律的人,都有各自鲜明的性格特征;"身边伟人"讲述了钱伟长如何走入我的生活世界,以及对我的影响;"上大岁月"讲述了我在硕士和博士阶段求学时,对上海大学的感情;"读书生活"里面的心得体会,记录了求学阶段对我产生很大影响的各类名著;"影中世界"里面的故事,陪伴了我孤独的求学旅程;"音随我动"里面的歌曲,陶冶了我的性情。凡有所学,皆成性格。我的性格养成的秘密,就隐藏在这些文字当中。

散文形式的《守望人生》,记录了我在高校求学期间展开和实现人生价值的若干思考。这本书按照不同主题分为十个部分。"志愿人生"讲述了我从本科开始一直到现在,从事志愿活动的切身感受;"为心而生"通过关注心灵与人生的关系,探讨一个人如何才能使人生获得力量的问题;"反思人生"告诉我们,人生之路充满坎坷,只有学会反思,才能真正获得人生的意义;

"人生冷暖"通过呈现人生中的酸甜苦辣咸,让每个人都能回首自己的人生;"人生价值"直面"人生在世"的核心问题;"人生故事"通过记录好友的人生片段,把我生命中的点滴温暖留存在故事里面;"人生哲理"就是要破解如何才能使人生、生命有滋有味的问题;"十二生肖中的人生"记录了我人生中的一个完整的十二年;"人与社会"把人放到社会中,又通过讨论一些社会问题来探寻人应当展现出来的一种追求姿态;"人在旅途"记录了我为数不多的旅游感受。人生需要守望,守望的本质是回答人如何才能更好地活着的问题。守望人生的智慧,就隐藏在这些文字当中。

散文形式的《见证亲情》,记录了我如何通过求学、拼搏和经营,一步一步地改变自己和家人的命运。这本书按照不同主题分为九个部分。"父亲"讲述了我父亲短暂的一生,他虽英年早逝,却给我们留下了宝贵的精神财富;"母亲"讲述了我的母亲承受了常人难以忍受的苦难,在极为困难的情况下为三个儿子成家立业努力拼搏的故事;"大弟"讲述了任帅勇在外打拼的故事;"小弟"讲述了任帅超略带传奇色彩的成长故事;"身边的亲情"是对老家亲情的一种记录和留念;"我的素描"讲述了独一无二的、特立独行的我的故事;"故里亲情"写的都是发生在老家的事情,是对往昔的追忆,也是对时代变迁的一种记录;"我的家乡"里有对家乡特色的描写,也在这种讲述中思考家乡的发展;"津津"记录了我儿子任薪泽的出生,带给我与妻子和家人的快乐和幸福。世间情感有千万,唯有亲情永相伴。我的成长离不开亲情的浇灌。亲情对我的影响,就隐藏在这些文字当中。

杂文形式的《复旦心语》,记录了我从2015年5月以来在复旦大学做博士后期间,这所学校对我的学术成长和生活感悟的影响。这本书按照不同主题分为六个部分:"新征程"开启求学路上的新篇章,"新努力"记录自强不息的奋斗点滴,"新体验"讲述了全新的精神感悟,"新伙伴"把与学生的交往娓娓道来,"新变化"记录了从求学到工作、从邯郸路校区到江湾校区的变化过程,"新憧憬"道出了对未来的美好愿景。从作为第三人称的"旦旦",讲述自己在做博士后期间的求学经历,以及从其中感受到的苦与乐;到作为第一人称的"我",把自己当作复旦大学的一分子,与这所学校产生了一种同频共振。叙事视角的转换,既展现出他者眼中的复旦大学,又表达了复旦人眼中的复旦大学。在多重视角的审视中,通过一所学校反映出高等学府的莘莘学子对求学的认知。复旦大学对我的影响,就隐藏在这些文字当中。

诗歌形式的《诗性智慧》,记录了我从大学教师和学生的视角,运用诗歌形式对社会现象进行的一些思考。本书分为六个部分:"春·生"寓意梦想的开始,取意春天是希望的季节;"夏·长"隐喻生命中的困惑,正如夏天的热让人焦躁不安;"秋·收"象征着人生的收获,像秋天那样寄语人生;"冬·藏"表达了生活中蛰伏的状态,就算是冬天的寒冷也要把它熬过去;"你·我·他"是在我、妻子、儿子的互动中生发出来的含情脉脉,家的温暖尽显其中;"诗意生活"是我在妻子孕期创作诗歌的情感记录,记录了我当时写诗的情绪和心境,可以从中一探我创作诗歌的真实情境。不管是运用五言绝句、七言律诗,还是现代体裁的诗歌,都是为了实现"诗以言志"的目的。诗歌是对人生志向的一种较为凝练的表达形式。"诗者志之所之也。在心为志,发言为诗。"(《毛诗·大序》)我的人生志向,就隐藏在这些文字当中。

长篇小说形式的《龙门之跃》,以王心恒求学生涯中的若干重要节点为故事情节展开的线索,实际上讲述了我的成长历程。因此,这部小说本质上是一部自传体小说。中篇小说形式的《媳妇飞了》,讲述了阿淳的父母为他讨老婆的故事,反映了农村地区的一些大龄男青年择偶难、结婚难的现象。

小说主要是通过故事情节和人物命运的描写反映社会生活,引发人们对社会问题的关注。之所以写这两部小说,是因为社会阶层流动问题、农村大龄剩男问题等长期占据了我的生活,是我在与这个社会相结合的过程中始终绕不开的话题。那么我是如何克服这些困难的,我自己与社会相结合的方式又是什么,答案就隐藏在这些文字当中。

我写出来的这六部作品,都有着特定时间和空间的"在场",即它们是在它们碰巧产生的地方的唯一存在形式,假如换一个时空,它们就不会存在了。这些作品的这种"唯一存在",决定了它们有在其存在的特定时空内自始至终所从属的历史。这个历史就是我在校园里的成长史。

虽然这些文字是在我的脑海里形成的,是我让它们成为文学作品,使它们借由各种机缘而获得生命。但是当它们形成以后,就具有了不一样的生命。更为准确地说,是和我一样的独立,而且是独特的生命。当它们散落在不同的读者之间、不同的文化之间,它们的生命就一次又一次地展示了出来,这就是这些作品的无数次生成的形式。我期待着这些作品,以及形成它们的机缘,能够在其他时空,能够在其他人身上,以另一种形式得到实现。

目录 CONTENTS

✳长篇小说：龙门之跃

第一部：鱼跃龙门 ·· 3

第一回　龙门 ·· 3

第二回　凤凰 ··· 10

第三回　大学 ··· 28

第四回　青春 ··· 47

第二部：绽放梦想 ······································· 54

第一回　海申 ··· 54

第二回　思想 ··· 62

第三回　文学 …………………………………………… 69

第四回　官司 …………………………………………… 79

第三部：逆流而上 ……………………………………… 88

第一回　钱杭 …………………………………………… 88

第二回　寻爱 …………………………………………… 96

第三回　勇进 …………………………………………… 106

第四回　转机 …………………………………………… 115

第四部：别有洞天 ……………………………………… 124

第一回　面壁 …………………………………………… 124

第二回　受挫 …………………………………………… 132

第三回　涅槃 …………………………………………… 140

第四回　导师 …………………………………………… 149

第五部：自强不息 ……………………………………… 158

第一回　"神秘" ………………………………………… 158

第二回　告慰 …………………………………………… 167

第三回　转变 …………………………………………… 175

第四回　真爱 …………………………………………… 183

✱ 中篇小说：媳妇飞了

一、房子 ·· 197

二、见面礼 ·· 202

三、剩男 ·· 208

四、高利贷 ·· 215

五、彩礼 ·· 222

六、纠纷 ·· 228

后　记 ··· 233

长篇小说：龙门之跃

第一部：鱼跃龙门

第一回　龙门

1

多年之后，王心恒这批从农村走出去的人，回想起当年伴随自己成长的点点滴滴，那些乡间趣事让他们依然念念不忘养育他们的家乡。

王心恒出生在被华夏儿女誉为"母亲河"的黄河边上。黄河经过九曲十八弯，到了河东省津和市，一个甩尾，浩浩荡荡奔腾而去。这里素有"古耿龙门"之称，因为这里是童话的起点。

这天，儿时的王心恒和几个玩伴跑到黄河边上玩耍。他们脱光了衣服，跳到水里尽情地嬉戏耍闹。和心恒在一起玩的杨诚学，使劲地把河里的流水往他身上泼，在他身边溅起层层浪花。心恒心一急，脚没站稳，扑通一声，整个人就栽进了河里。这副狼狈样，搞得其他人都哈哈大笑。

有几个还打趣地说:"心恒被喂鱼喽。"

满脸涨红的心恒立马站起来,狠狠地把水泼到这些人身上。他们慌乱之中,赶紧躲闪。

一场又一场的水仗接连不断。

水仗打得累了,他们就坐在河边谈天说地。

在这几个人中,诚学是看书最多的孩子。他给大家讲了这里最古老的童话故事——一个关于鲤鱼跃龙门的传说。

他说,我们津和古称津县,自古人才辈出。这里是黄河的渡口,在黄河水流最为湍急的上游立有一座龙门。每年春潮最盛时候,水里的鱼儿都争先恐后游向龙门。凡是不畏艰难险阻,游过龙门的鱼儿都会化身成龙,飞往仙境。

一条小鲤鱼从小就听说过这个传说。它渴望跃过龙门,化身成龙。

一天,它召集身边的伙伴,对它们说:"你们都听说过鲤鱼跃龙门的故事吧。大家想不想跃过龙门,化身成龙,飞往仙境?"

"想啊!想啊!"

"那我们一起去龙门吧!"

伙伴们纷纷响应:"好啊!好啊!"

一条鲤鱼惊恐地说:"那我们岂不是要离开家乡了!"

"如果我们能够跃过龙门,化身成龙,家乡的鱼儿会以我们为傲,为我们感到自豪的。有什么可害怕的!"

听到这个回话,鲤鱼们都纷纷往上游游去。

第一次离开出生的地方,鱼儿们都怀着激动好奇的心情。它们一路嬉戏玩闹,躲在水草丛里玩捉迷藏。有时,它们会跃出水面翻腾跳跃,或者在水面打水仗。一天天就这么过去了。

河水在不知不觉中变得越来越急。

开始有鱼掉队了。掉队的鲤鱼游得筋疲力尽,被湍急的水流裹挟着不停翻滚。其他鲤鱼返回来鼓励这条小鱼。小鱼奋力地往前游,它们在后面推着这条小鱼。碰到特别急的水流,它们就躲到岩石后面。急流汹涌,一浪高过一浪,拍打到岩石上面发出了震天怒吼。水里到处可以见到被折断的枝条嫩叶。鲤鱼们从来没有见过这么急的水流,一个个都迫不及待地寻找藏身之处。

水势没有和缓的迹象。

愤怒的水流把鲤鱼们冲得七零八落。它们只能在怒吼的水流中奋力呼救。

突然,一条小鲤鱼用尽全力逆流而上。

顷刻间,它消失在急流中。其他鱼儿不知道发生了什么事情。片刻之后,又有一条小鲤鱼奋力摆动鱼鳍和鱼尾,冲进了急流。其他鱼儿见此情景,纷纷聚在一起,跟着这条小鲤鱼迎向急流……

阳光一泻千里,照耀在清澈的河水里,带来阵阵暖意。这群鲤鱼懒洋洋地躺在河水里一动不动,静静地享受着此刻的祥和。那条最先冲出急流的鲤鱼随意地游着,一会儿游到这条鲤鱼旁边,一会儿游到那条鲤鱼旁边。鱼儿们似乎都恢复了体力,又开始活蹦乱跳地嬉戏打闹。它们比以前玩耍得更加热闹了。

玩耍中,一条鲤鱼惊讶地发现,它们不知道从何时起都变大了,鱼鳍也比以前长得更加结实了。这条鲤鱼看着自己在水里的身影,它像其他鲤鱼一样,长得又粗又大。它们都在欢呼:

"终于长大了!"

"我不再是小鲤鱼了!"

鲤鱼们又开始了新的征程。它们不知道在前进的道路上,还会遇到什么样的艰难险阻,但是它们一点儿都不害怕。它们对未来充满了信心。打头的鲤鱼游得越来越快,它正陶醉在自由自在的畅游中。其他鱼儿也都奋力追赶。它见伙伴们都跟了上来,越发加快了脚步。这一场面恰似水中的百舸争流,互不相让,勇争先锋。

它们游到了一处从未到过的地方。

这个地方的水流似乎是从天上落下来的,只见水流像凶猛的瀑布,无情地吞没一切阻碍它们前进的障碍。在水流的上方,一片片雾气不消片刻就蒸发了,只留下一弯巨大的彩虹挂在那里。大家隐隐约约可以看见,一扇巨门立在那里。

"我们到达龙门了!"

"我们到达龙门了!"

……

鲤鱼们异常兴奋地欢呼雀跃。带领大家来到这里的那条鲤鱼,奋不顾身地迎向急流。它一次次被水流推下去,又迎上了倾泻而下的水流,又被水流打了下去。它已经筋疲力尽了。其他鱼儿见此情景,都在原地打转,踌躇不前。

这条勇敢的鲤鱼又一次吹响了进攻的号角。这一次,其他鲤鱼都跟在它的后边紧紧相随。

异常凶猛的恶浪冲向了这群鲤鱼,打头的鲤鱼被身后的鲤鱼用鱼鳍一甩,就跃过了恶浪的扑打。随后,朝着激流而上,这条鲤鱼用尽全力冲向翻起的浪花,跃过了龙门。它瞬间化为神龙,盘旋在龙门之上,呼唤着自己的伙伴们。

恶浪还是异常凶猛。大部分鲤鱼都被激流甩向了无底的深渊。只有无所畏惧的几条鲤鱼,拼命在激流中勇往直前。它们互帮互助用鱼鳍把同伴推向激流的最高点。伴随阵阵晶莹剔透的浪花,天空中顿时呈现群龙遨游的场面。

它们飞跃龙门,飞往仙境。

诚学的故事讲完了,大伙儿都还没有回过神来。

心恒对这个故事意犹未尽,他问诚学:"既然鲤鱼能够飞跃龙门,那么我们是不是也可以得道成仙?"

众人忍不住,哄堂大笑起来。心恒也嘿嘿憨笑。

一个玩伴马上就说:"心恒想当神仙想疯了!"

众人又是一阵哈哈大笑。

2

晚上,回到家里,他把小伙伴白天讲的故事告诉了父母。

心恒的父亲王吉梦对他说:"古耿龙门,英才辈出。为什么鲤鱼跃龙门的故事会发生在我们这个地方?你有没有想过?"

他被父亲问住了,半天都支吾不出一个字。

王吉梦接着说,"古人历来崇尚文武双全。你以后会学一篇课文,叫作《滕王阁序》。这篇文章的作者王勃就是我们津和龙门村人。他是初唐四杰之首,才华横溢。他写文章时文思泉涌,经常引经据典,字里行间流露出了磅礴气势,而又好似信手拈来。真乃神人。"

心恒不明白父亲为什么给他讲这个,王勃和鲤鱼跃龙门又有什么关系? 但他没继续追问下去。

父亲好像看出了心恒的心思,但是没有点破,继续说了下去。

"你知道三国时期从我们这里走出去的关羽吗? 关老爷为什么被后人封为圣人吗?"

心恒心想:关云长讲义气呗。

见心恒不语,急切地想听他讲下去,父亲的声音略大了一些。"关老爷义薄云天。曹操给他荣华富贵,他嗤之以鼻,过五关斩六将,报效刘备。后曹操被擒,关老爷置军令状于不顾,放走曹操。"

停了停,父亲又看看他说:"我们国家的人崇尚忠义之道。为国尽忠,为民立义,为家尽孝,是每个国人义不容辞的责任。我们范村高中的古门立有一副对联,'三人三姓三结义,一文一武一圣人。'就是讲述他们的故事。"

这时,心恒的母亲柴可祥笑着对他们父子说,"该吃晚饭了! 你们还是边吃边说吧。"

昏黄的烛灯映衬着宁静的夜晚。心恒嚼着可口的醋熘土豆丝,问父亲鲤鱼跃龙门的故事是否真的存在。父亲微笑不语,母亲的眼角在烛光的映照下泛起了一圈红晕。

她对心恒说,"可能真的有鲤鱼跃龙门的故事。不管这个故事是真是假,我可以给你讲讲你出生时候的一些事情。当时发生的情况,可能会对你有所启发。"

心恒已经迫不及待了。他连最爱吃的醋熘土豆丝也忘记夹了。他从未听母亲讲过他出生时候的故事。

父亲这时就对心恒说:"我先给你讲讲诸葛亮的故事吧。你和他出生时候的情形蛮相似的。"

听父亲这么一说,他更加感兴趣了,顺势就把椅子往父亲身边挪了挪。

"老一辈都说,诸葛亮出生的时候,天上风呼雨啸、雷鸣电闪。午夜子时,天上划落一颗硕大的流星,接着就传来响亮的婴儿哭声。诸葛亮出生了。他自小就聪明过人,被誉为神童。刘备三顾茅庐,感动了诸葛亮。他提出三分天下,进而一统中原的构想。为了实现这一梦想,他帮助刘备建立蜀国。白帝原刘备托孤,他辅佐幼主刘禅,六次出征伐魏,可谓殚精竭虑,至死不渝。最后,他病死五丈原,还心系蜀国。"

等父亲讲完,心恒朝着母亲看了看。母亲马上就明白了,她定了定神。"你出生的时候,恰好也是午夜子时,当时挂钟正好敲打了十二下。那天夜晚,狂风乱作,打雷下雨。紧接着,你就出生了。人们都说,你落地的那一刻是个好时辰。你出生以后,人也听话,吃饱就睡,从来不累人。附近的邻居从家里出来,到地里干农活时,都喜欢抱抱你。他们都说,'你长得白白胖胖,两个眼睛大大的,两个酒窝也很大,标致得讨人喜欢!'"

心恒听着,感觉心里美滋滋的。他憧憬着未来,心想:说不定以后我也会像鲤鱼一样跃过龙门,改变自己的命运……

第二回　凤凰

1

范村镇是远近知名的重要村镇,历来为兵家必争之地。

相传,一只凤凰从远处飞来。它飞过这片土地,见此地风光如此秀美,就在这里停留,休息片刻。凤凰飞走之后,人们认为,此地是一块风水宝地,就在这里安家落户了。逢每月初一、初六、十一、十六、二十一和二十六,这里就人头攒动。人们从四面八方聚到这里,购买生活用品,这里就逐渐成为晋南的交通要道和经商古镇。一千多年的赶集历史,已经深深烙进了人们的日常生活,成为人们习以为常的生活方式。

当你赶集的时候,可以留意一下这里的地形。范村镇的地形酷似一只正欲振翅高飞的凤凰。凤凰的头部是镇里文化教育和行政中心。这里坐落着范村镇的高中、初中和小学。附近的学生都到这里求学。可以说在这块地方,许多人度过了自己美好的童年时光。

范村镇的镇政府紧邻高中,村委会紧邻初中。你会看到,学校和政府环绕一个中心而建,明朝的游艺亭屹立中央。这座古建筑是木质结构,经过岁月的剥蚀,尽显沧桑。如果你用心看的话,就会发现,游艺亭上面雕刻着上古以来的神话传说。这些浮雕栩栩如生,似乎向游客暗示着许多不为人知的生命奥秘。

走出游艺亭,来到古镇赶集的核心地域——赶集十字街。这条以南北走向为主的街道是凤凰的脊梁。站在这里,可以看见成千上万的人群,在熙熙攘攘的街道上面讨价还价。沿着街道往南走,凤凰的两翼都是住宅区,凤凰的尾部是一片田地。这里的庄稼一年两熟,一般是秋季种小麦,来年夏季种玉米或各类谷物。

心恒和诚学就出生在这个美丽的地方。

他们从小学开始就是同学。

心恒从小就多愁善感。在一起玩的时候,同学们经常在太阳底下拿放大镜聚焦地上的蚂蚁。心恒认为这种玩法非常残忍,从来不和大家玩这种游戏。他爱幻想,经常一个人发呆,想一些不切实际的事情。他会一个人跑到学校的某个角落里,盯着一朵小黄花就能看上半天。

他的好友诚学,有着不一样的性格。他天性活泼,经常混在同学堆里玩各种游戏。诚学会把刚学会的新游戏教给心恒,心恒则把刚发现的新天地告诉诚学。每逢寒暑假,心恒就会想出一个好玩的去处,诚学就会告诉大家。一群小伙伴在他们的带领下能整整疯玩一天。晚上回到家里,父母们会板着脸,问他们今天去哪里了。小伙伴们一五一十地告诉父母,自然免不了又是一顿臭骂。

童年就是这样的无忧无虑……

2

有一天在学校里面,心恒突发奇想,想听听高年级学生的课程,想看看他们都在学些什么知识。他叫上诚学,来到五年级的教室外面。透过玻璃窗,他们看见一位女老师正在讲数学。他们趴在窗台上,看了好一会儿,还是看不明白老师在黑板上面画的几何图形讲的是什么知识。他们只好走开,坐在学校的大树下,心恒就问诚学:"你将来要不要好好读书?"

诚学看着心恒说:"我们肯定要好好读书的! 书里有很多有意思的故事。"

"村里有很多人从小就不上学。他们都在做各种各样的事情。我们读完书,将来干什么?"心恒问道。

诚学看着前方,过了好一会儿才张开了嘴巴。"听我爸妈讲,他们小时候都很穷。穷人家的孩子上不起学,他们都很羡慕有学可上的孩子。于是,他们就偷偷地跟着别的孩子一起学习。就是因为他们当时用功读书,才找到了现在的这份工作。所以,我爸妈就让我好好读书,将来能够走出去,看看外面精彩的世界。"

"我们去游艺厅吧。"心恒拉着诚学,两个人就跑到了游艺厅。

他们一遍又一遍地看着游艺厅上面的浮雕和房顶的青草。心恒看着诚学,诚学知道他有话要说。

"我们在这里对着游艺厅的神灵立一个誓言吧。不管以后我们走到哪里,在做什么,我们都相约五十年以后,再次在这里相聚。我想,到了那个时候,我们都是一把年纪了,再次回想这时候的约定,一定会很有趣的。"

诚学欣然允诺。他们对着游艺厅的神灵,磕了三个响头。

3

日子总是过得很快。

转眼间,心恒和诚学长大了,到了考高中的年纪。在这些年的成长过程中,心恒的学习成绩一直都不是很理想,每次考试,心恒的成绩都在班里的中等偏上水平徘徊。诚学却一路高歌,学习成绩如芝麻开花,节节攀高。

心恒是有心向学的。在儿时的玩伴里面,除了诚学,很多人都中途辍学,过早地承担了家庭的重担。虽然心恒家境贫寒,但他的父母是铁了心,要让心恒一直把书读下去!为了给他筹集学费,家里把丰收的小麦、玉米和谷子等都卖掉了。

心恒看着心疼,父母就安慰他说:"书中自有黄金屋。只有知识才是最宝贵的财富,只有知识能够改变你的命运。你好好学习吧,一定要考上大学!"

比起心恒,诚学的家境就显得富裕一些。心恒的父母都是农民,没有固定收入。遇到丰收之年,家境就宽裕一些;遇到灾荒之年,家里就要勒紧裤腰带过日子了。诚学的父母是人民教师。人民教师意味着不需要下田吃苦,而且还有一份稳定的工作。他除了每天在学校里面学习,父母还在家里给他额外"开小灶",补习功课。他的成绩自然一直都好,并且具有很强的后劲。

中考填志愿的那天,诚学填报了市里理科优势突出的高中——津和中学;心恒则报了离家里不远的津和三中,这所学校以文科见长。他们两个人,你看着我,我看着你,都想到黄河里游泳了。近几年的读书和升学压力,让他们再也没有到河里好好玩耍过。

他们叫上了儿时的几个伙伴。几个人又像以前一样,你推我打的,在水里闹腾。

水仗打累了,他们就躺在沙滩上。这几个玩伴很羡慕能够一直求学的人。他们两个人真的把书读下去了,而且都还读得不算差劲。

一个伙伴问他们:"你们怎么这么有恒心啊!把书都啃到脑子里了。"

又一个继续说着:"我现在后悔了,还是读书好啊。有文化的人就是不一样,不管走到哪里都受重用,还不用吃苦干粗活。"

13

心恒不知道该如何回答，只知道痴痴地傻笑。

还是诚学的脑瓜子灵活，故意说道，"读书很苦的！每天都要记住很多知识。要背诵课文，学习英语，做算术题，还要做实验。"

"我愿意：只要能够让我再次进入课堂学习，让我背什么都可以！"一位伙伴笑着说。

"世界上可是没有后悔药哦！你生下来就是这个命，你就认命吧。"另一位伙伴呵呵大笑。

心恒也跟着笑了起来。他又想到了诚学给大家讲的那个故事——鲤鱼跃龙门。这个故事就像影子一样，一直跟着他。

不知道是谁提议去网鱼。

这个网鱼可不是钓鱼。黄河里的鱼是用网来捕的，不是用来钓的。心恒他们也没有钓鱼竿，这种东西从来就不会存在于他们的脑海里。

大家拿出渔网来。几个人游到水里，潜了下去把网张开。再等冒上来的时候，网绳已经结实地系在河水里的木桩上面了。他们接着在沙堆里刨出一个沙坑。几个人去找柴火，其他人在观察网里的动静。

不一会儿，网里的动静越来越大。大家都知道，鱼儿游到网里了。

于是，最前面的几个人跳下水去，解开木桩上的网绳。众人把网拖到沙滩上。

"好多大鱼哟！"

"今天有的吃喽！"

大家挤眉弄眼地哈哈笑着。

"心恒，赶紧往沙坑里填树枝。"

"诚学，用鱼把棍子串满。"

"生火喽!"大家一齐用嘴吹火。刚开始只是一些火苗,火势越来越旺,烤得鱼儿吱吱作响,冒出的缕缕黑烟,让大家的脸蛋随即都成了熊猫脸。你用手往他脸上抹炭灰,他往你身上再抹一把,沙滩上顿时出现了各式各样的人体彩绘。

闹累了,这帮"野人"就坐在火堆旁边吃着散发香味的烤鱼,一个个都酷似饿狼。

河边的笑声很久才弥散开去。

4

收到录取通知书后,心恒和诚学都有些伤感。他们在一起读书的美好时光就这样正式宣告结束了。

心恒沉浸在往昔的回忆当中,他想和好友再聊聊鲤鱼跃龙门的故事。"自从你讲过鲤鱼跃龙门的故事,我就一直放在心里。那群鲤鱼就像曾经的我们,本来安心居住在一个地方。有一天,它们知道跃过龙门之后,不仅可以看见风光秀丽的美景,还可以化身成龙飞往仙境。鲤鱼们为了这个目标勇往直前,它们知道前进的道路荆棘密布。当它们一个个逆流而上、跳跃龙门的时候,大部分鲤鱼被摔了下去。个别跃过龙门的鲤鱼,被一团天火从身后追来,烧掉了尾巴。只有能够忍受疼痛,继续朝前飞跃的鲤鱼,才能真正化身成龙。摔下来的鲤鱼额头触泥,就会烙下一个黑疤。古书记载:'鱼跃龙门,过而为龙,唯鲤或然。'我想,鲤鱼跃龙门的故事告诉我们,身处困境如逆流前进,要奋发向上,人人都可以通过努力改变自己的命运。我们选择了不同的学校,这是一条适合我们发展的求学道路。你适合读理科,我适合读文科。我们都会继续读下去,而且还要越读越好,以后都要考上大学。看看我们身边从小玩到大的伙伴们,只有我们两个人坚持下来了。他们都用羡慕的眼光期待我们能够走出津和,去一片更广阔的天地里实现自己的人生价值。"

诚学听着心恒的话,内心被一股激流翻滚着。他看着心恒,想起了游艺厅下的誓言。他在心里默默念叨:心恒果然是一个有恒心的人。父母都望子成龙,期待我们出人头地。该是我们奋力拼搏、勇往直前的时候了。

他对心恒说,"我们这里人杰地灵,古代能够出现智勇双全的英雄,今天照样能够出现这样的人才!"

两人此时都对未来充满了希望。

他们不知道自己以后的人生会以什么样的形式展开,这已经不重要了。前面的路是黑的,谁能够准确预测呢!就像清晨含苞待放的花骨朵,他们的人生才刚刚开始。不管以后会发生什么,他们都在享受这个过程。

5

入学以后,心恒和诚学发现,高中的课程压力不比初中小。他们每天都忙于接受各类新知识,结交各种新朋友。刚开始的时候,他们一个月相互通一封信,渐渐的,他们一学期通信一两次,谈谈自己在学校的见闻、感受和近来的学习状况等。

在学校,心恒保持了良好的学习习惯。他每天早上五点准时起床读英语,晚自习九点一刻结束,他还会一个人在教室看会儿书。在寝室,心恒总是最晚回来的那个人。

公寓管理员蔡大伯为他开门,关心地叮嘱他:"以后不要学习太晚了,要当心身体啊!回到寝室早点儿休息吧,不要再在楼道里看书了。"他点点头,朝大伯笑了笑,就跑上楼去了。

回到寝室,室友朱朝辉连看都不看就大声说,"寝室最用功的人回来了!我们顶礼膜拜一下吧。"

其他人都看着心恒哈哈大笑。心恒的腮帮子红了起来,他看了朝辉一眼,"你又在看武侠小说吧。"

朝辉把书扔了过来,"我太崇拜金庸小说里面的英雄人物了!你也看看吧,求求你了。"

心恒嗤之以鼻,心想:我宁愿看"新概念作文",摇摇头,拿着脸盆和毛巾洗漱去了。

他再次回到寝室,发现仍无一人入睡。有人在吃泡面,有人看小说,有人做作业,有人躺着听音乐,还有人正在写信。大家都精力旺盛,忙着各种各样的事情。心恒随手翻开英语课本,默记今天学习的英语单词。

十一点,管理员准时熄灯。突然一片漆黑,心恒才发现,已经十一点了。一阵一阵的说话声从各个寝室传出,每个寝室都亮起了橘黄色的烛灯。心恒拿着书来楼道里看,只有这里还亮着电灯。

蔡大伯在熄灯之后,来到每个楼层,例行检查门窗是否关好。他下楼的时候,对心恒说,"不要看书太晚了,明天早上还要早起晨读呢。"

心恒看着大伯点点头,又专心复习今天学到的新知识。等他把今天的知识都复习了一遍,已经半夜一点多了。他赶紧蹑手蹑脚回去睡觉,寝室此时已经鼾声一片。心恒躺在床上,心里想着:不知道诚学在津和中学是怎样一种学习的情形。

第二天是周末,他还是早早地起床。他已经养成了这种生活习惯。

大伯早上五点就为他开了门,他总是第一个走出公寓的学生。他先到校园的操场上背诵课文,八点到食堂吃早餐,然后一个人坐在安静的教室里看"新概念"或各类世界名著的书籍。这是他最为放松、也是最为享受的一天。他暂时放下周一到周六的书本知识,由着自己的性子随便看书。在这段打发时间的过程中,他读了四大名著、《鲁迅全集》和多本世界文学名著。他知道了茅盾文学奖、亚洲文学奖、普利策奖、欧洲三大文学奖和诺贝尔文学奖。他痴迷于这些获奖作品,在学校极为有限的阅览室不停地搜索着这些书籍。

而诚学在新的天地里结交了许多新朋友。他们会在下课或者周末,和诚学一起到学校附近的网吧上网。在这段时间里诚学迷恋上了网吧。他不敢让父母知道这件事情。他的父母只知道,儿子的日常开销比以前大了一些。他们还以为,高中的学习竞争比较激烈,儿子是把这些钱用在了买各类学习资料上面了。

诚学在网吧里主要玩游戏,他迷恋上了虚幻世界,这里不仅有打斗的激情,更让他感受到了前所未有的轻松和快乐。

他是在一次写信的时候,告诉心恒自己这些事情的。心恒看后,很是为好友担忧。在回信中,心恒的话语有一些语重心长。

"寝室的同学也带我去过网吧。当时我只是看看电影,他们都在玩游戏,而我对那个不感兴趣。之后,学校就管得严了。学校怕我们到附近的网吧上网,严重影响学习,就不让我们去那些地方了。有空的时候,我会看一些文学书籍,我发现自己喜欢上了书里面的故事和人物,会为他们的高兴而开心,也会为他们的不幸而担忧。我想自己以后也有可能会像韩寒、郭敬明一样，写一些东西。我觉得，上网未必是一件坏事情。如果上网严重影响到你的学习，我还是建议你以后少去网吧。你还记得我们在游艺厅的誓约吗？鲤鱼化身为龙之前，经历了多少磨难和艰辛。我们不应当让网络游戏成为今后人生的羁绊。你看每年名落孙山的高考考生有多少，不远的将来我们也要参加高考。我希望我们两个人能够一路走下去，到时候都能够考上名牌大学。"

诚学一个人静静地坐在校园一隅，看着心恒的来信。以前一起求学的场景，就像放电影一样历历在目。他想，自己为什么会受到别人的鼓动，就盲目地跟着一起去网吧呢？

他以前在家里活的太压抑了！在学校里，他要学习。回到家里，父母还逼着他学习。每天要做的事情就是学习，除了学习还是学习。他从来没有想过自己喜欢什么，将来要做什么。父母为他安排好了一切，考大学、当一名人民教师。父母从来没有征询过自己的意见，只知道一味地要求自己每次考试都要取得好成绩。如果出现成绩下滑的苗头，父母就会变本加厉地管控自己，更不允许自己出去玩。自己只能在家里看书。

现在自由了，住到学校里，父母再也不能干涉他的个人生活了。他感到无比放松，自己想干什么就干什么。除了上课，剩下的时间都是自己的，谁也不能干涉。所以当别的同学叫他一起去网吧上网的时候，自己顿时就兴致盎然。自己还不知道网吧是什么，心里就想：去看看吧，说不定很好玩。大家都去网吧上网，自己若不去，会被身边的同学耻笑，说自己落伍了。更重要的原因是，自己的内心强烈想去！干吗不去呢？以前在家里上学，这个也不能做，那个也不让玩。现在终于自由了，可以按照自己的意愿来做自己喜欢的事情。另一方面，网吧对自己来说，像一个披着神秘面纱的女郎，让人急于想揭开这层面纱。

于是,诚学头一次来到了网吧。他被眼前的景象吓着了。一个房间里全是电脑,足足有一百多台!人们坐在电脑前面,有人玩电脑纸牌游戏,有人玩更复杂、更高级的游戏,还有看电影、电视剧的,有的电脑还出现别人的头像,一个人戴着耳麦,和另一个人聊天……

他的室友孙启盛看着他,自豪地说:"怎么样,没有白来吧。网吧是个好地方!来到这里,你想干什么,就能干什么。电脑里真的是什么都有。"

诚学像做错了什么事情似的,只是连声点头回应。他坐在启盛旁边,启盛教他怎样开机、上网,等他熟悉了以后,启盛就问他,要不要一起玩游戏。

诚学只能点头应道:"好啊。"

启盛把诚学领入了一款名为"魔兽争霸"的游戏。他在游戏当中,真正感受到了什么叫作"自由自在"和"无拘无束"。

经常泡网吧的诚学,学习成绩自然就下滑了。不仅学习成绩明显下滑,他也感觉到自己的身体状况越来越差。经常玩通宵的他,没有按时吃饭,也没有足够的睡眠时间。他开始在课堂上打瞌睡,并且越来越萎靡不振,对什么都提不起兴趣。每次他收到心恒的信都不知道该怎么办。他渴望好友能尽快给他写信,可是又害怕收到心恒寄来的信。他心里非常清楚,心恒在学校里更加用功读书了,而自己却越来越堕落了。他不敢面对昔日的好友。

诚学就这样一个人静静地坐着。他一会儿懊恼,一会儿气愤,一会儿羞愧,一会儿迷茫。他想做回原来的自己,可他知道自己玩游戏有些上瘾了,不知道该怎样戒掉。他突然想到,自己还没有去过心恒的学校。而心恒早就想让自己到他的学校参观学习了,只是自己把周末都用在了玩游戏,根本就没有认真考虑过好友的请求。想到这里,他回到教室里,给心恒写了一封信,说自己想这个周末到津和三中游玩。

心恒接到来信异常兴奋,他早就盼着这一天的到来。

这天一大早,心恒就来到龙门大道,等候好友了。

坐上了从津和出发去钢厂的第一班列车,诚学看着外面的风景,内心像打翻了五味瓶一样,涌出了异样的滋味。列车驶入了终点站,他一眼就看到站牌前面的心恒。等他下车后,心恒给了他一个热烈的拥抱,这是一种久违的温暖。他们有说有笑地走着,来到了心恒的学校。

一路上,心恒给他介绍了西山钢厂的大致情况。诚学看着与自己读书的地方同样繁华的钢厂,内心更加惭愧。他心里很自责,为什么心恒能够抵得住诱惑刻苦学习,而自己却不能把持住自己。

心恒带领好友参观了钢厂的四大集贸市场、钢厂游乐园、电影院和工人文化体育馆后,就径直走回自己的学校。"津和三中"四个大字,立在校门口非常醒目抢眼。

他带领诚学到学校的操场、体育馆、揽月教学楼、"草乐园"转了转。

"草乐园"其实只是一块普通的草坪,这是心恒经常自习的地方。他在这里待的时间久了,就给它起了个名字,叫作"草乐园"。

诚学感受着心恒求学的地方,就像一股新鲜血液注入了他的体内,让他感觉焕然一新。他们又到了心恒的班级。坐在心恒的座位上,诚学看着心恒收藏的文学名著整齐地摆放在书桌上,更是无比汗颜。他有些坐立不安,似乎想马上逃离这个让他感到极为难受的环境。异常兴奋的心恒,自然察觉不到这些。他全然不知道好友内心的感受,又带着好友到自己的寝室参观。

心恒的寝室不在学校里面,而是在钢厂职工大楼里,离学校有一段距离。这是因为这所学校主要面对西山钢厂职工的子女招生,他们都住在家里,离学校很近。而外地到此求学的学生,则要住在专门开辟出学生住宿的职工楼里。因为学校没有修建学生寝室和食堂,否则他们今天的一日三餐恐怕都要到附近的职工食堂或者集贸市场去吃了。

他们来到住宿楼下。心恒对大伯说,"大伯,这是我在津和中学的同学,小时候和我一起长大的,关系特别要好。"

大伯看着诚学说:"你这个同学,学习特别刻苦,人也特别懂事听话。每天都是天不亮就出去读书了,晚上很晚才回来,还要在楼道里看会儿书。他将来一定能够考个好一点儿的大学!"

诚学一句话都不说,只是"嗯嗯"地连连点头,脸涨得通红,就像被人扇了几个耳光一样。到了心恒寝室,他只管默默地坐着。

心恒对诚学说:"周末室友一般都回家去了,寝室里就只有我一个人。你在学校还好吧。"

心恒的最后一句话刺痛了诚学的心,他半天都不知道该怎么回答。看着诚学,心恒可能明白了什么,也就不再追问,只是一起吃饭去了。

吃过饭,他们在"草乐园"看书。心恒看路遥的《平凡的世界》。诚学从心恒的书桌上取出一本书,是英国作家狄更斯的《孤星血泪》。阳光暖洋洋地洒向草坪。他们看累了,就躺在草坪上看着蓝天和白云。心恒唱起了许茹芸的《独角戏》。诚学只是听着,并不吭声。

心恒问他:"你有没有感到孤独的时候?"

他点点头,注视着心恒。

心恒伤感地说,"不知道为什么,我总是多愁善感。在学校里,我只知道学习,就像一匹马一样,永远停不下自己的脚步。别人都在玩的时候,我在看书。我只想看书,似乎这就是我活着的意义。"

诚学不知道该如何回答,他体会不到心恒的心境。自从上了高中,他彻底地放纵了自己。

他说:"看书没有什么不好的。我现在渴望像你一样多看看书呢。进入高中后,我把时间都荒废了。你不知道,我现在有多羡慕你。你也不知道我进了高中以后有多么的堕落。我感到自己都没脸见你了。"

心恒连忙说:"千万不要这样讲,你以后少贪玩,多看书,照样会学得很好的。"

他接着说:"人哪有不犯错的,我们都还小,并且都是第一次独立生活,什么都需要自己慢慢摸索。不要着急,我相信你回到学校以后会好好学习的!"

他们相互看着对方,再没有说什么……

返回津和中学,诚学就像变了一个人似的。孙启盛叫他去网吧,他就推说肚子疼,不去了。经过几次推托之后,启盛去网吧的时候再也没有叫过他。

6

高中阶段是人生的花季和雨季,这一点儿都不假。

心恒的刻苦学习迎来了回报,每次考试,他都名列年级前茅。班主任对他关爱有加,经常带他去家里吃饭,给他辅导功课,还送他一些衣服。年级的女同学都爱找心恒聊天,她们觉得心恒为人比较随和。傍晚时分,心恒就和津和三中的好朋友走在宁静的校园里漫步聊天。

他经常与一个叫毛飞燕的女孩子聊天。毛飞燕是同年级理科班的学生。她喜欢心恒的勤奋和有思想。两人经常聊一些人生方面的问题。

"人活着是为了什么?"他有点儿困惑。

飞燕含笑作答:"这个问题有点儿深奥。我觉得,人活着是为了追求幸福的生活。"

心恒又说:"幸福如何定义? 你认为什么才是你想要的幸福?"

飞燕想了想说:"幸福就是来自内心的一种感觉。自习的时候,觉得自己是幸福的,能够在人生的求知阶段享受知识的馈赠是一种幸福。吃饭的时候,觉得自己是幸福的,美美的一顿饱餐使人心情舒畅不少,这种幸福的感觉让人难忘。漫步校园的时候,觉得自己是幸福的,一年四季,美丽的三中校园总让人感到生活在其中的幸福滋味。"

心恒兴奋地说:"你说得太好了! 对于大多数的普通人,幸福来源于简单生活的真实体验。幸福就是过简单的生活。我时常想起《平凡的世界》,路遥笔下的人物,都是一些忙碌寻找各自幸福的普通人。读者却能从他们的身上看到自己的影子,找到一种归属感。"

"是啊,不是有一首歌叫《幸福在哪里》,告诉人们幸福在哪里,幸福就在人的眼睛里。"

"所以,我转变了寻求幸福的视角。书信一封,寄望家里,寄托对父母的牵挂。食堂小叙,谈天论地,表达对友情的珍爱。繁华市井,乡间小道,都愿意停下匆忙的脚步。这些都是我的幸福源泉。幸福就是这样一种释然,可以让一段温馨的文字爬满整个心田,可以让一曲优美的旋律溢满整个心间。"心恒的这些话开始充满了哲理的味道。

说到这里,他们两个对视含笑,继续往前走。

飞燕心里经常想一个问题:心恒为什么和其他男生不太一样!他学习刻苦,博览群书,有责任感,但又不像其他男生那样爱玩游戏。更为重要的是,腹有诗书气自华,他身上的一些气质与他英俊洒脱的外表结合在一起,让很多女生都无法抗拒。

然而他只是一个人在读书,从来没有想过男女之间的事情。飞燕一直都很困惑,难道是老天爷的安排,刚好把他塑造得这般刻苦。在求学阶段,这个人把全部的心思都用在了学习上。他不但成绩优异,还在学校勤工俭学。通过勤工俭学,心恒都不用向家里要生活费了。这样的男生,有哪个女生不爱慕啊!

每次到了吃饭的时候,飞燕都会坐在教室里等他一起吃饭。心恒有个学习习惯。学校中午休息的时间比较长,他就会坐在教室里再看会儿书。一般他下课之后,会接着看四十五分钟的书。等到吃饭的时候,他就不用排队了,这样不仅节省了时间,还能多学习一些知识。飞燕在一边耐心地等着,她渴望能和心恒一起去吃饭。这个时候,路上的人也少了。他们可以再探讨一些话题。

他问飞燕:"你想做一个什么样的人?"

飞燕想了想:"做一个为梦想而活的人。"

"你说得对。人要为梦想而活。我最近一直在思考这个问题,人为什么要为梦想而活?梦想只是实现人生价值的一个载体。如果每个人都能像庄稼一样饱满,人生就会活得很有意义。"

飞燕有些迷惑,她第一次听说这样的话,感觉蛮新鲜的。

心恒继续说着:"用饱满来形容人是一件颇有创意的事情。饱满一般用来形容谷物的丰满,意味着庄稼的丰收。从小在农村长大的人,一般都爱听饱满之类的字眼。父母们在地里辛勤劳作,一年到头就盼望着收获庄稼时的那份喜悦。他们希望收获的小麦、大米、豆子、玉米等农作物颗颗饱满、粒粒丰盈。这些劳动果实就像他们的子女,含辛茹苦地栽培只为一朝结出硕果。我们要像庄稼一样,做一个'饱满人'。做一个'饱满人',很难,但很有意义。"

飞燕看着心恒,她心领神会了。

"'饱满人'应当是一个全面发展的人,那么什么样的人才是一个全面发展的人,才能够称得上是一个'饱满人'? 一个'饱满人'应当具有一种不妥协的态度。这种不妥协体现为贤人志士的智慧。一个'饱满人'首先是一个有力量的人,这种力量依赖知识的支撑,腹有诗书气自华;一个'饱满人'更应当知道如何运用腹中知识,转识成智。一个有智慧的人才是真正意义上的'饱满人'。'饱满人'不缺少知识,他之所以富有涵养,是因为他的思想充满着智慧,他的生命才能丰富多彩,他的人生才能不同寻常。"心恒激动地说着。

飞燕似乎也被他感染了,情绪也很激动。

她说:"你说的'饱满人',是一种理想化的完人。虽然我们很难使自己成为一个完全意义上的'饱满人',但我们能够做到,通过自己的努力使我们的人生逐渐丰满。当每个人不断回顾自己走过的生命历程,他可以自豪地说:我的生活是饱满的。这就是生活带给我们的感动,也是生命带给我们的惊喜,更是人生价值意义的所在。你看可不可以这样理解?"

心恒注视着飞燕的眼神,感觉她是自己生命中的第一个红颜知己。

7

人们常说,光阴似箭、日月如梭。他们进入了高中生活最后的冲刺阶段。接连不断的模拟考试,营造了一种紧张充实的学习氛围。尽管不是每个人都喜欢题海战术,但要想高考取得优异成绩,必须大量做题。

心恒和诚学都很用功,都在奋力拼搏。他们在一次次的模拟考试中,成绩有了明显的提升。飞燕的成绩则时好时坏,很不稳定。朱朝晖、孙启盛这些人属于富家子弟,他们早就作好了打算。不管高考的结果如何,父母都会送他们读大学,这就解除了他们的后顾之忧。他们也就和平常一样,没有把更多的心思放在备考上面。

作家柳青说过这样一句话:"人生的道路虽然漫长,但紧要处常常只有几步,特别是当人年轻的时候。"

高考结束了,等待的过程是最漫长的。

心恒在家里整天寝食难安。他心里很清楚,如果自己没有考上大学,就意味着求学生涯的结束。这样的话,自己不但走不出去,更不能改变自己的命运。高中三年,他已经在书本中领略到了外面广阔而精彩的世界。他渴望能像雄鹰一样展翅高飞。如果名落孙山,那他就是没有跃过龙门的鲤鱼,遭人耻笑还是小事,但这些年的求学让父母背上了沉重的经济负担,如果上不了大学更是对不起父母!

诚学在高考结束后,和父母去南方有名的旅游景点旅游去了,飞燕到邻县姨妈家给表妹补习英语去了。心恒坐立不安,父母见此情景,也不知道该怎么办。

一天,心恒对父亲说:"爸,我看村里有很多人都去砖厂打工了。我也想去,一来可以赚点儿钱,二来可以增加社会阅历。"

他爸看着心恒皱紧眉头:"砖厂的活很苦的,都是拉坯,而且给的钱也很少。你能不能吃这个苦头?"

心恒坚定地看着父亲:"我不怕吃苦,别人能干的活,我也能够干好! 我已经年满十八周岁了,也该为家里减轻负担了!"

砖厂的活果然如父亲所说,很苦、很累! 刚来的时候,厂里的工人看着他直犯嘀咕。心恒拉着满车的砖坯左摇右晃。炎热的太阳烤着他白嫩的皮肤,他咬紧牙关拼命往前拉。身边的人都心疼地看着,给他递来一条湿毛巾。吃饭的时候,他更是狼吞虎咽,觉得吃什么都香。尽管厂里的饭菜,就是一个黑馒头加一份煮开的白菜帮子,上面撒了一些盐巴。

回到家里,心恒倒头就睡。

在他睡得香甜的时候,邮递员送来了一份录取通知书。父亲王吉梦用颤抖的手拿着这份通知书,满眼含着泪水看着心恒。母亲把家里珍藏的好东西都拿了出来,他们一直舍不得吃,就是盼着这一天。然而这一切,睡着的心恒全然不知。他正在梦中编织着这样的场景:自己在美丽的大学校园,坐在明亮的教室里,听着教授的授课……

第三回　大学

1

马兰山巅,云雾缭绕。仙人马郎拥有一朵神奇的马兰花。每当马兰山上出现凶险,马郎念叨:"马兰花,马兰花,风吹雨打都不怕。勤劳的人儿在说话,请你马上就开花。"马兰花开,凶险即除。

马兰山脚住着王老爹一家人。老爹膝下有一双孪生姐妹。姐姐大兰，好逸恶劳。妹妹小兰，勤劳善良。老爹听说马兰花是凡间仙物，于是就攀上马兰山巅，想一睹马兰花的神奇。由于兴奋过度，老爹不慎失足跌下万丈悬崖，幸被马郎救起。两个闺女长期与老爹相依为命，傍晚见爹爹还未回家，就到马兰山上找寻。大兰胆小害怕，误入密林。小兰勇敢镇定，偶遇马郎在山中的朋友——一群可爱活泼的小动物。它们把小兰带到马郎身边。小兰见到马郎为老爹疗伤治病，顿时心生好感。马郎看见天生丽质的小兰，觉得她善良孝顺，也是爱意丛生。马郎对小兰一见钟情，欣然将鲜花交与老爹。树公公从旁点破了马郎借花求亲的用意，老爹到家后即准备小兰的婚事。

这天，马郎备好提亲彩礼来到老爹家。不巧老爹和小兰外出赶集，家里只有大兰一人。大兰见了马郎，极为傲慢，不愿搭理他。马郎误将大兰认作小兰，却见她不像自己以前认识的小兰，甚为诧异。碰了一鼻子灰后，马郎伤心离开。归途中，小兰碰到马郎极为惊喜，这令马郎更加不解。小兰随后作了解释，迎接贵客归家。大兰见妹子痴情一个野人，从此将在深山野林中清苦生活，极为轻蔑。小兰则欢天喜地，与马郎过上了幸福的生活。

山中有一个藤妖，得知马郎与小兰成家，遂起歹意，想夺走马兰花，霸占马兰山。它化身为大兰身边的老猫，陷害马郎一家。大兰听信老猫谗言，骗取妹妹衣饰。小兰被藤妖困于妖洞。大兰就扮成小兰从马郎的手中骗取马兰花。藤妖恢复了原形，大兰才得知上了当，但为时已晚。藤妖并没有兑现大兰的荣华富贵，而是将她化身为石。失去守护之神马兰花，马兰山的动物们将面临灭顶之灾。马郎马上组织动物们，齐心协力共同对付藤妖。

藤妖虽然得到了马兰花，但是并不会使用。因为只有心地善良的人才能念出口诀，让马兰花开，从而实现心愿。藤妖气愤之余施展魔法，开始摧毁马兰山。马郎与动物们为保护马兰山,与藤妖拼死相搏。与此同时,小兰凭借智慧与毅力,带着被毁的马兰花残片逃出妖洞,寻找马郎。在最危险的时刻,小兰赶到马郎身边。他们手持马兰花残片,齐心协力共同念道:"马兰花,马兰花,风吹雨打都不怕。勤劳的人儿在说话,请你马上就开花。"动物们也齐心协力地念着。马兰花显出神力,瞬间摧毁了藤妖,摧毁了笼罩在马兰山上的妖气。他们又恢复了往日的生活,快乐地生活在一起……

心恒坐在大学附近的电影院看着电影《马兰花》,内心的触动牵引着身体的每根神经,就像江河里的浪花一浪高过一浪。他喜欢小兰的善良体贴,被小兰身上的那股"知善弃恶"的情怀深深吸引。心恒也向往马郎的生活。马郎虽远离人间,却快乐地生活着。他没有滥用自己的本领,马兰花是为马兰山上的生灵而生。人活在这个世界上,是不是应该像马郎一样为创造一个美好的世界而活?我们的心灵就是那朵马兰花,不但可以为自己创造一个美丽的世界,还可以向往一个更好的世界。他就这样想着,还有些自我陶醉。

大学同学白良敏转过头,看见身边的心恒痴痴地看着电影有些入迷,禁不住偷乐。他小声说:"你是不是喜欢上小兰了?她不但心地善良、勤劳勇敢,还不会嫌贫爱富。这样的女孩不正符合你的标准吗?"

在漆黑一片中,心恒身子一斜,瞟了他一眼,说:"不好好看电影,就只有一肚子主意在肚皮里打转。"停了片刻,又说:"心中的女孩永远都是理想化的,现实往往骨感得令人发冷!"

"你小子要求还蛮高的,对待感情还蛮认真的。像你这样家境出身的学生在大城市找一个本地的姑娘,只要人家不嫌弃你,你就能够在这里立足了。你还要求这个,要求那个。像你这样,到什么时候才能谈到女朋友啊!"

良敏的开导,让他突然想起了飞燕。可惜飞燕没有考上大学,之后就很少联系了。

看着身边的同学一个个成双入对地行走在校园里,心恒内心也很羡慕。他也想找一个女朋友,倒不是因为可以在人前显摆,而是因为可以找一个能够说知心话的人。可是他的时间似乎都不属于他。他除了每天上很多的课,吃饭的时间到了,人家都去吃饭了,他还要勤工俭学,打扫教室卫生。周末别人休息的时候,他要外出当家教。每天早上,他还要早早地起床,打扫学校的马路,这也是一份勤工俭学的岗位。也就是说,他除了学习,同时干着两份勤工俭学的活,还要周末出去当家教。他根本就没有心思,也没有时间谈恋爱。即使偶尔闲下来,有休息的时间,他还想看看书,争取把落下的功课赶上去。和良敏看电影《马兰花》,也是学校给他们发了免费的电影票,他们才兴高采烈地去了。

说实话,心恒对这次看电影的经历印象深刻。他从来不知道,电影院的屏幕竟然可以像一面墙一样大。电影里面出现的人物活灵活现,仿佛就在他的眼前。他被这种声像效果震撼了。这与看电视不一样。电视里面的人物活在他们自己的世界里,离自己很遥远,仿佛是另一个世界里的人物在诉说各自的故事。而在这里看电影,仿佛自己就是电影里面的人物。电影里的故事情节和人物遭遇牵动着人的心灵,你会为他们喜,为他们忧,这一切都和自己有关。心恒看过这次电影后,心里久久不能平静。他发现了一个让他激动的世界,这个世界不同于桃花源,却和桃花源一样,让人向往。

2

没有和心恒一起上同一所大学,诚学有自己的考虑。

他选择了河东省一所比较有名的学校。他学的是计算机科学与技术专业。他的父母认为这个专业以后比较好找工作。他也希望学习这个专业,但他的出发点却和父母不一样。

在高中阶段,他曾有一段时间迷恋电脑里面的世界。他想知道,为什么电脑里面的世界如此让他着迷。他认为,计算机专业就是专门为认识这个世界开设的。他欢天喜地地来到大学。他和父母一到学校,他们做的第一件事情就是带他认识了在这里担任学校党委副书记的远房亲戚胡老师。

胡书记在家里接待了他们。

刚一坐下来,他父亲马上就巴结地为胡书记点上一支烟,说:"小孩子不懂事,以后就全凭胡书记照顾了。"

胡书记微笑着,慢条斯理地说:"你们放心吧,我在这里会好好照顾他的。诚学的专业也蛮好的,在学校里面好好学习,多参加学校的各种活动锻炼一下,以后说不定能够在省会城市找到一份好工作。"

父母一听立马笑脸相迎,忙回应道:"胡书记说的是!"临走之前,他们留下了见面礼……

其实这次见面对诚学最大的影响就是,他知道有一个从没有见过面的亲戚在这里当官,充其量他可以在同学们面前炫耀一番,以增加他的自信心。可他没有这么做。他认为没有这个必要,为什么非要把自己搞得与众不同呢!学校里这么多同学都来上大学,大多数人没有亲戚在学校,他们不也生活得很好嘛。想到这里,他不禁想起了心恒。心恒自幼家境贫寒,他的父亲身体状况不太好,还瞒着不让他知道。而心恒从来没有因为出身寒微就放弃自己。好友到万千学子梦寐以求的大城市读书了,却只带了路费。自己还要通过送礼让别人照顾。想到这里,他的脸色发红,内心的情绪如波涛一样,此起彼伏。

他暗暗发誓,在接下来的大学四年生活里不去找这位亲戚。

诚学的室友有张乐星、吴斌、邓杰浩、樊天宇。张乐星来自省会城市,父亲是河东省一个国有大型企业分厂的总经理。他是别人羡慕的对象,因为他有一个富爸爸,这就是命好。吴斌来自南湖省的一个普通农民家庭。父母都是农民,只会种地。他生活朴素,人也老实,是寝室的管家,负责寝室的日常卫生工作。邓杰浩是河东省顺和人,家境一般。父母开了一间杂货店,经营个体生意。他喜欢跟风,乐星有什么新玩意儿都会激起他的兴趣。樊天宇是雍凉省水天人,父亲跑运输,母亲在家务农,也是普通人家的学生。他喜欢文科专业,并且喜欢一个人独处,有点儿不太合群。

有一天,张乐星给寝室带来了一个新变化。乐星的父亲在他二十周岁生日的时候,给他买了一台笔记本电脑。计算机专业的学生每天都是和电脑打交道的。他们不管是上网,还是做作业,都是在机房完成的。当大伙还在大块头的电脑上不停忙碌的时候,张乐星一个人在寝室里,用笔记本悠哉地上网。他的超前行为立刻在学院炸开了锅,身边的人纷纷投来羡慕的眼光。乐星更是心里美滋滋的,他感到前所未有的愉悦。

邓杰浩这两天忙着给张乐星占座位。他想和张乐星周末一起在寝室看电影,张乐星觉得有人在自己身边,正好可以满足一下虚荣心,就默许了。吴斌还是和往常一样打扫寝室卫生,帮他们打开水。樊天宇倒是对张乐星有没有笔记本电脑不感兴趣,他认为,张乐星拥有笔记本电脑并非一件好事情,这也没有什么值得炫耀的地方。现在的社会,电子产品更新的速度很快,过不了几年,说不定笔记本就会普及,大家都会有的。

这件事情对诚学的影响最大。这倒不是说他的生活因此而发生了什么改变,确切地说,这件事情对他的心理影响是最大的。他不仅看清了身边的人都怀着一种怎样的心态,更为重要的是他自己也在这件事中受到了很大触动。他上了大学以后,还会断断续续地在机房玩游戏。张乐星用一台笔记本电脑,就把游戏放到了自己的身边,想玩游戏的时候随时可以玩。每天晚上,张乐星会一个人玩到很晚,影响大家的休息。虽然大家嘴上不说,心里都不太开心。

这天,吴斌一个人去开水房打开水。诚学马上跟了过来。

吴斌看了他一眼,什么话也没说。他也没说话,两个人一路上静静地走着。在诚学的内心,一直觉得只有吴斌能够时常勾起自己童年的回忆。吴斌为人正直、老实、肯吃亏,也能吃苦。在寝室里,吴斌从来不和大家在任何事情上发生争执。他就像大哥一样照顾着大家。一方面,可能因为他来自农村,为人憨厚,不太会要心眼;另一方面,他的家境也不富裕,在生活上面从不攀比。诚学喜欢和他在一起,经常聊一聊家里的现状,以及自己的内心想法。

吴斌还有两个弟弟。作为哥哥,他深深地感到父母的压力很大。他的大弟弟比他小两岁,在读高中,小弟弟比他小九岁,在读小学。平时,吴斌的父母就前往各地赶集卖菜。

本来吴斌是没有机会上大学的,他的父母想让他跟着学做生意。吴斌从小就爱看书,他喜欢跟学习成绩好的人在一起玩。他爸爸看他这样,心中不忍,于是就跟他说:"你要是自己能够考上大学,就供你读书。如果考不上,就跟着我学卖菜吧。自己的命运自己掌握!"

听到这句话时,吴斌当晚就兴奋得睡不着觉。他早就巴望父亲这么说了,从此吴斌更加用心地学习。

在诚学的心中,吴斌就是身边的心恒。

他们一样能够忍辱负重。在写给心恒的信里,诚学写出了他的感受:

心恒,一直以来我都觉得自己很幸运。从小能够和你朝夕相处,不仅度过了自己快乐的童年,还从你身上看到了很多金子般的东西。你曾经给我推荐了很多书让我看。我最近把路遥的《人生》看完了,我觉得你就是一个拥有金子般的心的人。你知道吗,我寝室里有一个人和你的人生经历比较像。他让我找回了以前的那种感觉。有时候,我会玩游戏,每次都有负罪感。和吴斌交流,让我逐渐摆脱了这个无底的深渊地狱。你们都是这样的人,身上拥有金子般的品质。

我想要说的还有,高加林身处偏远落后的农村,无异于黑夜里的一颗耀眼的明珠。虽然家境贫寒,作为有文化的小学教师,这一社会身份以及承载在这一身份之上的高加林已经全无愚昧落后的气息。在他生活的那个年代,有文化意味着有品位,有文化意味着有教养,有文化意味着有情调,有文化意味着有追求。高加林身上承载着许多或许连他自己也不知道的东西。恰恰是这些让他成为家里的希望,也让刘巧珍爱慕并想珍爱一生。

刘巧珍,是一个在落后农村长大,生活在观念守旧却经济富裕的家庭的好女孩。巧珍最喜欢做的一件事情,就是提着竹笼子到江边割猪笼草。此时,高加林正在江水里尽情地嬉戏玩耍。巧珍欣赏加林的才华横溢,也为加林健美的身形心动不已。等到加林尽兴过后,巧珍就假装偶尔碰见,递给加林一个刚刚采摘的甜瓜。面对马栓的多次提亲,她依然冷冷拒之。

马栓,一个淳朴敦厚、会做生意的农村青年,一个巧珍的父母认为门当户对的女婿,每次都用滚烫的热心和丰厚的聘礼,踏破巧珍家的门槛,表达对心中女孩的不减痴爱。可是巧珍的心,是加林的。加林有机会到城里参加工作,面对情投意合的高中同学黄亚萍,他逐渐淡忘了以往在农村的岁月,淡忘了巧珍对他的百般疼爱。即使加林知道自己和亚萍不可能走到一起,心里明白只有巧珍才是他的真爱,也自甘陷入这场情感的闹剧旋涡。

巧珍的压力越来越大了。各种流言蜚语在农村的那片小天地满天飞。"高加林飞黄腾达以后瞧不上刘巧珍了。"……巧珍在家里照顾着加林年迈的父母,无怨无悔地盼望着加林能够回到她的身边,等到的结果却是他提出来的分手。她没有任何怨言,毅然选择和马栓结婚。

因为找工作走后门,加林被人揭发。一夜间鸡飞蛋打,没了工作,和黄亚萍的爱情无望,只能灰头土脸地回到农村。这时的巧珍,已经结婚了。加林知道自己现在什么都没有了,还要承受村里人的指责非议。巧珍知道,加林现在处于人生最困难的境遇。她动员富有的老爸和她姐有权有势的公爹,让他重新返回村里的小学教书。看着加林和巧珍长大的德顺老汉,泪流满面地感叹:多好的一对,可惜没有走到一起。加林丢掉了比金子还要贵重的东西。巧珍是一个金子般的人,拥有一颗金子般的心。

高加林是一类人的典型代表。或许我们的命运都和他相似但不相同,才会深有感触。在农村长大的我们,对农村的落后愚昧和善良淳朴同样深有感触。当父母含辛茹苦供我们读书求知,当我们的知识和阅历已经不能再局限于村里的生活方式和思维习惯,我们和周围的人同时会面临着两种分裂:一种是我们要求的生活和周围人的生活越来越远,一种是周围人的观念和我们的观念越来越不相同。我们可以继续通过受教育改善自己的生存现状,乃至改变自己的命运。而村里人始终如一地那样生活。

我们都越来越具有一种优势——更大的自主选择权:我可以选择回到生我养我的地方,把我的青春才智回馈家乡父老;我也可以选择留在城市,留在这个文明发达的地方,通过拼搏获得更加现代化的生活。这样就意味着我一直消耗着农村的资源,在我有能力为农村做点什么的时候,却远离了农村。

看着身边的学长毕业之后都选择了留在大城市,我想我们都会面临高加林的困惑。父母供我们上学走出农村,改变了我们的命运,他们却不想让我们再次回到农村。我们比高加林更幸运的地方在于,我们没有他那样大起大落的坎坷命运,我们不会被强迫再次返回农村。我们比他更加悲哀的地方在于,他可以继续为生他、养他的地方作贡献,我们只能守望我们的家乡,在遥远的地方观望它的发展。

刘巧珍是一类人的典型代表。人们都说"爱我的人,我不爱;我爱的人,不爱我"。现在"我爱的人",在哪里?我们都需要谈一场恋爱了。在寻找真爱的过程中,我们可能不会像现在这么孤独。我相信,真爱是比金子还要贵重的东西。当我们遇到真爱的时候,千万不要让真爱像那串珍珠,被撒落一地,到时候想要完全捡拾已经成为不可能的事情。

要知道，当你错过了金子般的人，那颗金子般的心依然闪闪发光，却更加对照出你的人生最黑暗的地方。

看着这封来信，心恒的心又一次被震撼了。诚学给他们讲"鲤鱼跃龙门"故事的一幕又一次浮现在他的眼前。心恒一直认为，诚学比自己要成熟，也比自己更能清楚地认识到自己需要什么。他给自己提了一个醒！心恒也时常感觉到孤独。虽然他说不出来，自己为什么会有这种感觉，可能是需要给自己的心灵找一个伴侣了。

3

在一次高数课上，心恒机缘巧合地认识了段怡娟。

本来他是不会认识段怡娟的。心恒学的是哲学，在哲学学院。段怡娟学的是中医药学，在医学院。他们两人本学期都选了线性代数的课程。开始上课前，段怡娟为同班同学占座位引起了心恒的注意。选这门课的同学都知道线性代数比较难，上课地点在能够容纳二百多人的阶梯教室。如果能抢到稍微靠前一点儿的座位，就更容易跟上老师的授课进度。凡是选上这门课的同学都会提前去占座位。段怡娟就是在为本班选上这门课程的同学占座位。心恒看着她这么积极地为别人着想，顿时对这个人很感兴趣。

段怡娟占的是他旁边的座位，并坐在了他的旁边。心恒想着，有必要认识一下这个女孩。他在课程中间休息的时候，红着脸主动问段怡娟。"请问，你是哪个学院的学生，是学什么专业的？"

段怡娟一开始很奇怪，一个她不认识的男生主动找她攀谈，所以她提高了警惕,很小心地回答。"我是医学院的学生,专业是中医药学。"

心恒一听,心里非常激动。

"我好羡慕你啊!你学的是医学专业。我外公希望我能够学习医学,而我却没有实现他的心愿。外公前几年患肺癌去世了。他说:'如果家里有学医的,就可以早点儿预防各种疾病,或许我就不会这么痛苦了。'外公对我说:'心恒啊,家里你学习最用功了。如果你能够考上大学,一定要学医学专业,为生病的人祛病行善。'我当时满眼泪花的,只知道点头。"心恒有些伤感地说着。

"那你学的是什么专业?"

"哲学。我喜欢学习文科专业,尤其是喜欢看哲学和文学方面的书籍。有时候,我感觉自己活得蛮痛苦的,我没有实现外公的心愿。我不太擅长学习医学专业,我对思想性和文字性的东西比较感兴趣。"心恒淡然一笑。

段怡娟看他没有和自己见外,就安慰他。"我们当然要学自己感兴趣的东西,这样才能够学好嘛!你的选择没有错,世上确实有很多事情是阴差阳错的。我选择中医药学是因为我对中医比较感兴趣。我觉得,中医比起西医来,更能彻底治愈人们的各类疾病。我从小就很崇拜华佗、李时珍等古代伟大的行医者。"

他们聊得很起劲的时候,上课铃声响起。他们相视一笑,收住话题又开始认真听课了。

后来他才得知,段怡娟的学习成绩很好,每次成绩都是班里第一。她的班主任和辅导员都很关注她。她来自南河一个不太发达的农村,父亲是厨师,母亲是裁缝。怡娟从小身体就不太好,天气一冷就容易感冒咳嗽。经常跟各种药物打交道的她,渴望有一天能够彻底治愈这个坏毛病。这些年来,西药喝腻了,她更喜欢中草药的味道。她认为,凡是用草叶子、树皮等一锅炖,熬出来的汤药总比吃一粒粒药丸管用,也不会让她害怕。她梦想着有一天能够自己除掉这个病根。

随着交流的加深,段怡娟知道王心恒和自己一样来自农村,学习成绩也非常好。她跟心恒在一起的时候,第一次知道了村上春树的《挪威的森林》,第一次听到罗曼·罗兰的《约翰·克利斯朵夫》,第一次看了乔斯坦·贾德的《苏菲的世界》。跟心恒在一起,她感觉自己在认识自我和这个世界的过程中欠缺了很多东西,也从他这里获得了不少新鲜事物。

她曾强烈地渴望有一个男生真心地爱她,就像小说中渡边对直子的爱。她也曾一度对自己的出身郁郁寡欢,是克利斯朵夫摆正了她的心态。她不知道来到这个世界到底为了什么,但是她盼望自己能够像小说中的苏菲一样找到答案。

心恒喜欢在学校的植物园看书。植物园里有许多花草和树木,最让心恒难忘的是三色堇。它的花期长达好几个月,不分春夏秋冬都能繁密盛开。

他对怡娟说:"三色堇经常能够让我生出真切的感动。我越来越意识到,'三色堇们'就像美德之类的东西,已经深深地扎根在我的心灵深处。正如'碗里的水多了,米就少了;眼里的草多了,花就少了;心灵里的腥气多了,芬芳就少了;耳朵里的噪乐多了,仙乐就少了;一些不必要的知道多了,一些珍贵就没有地方落脚了。'"

她看着三色堇,也很激动地说:"被中华文明熏陶长大的人们,很少想自己在哪一边,哪怕最初以为自己在这一边,终了都会不耐烦。但是读书却不一样。正如弗兰西斯·培根所言,读书使人充实。读书是生活的一个重要的组成部分。读书的过程就是一次启迪智慧、修养人性、愉悦身心、通达真理的过程。只有通过阅读才能发现,他山之石可以攻玉。只有通过阅读才能体会,凡有所学皆成性格。只有通过阅读才能感悟,近悦远来江流有声。只有通过阅读才能领悟,大象无形真水无香。对这种生活方式的选择,会更加坚定我们对知识的信仰和对真理的追求,也才有可能使我们更好地生活。所以选择读书,充实生活,我们会活得更好!"

心恒非常赞同她的话,只有先获得精神上的愉悦才能真正摆脱这个世俗、媚俗的世界。

4

过了一阵子,诚学谈恋爱了。他享受着二人世界。

他对来自新疆的同学艾山江·则敏,有着说不清、道不明的好感。

则敏的眼睛很大,个子很高,为人热情。在班级的活动中,很多人都主动和她搭话。则敏是一个性格外向、热情大方的女孩子,放任了诚学对自己的热烈追求,他们两个人就这样慢慢地走到了一起。

在她二十二周岁生日的时候,他专门请她吃了顿大餐,然后去唱歌。他们唱着《天路》《青藏高原》等,歌声像展翅大鹏直冲云霄,感觉极为酣畅痛快。他带着醉意看着则敏,她用手拨弄发梢,忘情放歌……

5

心恒和怡娟周末相约游泳。

游泳馆里人头攒动,他们走出更衣室,在浅水池相见。怡娟不会游泳,天生怕水。

心恒鼓励她。"游泳是一件放松的运动。你也知道我们都是从羊水里出来的,可以说我们天生就会游泳。在长期的后天生活中我们不经常下水就遗忘了自己的这种本领。所以你不用害怕,你现在要做的就是通过训练找回自己以前的本领。"

她用欣赏的眼光看了看,点点头,示意他继续说下去。

他接着说:"在游泳比赛中,有四种正式泳姿,分别是蛙泳、自由泳、仰泳和蝶泳。蛙泳的普及率最高,一般人都是首先学会蛙泳的,因为蛙泳易学,也不太费劲。自由泳速度快,但比蛙泳消耗更多的体力,在游泳技巧上面也比蛙泳更难掌握。仰泳是最悠闲的一种游泳方式。仰泳时,你会感觉自己就像躺在自家的沙发上舒适惬意。在一般情况下,只有专业运动员才能把蝶泳掌握得最好,因为蝶泳会耗费游泳者非常多的体力,并且正确的蝶泳姿势也比较难学。一开始,我先教你怎么漂吧。只有学会了漂浮在水面上,才能进一步学习各种泳姿。"

"好啊!"她用信赖的眼神看着心恒。心恒扶着怡娟,让她寻找躺在家里沙发上的感觉。

"放松身体,不要太僵硬了,不然你会沉下去的。"

等怡娟稍微放松了身体,有点儿向上漂的感觉,心恒又不失时机地进行指点。"要挺起胸膛,身体尽量伸直,保持一条直线。这样利用水的浮力,你就能够漂起来了。"

看见她漂浮在水面上,心恒把手松开了,当然她是不知道的。等她反应过来,慌张中,身体就沉了下去,紧接着被灌了一嘴水。等她把水咳出来以后,他忙向她道歉"对不起,我事先没有告诉你。我觉得你能够自己漂了。"

想不到她爽朗地说了一句:"哪有学游泳不喝几口水的!我不喝上几口能学会游泳啊!"

她看着心恒哈哈大笑,心恒也跟着笑了起来。他打心眼里喜欢这样的女孩,成熟稳重又不娇气,看问题有主见,做事情不慌乱。心恒又扶着她漂了几次,怡娟慢慢地不怕水了,进步自然就快了。她可以在短距离水域不用他扶着,就能浮在水面上。心恒看着高兴,她更是兴奋。

"你在漂的基础上,双臂从前往后自然向外侧翻击打水面,小腿带动脚掌上下运动,就可以在漂的基础上往前游了。这是游泳的基本动作要领。"

怡娟点头示意。

人们常说,只要怀着一颗真诚的求知心,就能学会真本领。心恒用心教,怡娟用心学。一个学期下来,心恒教会了怡娟踩水、仰泳、蛙泳和自由泳。他们在深水区游泳的时候常常打水仗,偶尔引来吹哨声,就一哄而散。

在这样美好的日子里,心恒不时会把她叫出来小吃一顿。

夏天一般选择吃冰激凌,冬天会吃烤肉串。他们乐呵呵地拿着手上的东西,在校园的草坪上坐着,心恒给她讲,最近写的是什么文章,要表达什么意思。怡娟认真地听着,不时地插话问心恒为什么这样写,文章的标题为什么这样定等等。心恒拿出自己写的文章,为她一一分析。

他告诉她:"写文章需要意境。鲁迅笔下的花草世界趣意盎然,因为在鲁迅的眼里,一块小小的草地就是一个精彩纷呈的世界。我们的心中始终要装着激动,对美好人生的激动,对所见所闻的激动。只有这些激动才能激发你的灵感,让你写出鲜活精致的文字。"

说到激动处,他对怡娟说:"我想朗读其中的一段,不知道你愿不愿意听?"

她看着心恒微笑点头。

心恒缓和语气,静心朗读。

　　痛苦与快乐长久地交织在我的生活当中,而我却对它们没有一个清晰的认识,以至于我长时间被自己认识到的痛苦折磨。当达不到预期目标的时候,会被迷茫的情绪困扰。在生活中遭遇挫折的时候,会被种种的不如意羁绊。久而久之,对一些人、一些事,就失去了兴趣,也丧失了信心,对一些领域避而远之,感觉自己生活得很痛苦。

　　其实,痛苦是自己加在自己身上的思想和生活羁绊。既然不能避免一些不顺心的事,不能避开一些不愿见的人,那么以平和的心坦然地面对生活,才是我们应有的生活姿态。一个人最大的敌人是自己,因为不能放过自己,尤其是不能放过以前纠结的恩恩怨怨,所以才会长时间地备受折磨,痛苦生活。痛苦也是人为地拔高自己、高估自己带来的消极影响。当理想被现实撕个粉碎,就会心灰意冷,对生活悲观失望。

　　了解自己是改善生活的第一步。建立在了解自己基础上的生活才不是盲目的生活,才是自己的真实生活。这样的生活才会增强生活的积极性。积极的生活是一种有能力把痛苦转化为快乐的生活,这种生活首先是指一种生活态度、一种生活方式。尽管人生那么无情,我们还是应当把自己尽量改好,少给自己一些痛苦,多给自己一些快乐,同时也少给他人一些痛苦,多给他人一些快乐。

　　痛苦与快乐存在于人生的每个阶段。平凡人有平凡人的悲欢喜乐,名人也有自己的困苦与忧愁。所谓"盛名之下,其实难副"。一个人爬得高,越要在生活的各方面就就业业。不管是凡人还是名人,都会存在痛苦。痛苦与快乐,都会以不同的形式伴随我们一生。痛苦不一定就是可怕的敌人,可怕的敌人也不一定就会通过痛苦表现出来。有时快乐也会耽误我们许许多多宝贵的光阴。我们不应惧怕痛苦,更不能将痛苦拒之门外。坦诚地接纳痛苦,有可能痛苦也会转化为快乐,而有些快乐不一定就是我们所需要的。

怎样才能达到痛苦与快乐的和解?只有将"得失成败尽量置之度外,只求竭尽所能,无愧于心"。懂得生活的人不应该过分地计较得失成败,因为生活永远是向前看,而不是向后看的。只有坚定自己的理想与追求,才能在生活中达到痛苦与快乐的和谐统一。

心恒读完,感觉神清气爽。

怡娟对心恒说:"痛苦与快乐都是自我能够体会到的真实情感,和你在一起我感到很快乐。"

6

日子总是过得很快。

心恒大三那年,父亲王吉梦去世了。这对心恒来说是一个巨大的打击。

王吉梦在心恒上大学之前就患有风湿性心脏病,最近几年为了让儿子安心读书,除了务农以外,还出去打点儿零工。岁月的风霜加重了这一病情。在一次检查中医生告诉他,他除了患有风湿性心脏病,还有极其严重的脑血栓。医生建议他住院治疗。巨额的医药费吓坏了这个穷苦的父亲。他们对儿子隐瞒了病情。

每次儿子往家里寄信,或者给家里打电话,父亲都说身体很好,家里也好,让他不要挂念。远离家乡的他听着父母的嘱托,自然以为家里一切都好。他没有想到自己在学校安心求学,享受大学平静、幸福生活的同时,父亲的病情越来越重,终因医治不及时而匆忙辞世。

噩耗传来,心恒泪如雨下,不知该怎么办。他突然想起了那句"树欲静而风不止,子欲养而亲不待"。人们都说好人一生平安,但心恒却认为正因为好人一生坎坷,所以歌词才那样来唱!

在奔丧的那几天,心恒疲惫地回忆父亲匆忙的一生。他强烈地感到,父亲孤独而坚强地走完了自己的一辈子。

父亲从小失去双亲的呵护,很早就懂得生活的艰辛和自立的重要性。

青年时的父亲敢一个人上山拉煤。常年劳作受苦,父亲从来不喊苦叫累,带给心恒的总是乡村的趣闻轶事。步入中年的父亲,总是沉默寡言。儿子总自以为是地理解这意味着什么……其实他已经不再年轻,禁不起生活的过多折腾,而心恒的人生才刚刚开始。一个穷人家的孩子要成龙变凤谈何容易。父亲却没放弃这个梦想,他希望儿子能够像鲤鱼跃龙门的传说那样,走出山村闯一番事业。这种梦想在别人看来属于天方夜谭,更不用谈该如何承受,他却默默地承担着这份重担。

对于困难,父亲也从不轻言于人。他总是独自忍受,直到生命垂危之时都是如此。是他性格孤僻,不愿与人倾诉吗?是他碍于情面,不愿让人知道吗?在心恒看来,父亲生性豪爽,向来有话就说,从不遮掩;父亲为人亲善,从不滋生事端。

他越想心越痛。他不知道该如何承受父亲离去带给他的一切。他只知道父亲爱他、关心他,不想让他受委屈,想让他在学业上面有所成就。

奔丧之后,返回学校,他才能稍微平静地回忆和父亲在一起的美好时光。

第四回　青春

1

大学时光总是那么美好而短暂。

在即将逝去的大三这一年里,心恒忙着准备研究生入学考试,他想继续深造。这几年,他在大学里读书,越来越清楚地认识到自己的兴趣和将来要从事的职业。

他想当一名大学教师,将传道、授业、解惑作为求解人生的目标。他一直认为,能够做一名思想的启迪者,传播思想、创造思想是一件很有意义的事情。然而这条道路充满荆棘。只有越过专门学习知识的阶段,进入研究学问的阶段才能提升思想,圆自己的梦想。

就像那句名言所说,他每天“与苏格拉底为伍,与柏拉图为伍,与亚里士多德为伍”。求知的欲望燃烧着他的青春,宁静愉悦的日子就像书页一样,一页页地被翻过去。他感觉每天都是新的,充满了未知和快乐。充实的生活遗忘了多少有些灰暗的现实。

怡娟的专业是中医药学,属于五年学制。心恒比她提前一年毕业。她对未来有些迷茫,不知道自己是否应当准备研究生考试。

女孩子岁数一大,想法就会很多。

她想找一份稳定的工作,替父母减轻生活压力。她又想早点儿成家,“女大不中留,留来留去留成仇”。她还想和心恒一样,为了梦想继续前进。

但她不知道自己和心恒以后是否真的能够走到一起。在心恒备考的那些日子里,怡娟总是心事重重的,她怕这些美好的日子就这么悄然而逝。

心恒问她:"怡娟,你考不考研究生?"

她低头回答:"我不知道。"

心恒接着问:"那你以后毕业了有什么打算?"

她低头回答:"我不知道。"

心恒又问:"你会选择留在这个城市吗?"

她低头回答:"我不知道。"

心恒心有不甘地问:"我们以后怎么办?"

她低头回答:"我不知道。"

"你学习成绩这么好,年年都拿一等奖学金。你还申请到了国家奖学金和校长奖学金,你为什么就不能选择考研究生这条路?"心恒在情绪上有些激动了。

怡娟看着他:"我不知道。我们还是去吃火锅吧。以前都是你请客,今天我请客吧。"

心恒低头不语。

她拉着他的手,去了他们经常吃的那家火锅店。看着热气腾腾的火锅,心恒给她讲了一个让他难以忘怀的神话故事。

他说:"我们国家有一个关于九头鸟的神话传说。九头鸟本来是亿万年前大海深处的一条鱼。在自然进化的过程中变为鱼鸟,又在地质变动中成为神农架崖壁上的活化石。经过了百万年的风雨洗礼,鱼鸟醒来时已进化成了一只披着凤冠的神鸟。刚刚苏醒的神鸟不小心飞入腾龙洞。在它命悬一线时,被仁爱的九色神鹿所救。从此以后,它们相伴林间,成了亲密的好伙伴。贪婪的人们听闻'十头凤鸟'的故事,射下其中的一头,'十头凤鸟'成了'九头妖鸟'。九头鸟不仅要洗刷自己的恶名与冤屈,还发誓要寻找智慧的人来统治九州,启迪民智。

在寻找智慧谷的过程中,九头鸟发现途经的一处地方大旱。为了拯救苍生,它飞翔于群山之巅,引来九州惊雷,又滴血降露,拯救苍生,并戳穿了火神九眼犬的阴谋。火神逃走,心中不甘,又勾结了瘟神九尾狐,设计毒杀九头鸟。毒蝎三次过河的刺杀计划都被九头鸟机智化解。九尾狐心怀恨意,制造出一场瘟疫。在天地生灵面临浩劫时,九头鸟大智大勇,击败了九尾狐,赶走了瘟疫,并把自己的一双眼睛给了盲女小希。它的故事感动了海蚌,海蚌的泪滴变为九头鸟的珍珠眼。经历过生死浩劫后,人们重获安康,九头鸟和九色鹿又再次踏上了寻找智慧谷之路。"

他讲完故事看着对方,继续说着:

"我向往九头鸟的生活,虽然艰辛却很有意义。我羡慕九头鸟的生活,不管布满多少荆棘,总有九色鹿的相伴。我喜欢九头鸟的生活,为了给人们寻找智慧和思想,让他们过上更好的生活,甘愿牺牲自我。"

她听着,想起了心恒给她讲过的鲤鱼跃龙门的故事和马兰花的故事。她心里明白心恒为什么给她讲九头鸟的故事。她看着心恒,笑呵呵地说:"每个人的选择都不一样。我衷心地祝福你能够顺利考上研究生。我也会好好努力,争取早日拿到医生职业资格证书。我也会认真考虑你的建议,如果我作好了思想准备,会好好对待研究生入学考试的。"

2

诚学是一个精力充沛的人,在学校里经常参加各种志愿者活动。

在一次志愿者活动中,诚学去了河东省的居县。这是一个国家级贫困县。当地各类物资极为匮乏,主要有几个方面的原因。其中的一个原因是当地天气异常干旱,连续几年都不下一滴雨,因此能够种植的农作物品种极为有限,主要是种植耐旱农作物土豆。当地人一天吃两顿饭,白天十点左右吃一顿,主要是小麦做成的面条,上面放一些土豆丝。下午五点左右吃一顿饭,主要是小米粥和土豆丝。在水源极为稀缺的情况下,一户人家一周只消耗一担水,这担水还是千里迢迢从十里外挑回来的。

诚学和其他同学在这里生活了一个月。每天早上起来都要洗脸刷牙,他们知道洗脸刷牙的水是不能倒掉的。等这些水沉淀下来,大家会把沉淀物倒掉,剩下的水用来洗衣服。等洗好衣服,这些水被再次沉淀,用来洗脚和拖地板。诚学感到有些不可思议。在视水为珍贵的、稀缺的生活资源的地方,人们舍不得浪费一滴水。他这才知道,原来之前的自己一直生活在天堂里。他这才明白,缺衣少食的日子,生活是多么的艰难。

受江都市某乡村建设中心和某经济研究所的委托,他们在此进行了一个月的经济问卷调查。通过和当地农民的交流,他们得知村里的青壮年劳动力都外出打工了,剩下的都是"389911部队"("38"指妇女,"99"指老人,"11"指儿童)。由于当地没有支柱型产业,也没有特色产业,加上千沟万壑的黄土高原已快陷入荒漠化的边缘,人们纷纷外迁。受这个经济研究所的老先生的资助,居县大水头镇成立了国家第一家农村小额信贷银行。这家银行专门为当地提供小额经济援助,帮助他们渡过难关。这个乡村建设中心每年派出乡建骨干帮助当地的人们组建经济合作社,支持他们在经济上开展互帮互助,并捐建图书馆,成立文艺队,丰富人们的精神生活。

一个月来,他觉得人生过得很充实。

他经历了从未有过的生活锻炼。他为当地人们的生活困难而焦虑,又为许多人在默默地、全身心地关注着这块土地而感动得热泪盈眶。他的心一次次被撕裂,又一次次被缝合,他不知道该用什么话语来表达这一个月的人生感触。他知道,这块土地渴望着外面的帮助;他在想,我们国家还有多少地方和这里是一样的情况。

回到学校,诚学想起了心恒,后者经常把人生的体验写成文章。他也写了一篇关于自己在这次志愿者活动中的体会。

在文章里,他写道:

心中经常会产生一种需要他人关爱的情感诉求,也时常会萌生关爱他人的精神需要。从事志愿者活动已经成为我生活里一个重要的组成部分。我越来越觉得,志愿者是衡量社会文明程度的一把标尺,他们是社会的一道亮丽风景线。

志愿者应当具备两个方面的特征:具有献身的精神和奉献爱心的品格。更进一步说,志愿者应当具有无私奉献爱心的精神和敢于承担社会公益性责任的品格。志愿者知道,他们是社会的良性细胞,是实现社会自控和管理能力的最好体现。

志愿者们更清楚,人生道路上有各种各样的选择。每一次选择,都是对他们的考验。一些高尚的、能够做到的、对人生有意义的选择,对于他们来说才是有价值的。在从事志愿者活动时,就能明白:即使从事的活动没有回报,只有付出,他们还是毅然加入志愿者的行列。生活就是这样,当你关爱别人时,也是在为自己储蓄幸福。志愿者是无悔自己的选择的。

他进一步展开了自己的想法:

我们的社会为什么有志愿者?因为我们需要他们,我们开始关注并想要关怀他们。我们的人生为什么能够在志愿者活动中得到升华?因为人生就应该如蜡烛一样,从顶燃到底,一直都是光明的,志愿者就是这类人,他们在社会公益性活动中无私地奉献自己。这就是成长的见证。

人类的成长孕育了这样一个群体:成千上万的志愿者友爱奉献。难以忘怀成千上万的志愿者经历,在所有从事的志愿者活动中,让人深受感动的还是把足迹留在了祖国的贫困山区。只有在这里,才能感受到农村经济的困乏,感受到村里学生对教学资源的渴望,感受到保护环境与解决"三农问题"密切关联的紧迫性……

社会的成长包容了这样一个群体:成千上万的志愿者正在行动。面对人生道路上的多重抉择,他们选择了一些高尚的、能够做到的、对人生有意义的生活,这才是有价值的。志愿者在参加志愿者活动的过程中往往没有过多的功利性色彩,活动的开展就会有序、和谐地进行。从社会层面来看,这样的社会就是和谐社会。费孝通先生所说的"各美其美,美人之美,美美与共,天下大同"的和谐社会,能够通过志愿者的工作在社会上得到体现和实现。

自我的成长让我成为这样一个个体:成为奉献宽容友爱的志愿者。志愿者的身份让我永远保持一种上进的生活姿态。因为我真心付出过,所以我才珍惜这个称号,因为我在志愿者的活动中花费了时间,才使志愿者这个身份对我来说如此重要。志愿者让我在任何时候都要对自己进行深刻的反省。我是否还具备志愿者的品德?是否还在经常从事一些公益性活动?志愿者让我认识到一定要找到适合自己发展的道路。我需要志愿者这样的生活方式,所以我会把它当作一生的事业努力做好。

因为心中对志愿者活动始终抱有极大的热情,杨诚学在大学毕业之后选择了西部志愿者援助计划。

3

人们常用"白驹过隙"形容如梭的岁月,大学四年何尝不是这样。

王心恒如愿以偿地考上了全日制公费研究生,等待他的又会是另一番人生境遇。

段怡娟应聘到了另一个城市的一家正规医院的医生岗位。她憧憬着自己的未来。而在这个未来当中,心恒离她越来越远了。

第二部：绽放梦想

第一回　海申

1

海申市是国家的魔都。

王心恒下了火车，马上感觉到海申和他本科大学所在的城市有本质的区别。虽然他读本科时的城市也是大城市，曾经让他在心里无限风光过。但与眼前规模化的繁华相比，之前的热闹就是"小巫"了。

海申市拥有全国无数的制高点，令其他城市难以望其项背。

与一般人从高度上来理解制高点不同，海申的第一个制高点是，它牢牢占据了国家经济金融的中心地位。这是其他城市无法与之相抗衡的。经济金融中心的显著特征是办公室密集，人员流动性大。进进出出的人流让这座城市显得异常年轻。

"好有活力啊！"心恒禁不住在内心感慨着。他朝身边最近的一座高楼大厦走过去，想近距离接触一下。只见一扇一扇的窗户闪闪地反着光，密集地聚在一起。放眼望去，高楼大厦一幢连着一幢，不仅密密麻麻，而且错综复杂，让他看得眼花缭乱。

在之后的日子里，他才知道，要想看高楼大厦，就要来海申，这里云集了全国无数知名的高楼大厦。为了以后带亲朋好友来海申参观，他把海申的十座高楼熟记于心。他对海申中心大厦的印象最深刻。海申中心大厦是海申市第一高楼，总建筑高度为638米，一共有128层。在十座高楼中，这座最晚才建成的高楼，安装了直达123层观光平台的快速电梯，使前来参观的游客在观景台可以看到整个海申。海申金融中心是海申中心大厦的邻居，是世界最高的平顶式大楼。海申海关大厦与前两幢大楼比肩而立，它拥有340米高的户外云中步道，可以让人在"空中漫步"。排名第四的海申国际广场位于海申步行街商圈。这里的广场有许多高楼，也是该地区的地标性建筑物。它与前面四幢大楼隔着申江对望。

海申的高还体现在高房价上面。初来乍到的心恒，和大多数勇闯海申的人一样，一心向往海申。他哪里知道，人家都是望洋兴叹，而海申的高房价让无数年轻人"望房绝望"。听说，以前的海申不是这样的。房价涨得再高，也跑不过工资的速度。可现在却不一样了。在高房价面前，海申的工资增长乏力，而房价的上涨速度让所有人都预料不到。其实，这样来讨论海申的房价没有什么意义。对于大部分在海申拼搏的外地人，甚至是当地的老百姓来说，房子仅仅是用来住的，而不是用来"炒"的。

还有人异想天开，认为海申的房价迟早有一天会降下来。这样的情况若是在中西部城市，例如在鄂尔多巴市的康斯新区，是会存在这种可能性的。这个地方得益于国家政策,整个城市在丰富的能源和资源储备的刺激下,呈现出财富的井喷式增长。这样的财富爆发,产生了康斯新区,房价一路飙升。然而这里的产业单一,以煤炭为主的经济走向,仅仅富了小部分的煤老板,始终不能带动当地老百姓一起富裕。当地老百姓没钱买房,依靠借贷行业兴起的楼市几近崩溃。虽然这里的高房价下跌了七成,依然阻止不了人丁稀少的现状。

鄂尔多巴市的情况会在海申上演吗?海申的房子和康斯新区的房子可以比较吗?如果说康斯新区的商品房,因为没有需求除了爆破,没有其他出路的话,海申是不存在这种情况的。海申的房价不仅是价格的问题,而是需求的问题。在海申这个寸土寸金的地方,即使房价再高也会有需求,而鄂尔多巴市是真没需求。就拿海申的郊区——中天岛来说吧,这里的人口数量一直在高速增长。当地铁通到中天岛后,人们一窝蜂地把它视为最后的买房天堂。就算这波购房浪潮没有赶上,在海申周边的城市,买个比海申便宜很多的房子,每天长距离地往返海申上班,也是值得的。有很多人在海申上班,就把房子买到了隔壁省份靠海申的城市。这一切迹象都在说明,海申这个城市的人口增长率是良性的,而且是呈几何级数地增长着。

不过此时的他却一身轻松,他还没有到为买房子而发愁的阶段。

2

白良敏与王心恒从大学同窗开始,一直到硕士毕业,都是同班同学。

他们俩在大学期间就经常在一起学习。但是上大学期间的友谊,在他们俩的性格里却留下了不一样的东西。

心恒做事比较认真,凡事不弄出个究竟,誓不罢休。

就拿考研这件事情来说吧。良敏也在准备研究生入学考试。他们两个整天同进同出,在一个自习室复习,在一个食堂吃饭,在一个寝室睡觉,可学出来的效果就不一样。心恒除了按部就班地做模拟题、考研真题,还会积极主动与周围人分享交流学习心得。

良敏学了一会儿,就想出去玩一玩。他虽然在学习,但还是变着心思想要放松。学校里有专门的电脑机房,晚上对外开放,只需要花两元钱就可以尽情使用一晚上。电脑里有好几百部影片,这可是学习之外的一片新天地。他的心总是被学校电脑机房拴着,时不时就要到那里去消遣一下。

心恒则不一样。他怕考研有什么闪失,自从家里发生变故后,不管他做什么事情,都想一次性成功。他觉得,要是来第二次的话,就太浪费时间、精力和金钱了,很划不来的! 所以好友要是叫他去一起看电影,他一般会拒绝的,既是为了省钱,也有想抓紧时间复习的意思。

时间如白驹过隙,总是在不经意间拷打着所有人。

转眼就到了研究生入学考试的时间。他们同时步入了考场。每一个来这里参加考试的人,心里都非常清楚这意味着什么。对于农村人而言,还有什么比考试更容易改变命运的? 在这里,自古以来就有"学而优则仕"的社会传统。即使学习的目的不是当官,起码也要通过改变命运,在社会上获得一份稳定、体面的工作,让周围人能对自己另眼相看,让家人也能够沾点儿光。"一人得道,鸡犬升天"的心态,不用学校里进行灌输,就自然而然地存在于每个人的骨子里。

心恒就是抱着这样的想法步入考场的。

良敏则不同。他对考试没有那么功利的心态。如果能考上,就继续读书,家里也会资助他的。如果考不上,就工作,以后想读书了,就边工作边复习。因此,他是怀着一份轻松的心情来参加考试的。

在之后很长的一段时间里,两个人亲密无间地过着大学的"尾巴"。

如往常一样,他们都在忙碌地撰写本科毕业论文。考研成绩就在这种忙碌中公布了。听说网上出成绩之后,他们就马不停蹄地来到学校机房查成绩。心恒拿着准考证输入相关信息,一连输错了好几次,可能是他太紧张了。良敏知道了自己的笔试成绩后,就在一旁帮助心恒更正信息。心恒则迫不及待地问他的笔试成绩。

"你的四门科目分别考了多少分?"

良敏回答说:"两门专业课都还行,就是英语和政治成绩偏低了一点儿。这个成绩进入复试线应该没有问题吧。"

心恒瞬间有了一点儿自信心。自己这么用功地准备考试,应该也能达到复试分数线的。就在他这样想的时候,网上蹦出了他所有科目的成绩。良敏睁大了眼睛,猛地拍了一下心恒的肩膀。

"你小子可以啊!每门成绩都比我高,果然是功夫不负有心人呀!"

一颗悬着的心终于落地了。

接下来就是准备面试的环节。良敏也开始用心了,之前在准备笔试的时候,他们在各个方面还是都互通有无的。可此时,情况悄悄地发生了改变。良敏借故说,教室里太吵闹了,想要找一个安静的地方准备面试。他就在学校附近租了一间房子,一个人搬过去住了。他说,这样才能安心复习。

心恒还是老样子,在之前的考研复习教室里,在同样的老位置上忙碌地准备着。

隔上一段时间,良敏就问心恒最近准备得如何了。心恒总是一五一十地如实相告。良敏就说自己又想去机房看电影，心恒就劝他还是用点儿心。为了帮助良敏，心恒把自己手头的资料都复印了一份，这样好友就可以多一份保证了。但是良敏从来没有把自己手头的资料分享给他。

其实，良敏的内心也是蛮纠结的。自己花钱买来的考研资料要不要分享给自己的好兄弟？

若是分享了，担心他成为自己的竞争对手，自己考不上；若是不分享，好兄弟都把自己的资料分享了，自己还有什么不能分享呢，难道他的资料不是花钱买的吗？

时间长了，良敏的心态悄悄发生了改变。"我就是要一个人光明正大地看这些资料。心恒又没找我借，就算一不小心被他看到了，找我借又怎样！我就说是刚刚发现的，还没有来得及和他分享。就算最后不借出去，那也是我的权利，不想分享就不分享啊，我没有义务对任何人分享自己的私有物品。"

其实，他知道心恒手头的大部分资料和他的是一样的，只不过两个人获得的渠道不一样而已。

在面试过后，心恒笔试成绩和面试成绩的综合分数，成为当年入学的第一名，而良敏刚刚压线考上。心恒如愿以偿地考取了公费研究生。良敏考取了自费研究生，要筹集学费来读书。

此时的他表面上还和心恒称兄道弟，内心里却有些羡慕嫉妒。在人生的新阶段，同样的两个人在同一个新的地方，开始了不一样的人生。

3

心恒是来海申求学的外地人。

他刚来这里,就感觉到了莫名的压力。这种压力说不上来是怎么一回事,就是让他感觉焦虑。时间一长,他才逐渐地感受到这是一种什么样的压力。

海申的东西好贵啊!这种感觉成为他在海申的生活常态。对于单亲家庭的他而言,什么东西都要靠自己解决,此时的他才感觉到自己的弱小和无助。

在电话里,他对母亲柴可祥说:"妈,海申的东西比我们家贵多了。在学校食堂吃顿饭就要花五六块钱。这里的消费水平吓得我都不敢去超市买东西了。"

在电话的另一头,可以听见母亲有些自责的声音:"东西贵了,就要省着点儿花。但也不要老攒钱,尤其是在吃的上面不要省钱。该吃吃,该喝喝。妈在这边好好打工,尽量多给你寄点儿零花钱。"

心恒赶紧说道:"妈,您不用给我寄钱的。你自己存点儿钱吧。我爸不在了,家里也没个赚钱的男劳动力,你一个人要好好照顾自己。关于生活费的事情,还有国家助学贷款呢。现在国家的政策好,对贫困生很照顾。求学期间,可以免费贷款上学。以后工作了,开始算利息了,利息也不高,我能还得上的。"

母亲也不知道该说些什么才好,电话那头传来了轻微的哭泣的声音,仿佛怕他听见一样。

良敏和心恒对海申的感觉很不一样,他把这里当成了他的第二故乡,他喜欢海申的一切。它的热闹繁华,它的人潮涌动,它的高楼林立,它的壮观大气……

一来到海申,良敏就和新结识的朋友出去游玩,他们去了海申的一些好玩的旅游景点。他一大早出去,一直玩到晚上十一点多才回来。

从自习室出来的心恒,问一脸疲惫但很兴奋的良敏,那些风景真的那么漂亮吗?繁华的商业区卖什么东西?良敏给他看自己出去游玩时买的一双鞋。这是在专卖店买的一双鞋子,要五六百块钱一双。听说,这是一家著名的连锁店,专门卖休闲和运动产品的服饰。

这是一双黑色平板鞋,鞋底的外圈是一圈红,恰到好处地点缀着整双鞋,让人在深沉中感觉到了一丝可爱。这双鞋穿在他的脚上是那么合适,让心恒生出也想买一双的感觉。但他知道,自己不能买这么贵的鞋。

良敏对他说:"我给你讲讲这双鞋的好处。这是今年刚出来的一双新款鞋。鞋子的内部是透气性良好的鞋垫,上面有扇形放射状沟槽和透气小孔,可以让脚汗及时排除,还可以缓和走路时足部所受到的压力和反冲力。穿着这样的鞋子走路,会让人有一种轻松愉快的感觉。"

良敏对鞋子有特殊的爱好。不管走到哪里,他都会把目光死死地盯在鞋子上面。然而他又不爱跑步。与他相反的是,心恒对鞋子没有特别的执念和追求,但非常喜欢跑步,每天晚上都要跑步。

心恒就穿着几十块钱一双的鞋子,在操场上慢慢悠悠地跑着。此时的他,才感觉最为惬意。没有人打扰他,也没有什么事情能够烦扰到他。他边跑步,边胡思乱想。其实,他也不知道自己在想些什么,只是喜欢让脑袋不停地运转着。周围一片漆黑。跑步的人,其实很难看清对方的脸。操场上也有成双成对的人,他们要么说笑着,要么静静地走着,眼中像根本没有其他人。当迎面跑来一个人时,他们赶紧匆忙躲闪着。等这个人跑开后,他们又走回到原来的跑道上。校园里的生活就是这样,有谈情说爱的,有打球跑步的,有看书学习的,还有玩游戏的。只要你不干涉其他人的生活,你愿意怎么样就怎么样。谁也不说你,也没有人愿意管你。

当跑步已经成为一种习惯时,心恒就把跑步当成了一种爱好,当成了一种享受。

晚上下自习回来,他看见良敏和其他人在宿舍里,要么看书,要么玩游戏,要么看电影,要么上网聊天,要么打电话。他就出去跑步。

心恒和其他人不同。其他人都喜欢现代化带来的种种好处,他却偏爱大自然的简单。

看着满天的繁星,感受着夜里清新的空气,心恒就有一种豁然开朗的感觉。他在跑步的过程中,能够从身体的发泄当中感受到这种简单。尤其是上了一天课,或者自习了一天之后,心恒是需要这种放松的方式的。

这时的跑步对他来说已不是单纯地锻炼身体了。他在跑步的过程中思考学术问题,多篇论文的构思都是在跑步时产生的。大学里的景色美不胜收,心恒在校园的操场上跑步,就可以享受大学校园带给他的宁静和满足。

第二回　思想

1

研究生的生活不同于大学阶段的生活。

在大学里,衡量一个人在学业上是否优秀,主要看对知识的记忆能力。谁的记忆力好,考试之前临时抱一抱佛脚,也许就能在考试过程中取得好成绩。而在研究生阶段,就算你记忆力很好,也不一定能够在拥有这么多聪明脑袋的群体中间崭露头角。只有当你在权威的学术刊物上发表论文的时候,大家才会对你竖起大拇指。

那么这些权威刊物需要什么样的文章呢?它们需要具有创新性的文章,即你写的学术文章要有新意。何为新意?就是文章要有自己的想法,还要有一套能够说服人的逻辑和道理才行。怎样能使自己的文章拥有能够说服人的力量呢?关键是思想!那么思想从何而来呢?要多看古今中外的经典学术名著。这是在研究生的马克思主义经典文献选读的课堂上,老师反复强调的话。

心恒在研究生阶段攻读的是哲学领域中的一个二级学科——马克思主义哲学。这门学科在众多学科当中可以算作显学了。社会主义国家是以马克思主义作为指导思想的。可以说,马克思主义就是哲学社会科学领域里的"经学",其他学科都可以被认为是"子学"。而马克思主义中的哲学又是马克思主义一级学科领域里最为基础的学科。要想学好这门学科,就要熟悉古今中外哲学家们的思想。你就要去读懂自苏格拉底以来的思想流派是如何分化的,我们国家自老子以来的思想流派又是如何演变的。这不仅是一个甘愿坐冷板凳的问题,更是一个判断你的思维是不是适合进行这方面训练的问题。

一直以来,心恒对哲学,尤其是马克思主义哲学怀有浓厚的兴趣。但当有人知道他是学马克思主义哲学的时候,他们马上就会问他:"马克思是西方人,为什么西方这些发达国家从来不把马克思主义作为官方正统的指导思想?"诸如此类的问题,让他隐隐约约地感到困惑。

我该如何回答他们的问题呢?心恒知道,马克思主义是对西方资本主义社会不合理的现象进行批判,而这种批判具有现实的必然性。然而理论必须能够预测现实的发展,否则理论就会与现实脱节。社会主义初级阶段在马克思那里还有一个能否称得上"合格"的社会主义的问题,即马克思那里的社会主义和社会主义初级阶段的关系问题。这是一个需要认真对待的问题。心恒认为,这个问题的本质在于,提问者没有弄清楚马克思在晚年提出的"跨越卡夫丁峡谷"的思想。而这个问题是一个纯粹的学术问题,没有读过马克思和恩格斯原著的人恐怕很难知道,即使知道也不一定能够合理地理解和解释马克思当年提出的"在资本主义最薄弱链条的东方社会可以率先突破西方帝国主义的封锁,从而取得社会主义革命的胜利"。

这是问题的一个方面,当然这个问题还有更为扰人的更深一层意思,那就是,为什么即使建成了社会主义国家,仍然在经济领域没有超越西方资本主义国家的问题。全世界的绝大多数国家仍然在资本主义制度的统治下运行,而非在社会主义制度的治理下运行。心恒想,这可能是现代化的问题,而不仅仅是制度优劣的问题,因为现代化是一个历史进程。西方国家早在三次工业革命的时候,就循序渐进地迈入了现代化的历史进程当中。他们是以资本主义文明的方式迈入现代化的历史进程的。而在进行新民主主义革命和社会主义革命以后出现的国家,是在改革开放以后才逐渐与世界进行全面接轨的。这个接轨的过程就是迈入现代化历史进程的过程。迈入现代化历史进程的国家比西方国家晚了二三百年,这是一个不断发展的过程,不能简单地用制度优劣来判断一个国家的好坏。

当他这样想的时候,他就在进行一种学术思维的训练,只不过他是不自觉地在进行这方面的思考。

2

生活永远比思想更为有趣。

在波澜不惊的日常生活中，也有其他困扰着心恒的事情。他每天都惦记着明后天应该做什么事情。虽然有时候，因为晚上入睡的有点儿晚，导致一个晚上都没有睡着，但是第二天早晨，他还是习惯性地六点半就醒来了。心里装着未完成的事情，就算不用闹钟，到了那个点，他也能自然地醒来。

将近而立之年的他，除了要在学业上有所建树，还要在人生的各个方面都积极地准备起来。不是说事业上有"立"的可能性了，其他方面就自然而然地来了。心恒认为，这个"立"还应该指家庭。可惜大部分人已经习惯将其理解为人生的成就了。

一想到自己不管在哪个方面都一事无成，他竟产生了畏惧和逃避的心态。这可能就是一直读书的人没有走上社会所产生的不成熟心态吧。他很清楚，最根本的原因在自己的身上。大学里的安逸让他缺少了到社会上闯荡、打拼的那种积极进取的精神。想到这里，他暗暗下定决心，要通过慢慢的调整，改变身上的书呆子气息，逐渐改变自己一些不成熟的想法。

走出宿舍的大门，他的心情瞬间阳光灿烂了起来，心里也似乎多了一点儿希望。海申是一个快节奏的大城市，生活在这里压力还是很大的，尤其是研究生的第一个年头，通常都是最难熬的。

心恒还在心里想一个让身边人都感到很烦心的问题。他不仅是本科扩招的学生，而且当年扩招的研究生今年也已经开始毕业，就连两年制的专业硕士也已经毕业好多届了。这样一算，在庞大的研究生就业市场上，竞争依然非常激烈。文科专业就业压力更大，很多高校前些年因为扩招需要高校老师,近几年也基本上饱和了。哪个行业会要纯粹的哲学专业的学生?然而自己最渴望的工作依然是去高校当老师,这样的想法未免太过于天真。心怀学术梦想的人是可以在高校的舞台上尽情地飞舞,但是这两年的就业行情发生了翻天覆地的变化。高校招聘老师都有一个前提,那就是要取得博士学位,而且一些好点儿的高校还把招人条件上升到在国外获得博士学位的海归博士水平。心头突然飘来两朵"乌云",他真不知道自己以后是否能够有机会站到那个梦寐以求的三尺讲台上面。

他在本科阶段,就总是在想,读了研究生是不是可以少点儿辛苦,可以过上稍微清闲一点儿的日子。经历过咬紧牙关的考研难关,也算是幸运地从一个更高的独木桥闯进了一个不错的海申高校。据江湖传言,海东大学在海申高校的排名是名列前茅的。幸好自己在本科毕业之后没有直接找工作,而是选择考研继续读自己喜欢的专业。这样就可以为考博节约了不少时间。

青春是很短暂的。

要是真的在社会上闯荡几年,在不满意的情况下,辞了工作再来读书,就算读得不吃力,也会比同班同学晚了好多年,无形中增加好多压力。自己身边不就有活生生的例子嘛!而且文科不像理工科那样,需要接项目、做实验,文科就是纯粹的思想生产工作。你有没有思想,关键看你是否知道别人的思想,还要把别人的思想转化成自己的思想,更需要把自己的思想用学术的语言表达出来,然后投稿到期刊,让读者检验你的思想是否能够自圆其说。而且文科的文章也不好判断孰优孰劣。你说你写的文章很有新意,要么发现了某个真理,要么能够解决哪个社会问题。但在别人看来,或许你写出来的东西就没有什么价值。你却还只顾着自娱自乐,天天沉浸在一个人的快乐世界当中,无法自拔……

心恒感觉,自己看的书越多,就越来越感觉到,整个人类社会,特别是当下的社会,一直都在关心"人"的生存和发展问题。先不说国外的人是如何生活,在他所生活的这个国家,所有的学术旨趣似乎都是在破解如何为了成为"人",如何实现"人"的价值,如何破解"人"生存难题的问题。他不自觉地运用哲学的思维方式思考身边的一些社会性问题。

就拿教育来说吧。一个小孩在娘胎里就开始胎教。很多父母都怕自己的孩子落后,总是想在孩子的教育问题上比别人家的孩子早一点儿起步。大家耳熟能详的那句话"不能让孩子输在起跑线上",就是大多数父母身后的无形"皮鞭"。

心恒回顾了一下他的求学历程,除了要完成九年义务教育,还要完成三年魔鬼般的高中学习。好不容易到了大学,以为可以轻松一下,想不到大学里的压力也很大。等过了千军万马过独木桥的考研环节,想不到优秀的人更多了。人家不仅学业成绩好,家庭背景也好。整个人的综合素质明显比自己高出一大截。自己以前的应试教育,在优秀的环境中突然显得滑稽可笑。坦率地讲,这个不能怪罪到王心恒的头上。在他身上出现的问题,不是他一个人就能解决的,这是大多数学生身上存在的问题。

一个人格健全的人,除了会学习,还应当会生活。

大学应该通过培养学生的思想让人感受到青春的美好。无论是双一流、985、211等重点大学,还是普通的大学,所有的人都必须勤奋学习,但是这种勤奋应该建立在自主学习的认识基础之上。我们所有的努力不是为了活着,而应该是为了更好地活着。

这个社会依然相当残酷,而这种残酷就摆在心恒的面前。

心恒的内心不断地翻滚着。我的生命热情就这么消耗在二十多年的受教育之中。然而接受教育后,还要面临着工作压力。哲学专业的硕士生毕业后能够找到什么工作呢? 即使可以找到一份体面的工作,现在的工作也充满了竞争、考核等各种挑战,没有任何技术的我能够胜任吗?

心恒心中一直都有一个博士梦。现在的社会不是提倡终身学习吗? 他打内心里就喜欢这样的提法。只有学习让他感受到,生命中还有一些必然的东西,他愿意就这么把自己的一生交给学习。

"活到老,学到老!"他似乎从这句话中找到了今后的人生方向。

在这样思考的时候,他深深地感觉到了大多数人的可怜和可悲。

如今有多少人是真的能够在应试教育中感受到学习的乐趣? 又有多少人能够主动跳出应试教育的藩篱,自觉自愿地学习? 对于大部分人而言,学习不是让人去感受生活中有趣的东西,而是让人学习一些表面的技能和技巧。

还有人持有一种知识无用论的观点。学习有什么用? 知识能让你在海申买套房子吗? 他特别反感这样的想法。他从来不这样思考问题。在他看来,知识就是宝藏,里面有无穷无尽的用处。

还有人用"吾生也有涯,而知也无涯,以有涯遂无涯,殆也"来挪揄他。在他看来,用有限的生命去度量无限的知识,生命才能获得永恒。

他认为,我们应该在学习中去感受阳光般的思想,去忘记琐碎的零零散散。我们的学习就是要让人忘记生活中不快乐的东西。这样我们以后走到暮年,才会感受到这辈子不会白活。

学习就应该让人越来越有智慧,越活越觉得有趣。

当一个人回首自己的一生,不是只有悲伤的感觉,才会觉得无悔此生。

这也是心恒的人生追求。他认为自己若能智慧地老去,就会心满意足。

第三回　文学

1

心恒在求学的路上,思考了很多现实的社会问题。

这本来是个好事情。可是,活在这个世界上,有时候,想得太多了,就容易"走火入魔"。对于文科生而言,用个文雅一点儿的词语,就是"多愁善感"。

他想要表达自己的想法,用于舒缓和放松自己的心情。但他又不知道从何做起。写论文吧,好像心情也不能得到释放。看电影吧,看的时候倒是心情愉悦,看过后还是觉得心里空荡荡的。该如何才能安抚青春期才有的躁动呢?

这学期,学校组织了献血活动,希望大家踊跃参与。心恒想起了朱朝辉在高中期间献血的事情。朝辉这个人虽然在学习方面没有名列前茅,却天生有一副侠肝义胆的心肠。只要学校里有什么活动,他就积极参加,也不管这个对他好不好。

高中快毕业的时候,朝辉和心恒在校园的马路上一遍又一遍地走着,两个人的心情都很激动。心恒激动的是,他就要为高中生活画上一个圆满的句号了。朝辉激动的是,他终于可以走上社会,把自己的一腔热血投身到社会实践当中去了。那天,朝辉和心恒说了好多话。下午的阳光透过斑驳的树叶洒在两个人的身上,有一种梦幻的意境。朝辉突然想唱歌,想给一个人唱一首歌,虽然那个人再也听不到他的歌声了。

心恒就说:"你唱吧,我也想听一听。"

弥漫的烟雾中

我看到你那张忧郁的脸

你说出什么样的理由啊

你与我告别

是朋友啊

是恋人啊

还是心底最爱的人

你松开手后

转过身去让我忘了你

带着青春的迷茫与冲动

让我拥抱你

寂静的夜里我们跳舞吧

忘掉你所有伤悲

吹起那忧伤的布鲁斯啊

你是我最爱的人

只是你不愿意相信

怕它有一天会老去

再见了最爱的人啊

最爱的人啊

你是我所有

快乐和悲伤的源泉啊

再见了最爱的人啊

最爱的人啊

你是我静静离去的

一扇门啊

听着他唱《再见了,最爱的人》,心恒心中升起了淡淡的忧伤。朝辉给他讲述了他与他弟弟的故事。

在他还很小的时候,他的弟弟就去世了。家里已经债台高筑,却依然无法阻挡白血病对这个弱小生命的肆意掠夺。一切都发生得那么突然,一切都结束得那样平静。留给他的,只有回忆和心中无法释怀的情结。

之后一看到有献血的活动,他就踊跃参加。他想通过这种方式来弥补内心的缺失和遗憾。听着已经累计献过2000毫升、献血证一大堆的他,讲述他自己一直用心在做的一件事情,心恒心中涌动的是对他的羡慕。

O型血的朝辉就像他的血型一样为人乐观,乐于奉献。与他在一起,心恒感受到了残缺生活里的点滴美好。他对待生活的仔细和热爱,是受用一生的财富。

年前,心恒在老家见到了朝辉。自从高中毕业之后,他们已经五年多没有见过面了。朝辉一见到心恒,就先给了他一个深情而长时间的拥抱。坐在明亮的窗前,沐浴着温暖的阳光,他们聊了很久。

这次是在他的办公室。朝辉经过几年的社会历练,身上的学生气已经全无,取而代之的是一个成熟男人的自信和坚定。他问心恒,还记得当时一起"跟风"金庸武侠小说的事情吗?心恒说当然记得。

他对心恒说,在《天龙八部》里,乔峰和段誉是通过喝酒认识的。在乔峰被人陷害、落难的时候,段誉没有落井下石,而是自始至终都相信他的大哥乔峰是一个正派人士。他不想和江湖上那群乌合之众为伍。在武林大会上,众人围攻乔峰。正是在这个时候,乔峰和段誉、虚竹进行结拜,三人义结金兰。他说，他真的被这个故事情节深深地感动了。

他说，人一辈子最值得交往的朋友，其实没有几个。他失去了亲兄弟，就把和他在一起的好友都当成了兄弟！

心恒也是性情中人，被这股子的温情暖意打动了。

想到这里，心恒就去献血了。

这是他人生当中的第一次献血。心恒很少去献血，不是他不想献，而是他的身体条件不允许他去献血。整个大学期间，他的体重从来没有超过一百斤。有好几次他想去献血，都被学院的老师拦了下来。辅导员说他太瘦弱了，不敢让他去献血，怕出事。献血就成了他心中一个解不开的结。

读了研究生之后，学校每个月给他发两百多元的生活补助。生活条件有所改善，心恒的体重也比以前有所增加。这次他是铁了心要去献一次血。辅导员看他意志这样坚决，就没有拦他。

躺在洁白的床铺上，暖暖的温情萦绕在心恒的心间，他感受着满足的幸福。对他来说，献血具有特殊的重要意义，不管生活对他们而言意味着什么，这份与朝辉的同窗情，一直伴随着他们。

回到宿舍，心恒就开始发烧。第一次献血的他，对身体的这种不适应还不太习惯。但他没有把这种情况告诉其他人，而是一个人躺在床上静静地睡着。

迷迷糊糊之中，心恒就睡到了第二天。他感觉自己稍微好一点儿了，就去食堂吃饭。他发现，之前喜欢吃的油辣一类的菜，现在都吃不下去，只想吃一点儿汤水之类的东西。他点了一份鱼肉砂锅。他想着，或许这个东西能够让他的身体短时间内再次恢复起来。连续一个月，每天中午和晚上，他要么吃鱼肉砂锅，要么吃鸡骨头砂锅，要么吃蔬菜砂锅，就连卖砂锅的人都对他特别熟悉了。

在这次献血以后,他总觉得,献血这件事还没有彻底结束。

2

过了几天,他把朝辉的献血故事用文字表达了出来。

这篇小文章在一个晚自习写成。这是他在人生的新阶段写的第一篇随笔。看着这千把字的文章,心恒有一种想要投稿的冲动。他就给海东大学的校刊《海东大学报》投稿了。第二天,负责文艺副刊的编辑任怡给他回复,要采用这篇文章,并有相应的稿酬。

心恒不敢相信这件事情。他的文字快要变成铅字了?! 这是他做梦都想要实现的事情。想不到这么快,他就要实现自己的梦想了。

文学就这样闯进了他的生活。

他发现哲学与文学原来是相通的。哲学产生思想,再用文学把思想表达出来,不就把哲学生活化了嘛。他像突然发现了新大陆一样,兴奋得不得了!

之后,他就开始把以前阅读时积累的大量文学素材记录在一个小本子上,然后把这些文学素材提炼为自己的文学创作要素。每当自己对生活有感悟了,就马上联想到之前的哪些素材对自己的写作有帮助,自然而然地把这些素材运用到自己的创作当中。

他的文学小记就这样一篇接着一篇地写了出来。

刚开始的时候,他写完随笔,没有回过头来认真检查的习惯,直接就把稿件投到校报编辑部那里。《海东大学报》接到了他投过来的一篇又一篇的稿件。

任怡通知他来校报编辑部交流稿件事宜。她把这些稿件一一打印出来,帮他分析存在的问题。看着这些错别字、病句和逻辑不顺的地方,心恒感到羞愧万分。任怡告诉他:"每一篇文章写好后,自己一定要看两遍。作者首先是自己文章的读者,要对自己负责。"从那之后,心恒牢牢地记着这些话,并按照任怡的要求修改文章。

很快,心恒就成了《海东大学报》的专栏作家。全校师生都知道校刊上有一个哲学专业的研究生,用笔在记录自己求学期间的所思所想、所感所悟。

心恒带动了身边的同学们也把自己写的文章投稿到校刊上。有些人投稿之前,还把文章拿给他看,他就热心地提些修改意见。

现在对他而言,在文学创作上,他还是有点儿小小的心得。他把这些心得整理出来,分享给想要培养这方面爱好的亲朋好友们。他在自己的笔记本上这样写道:

为写而作需要一颗勇敢的心和阳光的生活方式。

写作已经成为我生活的一个重要组成部分,它承载的意义是我表达生命诉求的一种方式。开始写作是传递自己情感的需要。用文字记录真实的情感是我感悟生活的表达途径。想要认真对待生活,有时候是一件很痛苦的事情。生活中的很多情感难以割舍,萦绕心中就有了写作的冲动。

用写作记录人生的这些点滴,会让我的心态淡然、心境平和,更加积极地打理自己的消极情绪,认真努力地生活。

为写而作是一件神圣庄严的事情。生活有待提升,生命需要升华,写作为人们的理解提供了不可或缺的素材。

怀有写作的冲动是一件幸福的事情。生命因为想写而能写成一些东西,感受生命就成为一件充满乐趣的事情。描写亲情的深沉含蓄、友情的自然真诚、爱情的温馨美好、生活的丰富多彩、生命的深刻难忘等等的一切都在娓娓道来中启迪人们的心智和良知。

既然要写,就要成文,大胆而作,需要用心。写作需要一颗真诚且勇敢的心。当我平静地面对生活和自己,想要做一些认真的思考,记录人生的况味和思想情感,写作就成为我直面心灵的一条通途。心灵此刻在平静中思索,生活在此时不需要波涛汹涌。感受生命的当下体验,思想在笔尖流淌,或许就是幸福的最佳写照。

写作还排遣了生命中的孤独,让生活变得振奋人心,因为写作就是生活的真实写照。它既是文化的一种表达,更是人化的一种努力。写作的过程就是一次思考的过程。这个世界是个什么样子,对你有何意义?你是如何在认识和改造这个世界的过程中获得幸福?通过这样的思考,你对生活的积累和人生的感悟不但可以通过写作得到记录和表达,你的情感和思想同样可以通过写作进行沟通和交流。

用一颗勇敢的心阅读生活的千姿百态,用触动心田的笔尖阳光地生活,是写作带给我的灵感和期待。写作的活动让我的生活更加饱满,用火热的激情浇灌了我的生命。幸好它不是作家的专利,也不是思想家把玩的工具,它是我们通过努力就能更好地生活的桥梁。

3

有一段时间,王心恒把《海东大学报》当成了茶余饭后最为重要的阅读资料。

楼下信箱一有《海东大学报》,他就拿回宿舍,一个字、一个字认真看着。除了看《海东大学报》,他从住宿楼的管理员阿姨那里还拿来《新民晚报》等报纸来看。他突然发现,把自己的情感和思想变成铅字,呈现出来是一件多么美妙的事情。对他而言,只有文学才能实现这样的目标。

他甚至把文学当成他最好的朋友,心情愉快的时候,想与文学聊聊天;心情不好的时候,也想与文学聊聊天。通过这种"聊天",他排解了一个人在海申这座城市里生活的孤独。文学对他而言就是一种温暖的力量。这种力量在他成长的过程中,正在起着巨大的作用。

但是想走上文学的道路,只有丰富的情感是成为不了作家的。这个世界上情感丰富的人那么多,可是真正的作家又有多少呢?

就在此时,一位女性作家毕淑敏以三百六十五万元的版税收入,荣登"2007第二届作家富豪榜"第十四位,引发了社会的广泛关注。海申的各大报纸纷纷开辟专版宣传她的作品。心恒阅读了这些报道后,发现这位一直不为自己关注的女作家的文字原来这么温暖人心,仿佛就是他文学道路上的一盏指路明灯。

她不仅是国家一级作家,写出了《红处方》《血玲珑》等畅销小说,而且是内科主治医师和注册心理咨询师。她把医学领域的热点问题和心理学领域的非常态问题,通过小说的形式表达出来。这让心恒马上想到了自己的文学创作之路。他有一种想把哲学关于人的思考,通过情感的记录和文学的语言表达出来的冲动。

可以说，从此时开始，他感觉自己在文学的道路上有一位可以神交的作家，在他产生困惑的时候，她一直在冥冥之中指引着他。

在他心情起伏的时候，时常会想起毕淑敏的文字。

在他心情平静的时候，也时常想起毕淑敏的文字。

她恬静淡然的文字时常回旋在心恒的脑海，与他的心情交织在一起，慰藉着他的灵魂。他之所以迷恋毕淑敏的文字，不是因为认真地对待了她的文字，而是她的文字在认真思考着这个世界。这对他观察、思考、记录这个令他无限遐想的世界，是一剂多么救命的良药！

这个世界时常让人感到困惑。生活在这个世界的人，不时地会感觉到自己活在自卑、抑郁、焦虑、悲伤、恐惧等阴影当中。每个人都能感受到这种痛苦，但是不一定真正知道这种痛苦。

而毕淑敏通过她清新的文笔、温暖的哲思，关注着这种痛苦。她从不逃避生命与死亡、幸福与冷暖的话题。恰恰是这种对生活关注的真实，让她的语言和思想感染了成千上万的读者。

心恒一个人生活在海申。他的母亲不知道他的真实生活，他以前的亲朋好友们也不知道他是如何生存的。一个正在经历繁华都市热闹的农村娃，满眼看到的是人们对房子、车子、票子、妹子的迷恋，对绿卡、红颜、权势、名利的追逐。

身处物欲横流的环境，随着物质生活的丰富，人们精神上的痛苦，把人显现得既渺小又脆弱。

毕淑敏是内科主治医师，见过太多的死亡。

她也是心理咨询师，见过太多离奇的人生。

她通过写作把自己在有限生命中的所思和所想,与更多的人分享。通过分享,人们看到了一个人的世界,也看到了成千上万个人的世界。原来人生就是这样的普通。不管你是什么人,都要活在爱的世界中。不管你在做什么,都在寻找人生中的幸福。那么,什么是爱? 幸福又从何而来?

毕淑敏从不正面回答这些问题。因为她知道这些问题没有标准答案。想要知道答案必须靠自己寻找。但是她会通过自己的思考与你分享她的感受。她会说:"爱怕撒谎、爱怕沉默、爱怕犹豫、爱怕平分秋色、爱怕刻意表功……"

她会告诉你,幸福不是奢侈品,人人都可以获得幸福。但是你要经常"提醒幸福",因为幸福有盲点。对幸福不太在意的人,即使在别人眼里是幸福的,自己也未必知道。只有失去的时候,才知道幸福的可贵。

读着她关于爱和幸福的文字,心恒躁动的内心慢慢平静下来。她的文字可以治疗心恒内心的伤痛,让心恒在挣扎的人生旅途上,享受片刻的宁静和温暖。然后这种温暖成为他情感的一部分,在他的生活中支撑着他一路前行。

人生路上,需要这样的良师益友。可以说,毕淑敏就是心恒的良师益友,也是心恒的文学导师。她也是成千上万的读者的知心好友。

他特别喜欢毕淑敏对待每一本文稿的态度:"写完了这本文稿,如同面朝蓝天放飞一只鸽子。我目送它远去,不知道它将会栖息在何处树梢或是屋檐下。祝愿这只带着鸽哨的白鸽,在新主人那里,盘旋着发出清音。"

心恒在想,这不也是他一直想要实现的梦想吗?

文学是他专业之外的一片天空。在这片天空里,他感受到了活生生的人性,也感受到了鲜活的生命。

第四回 官司

1

心恒在文学的世界里找到了人生前行的动力,却不想一场旷日持久的麻烦从天而降。

农村邻里之间经常闹矛盾。这种"小打小闹"的矛盾,今天出现了,明天又消失了,本来也属于正常的社会现象。可是偏偏有些邻居之间的矛盾就是过不去,最后成为延续到后面数代的世仇。

心恒父亲在世时,给他留有一块宅基地。这个已经好多年没人照料的宅基地,离他老家的房子有一里的距离。自从父亲去世后,母亲就出去打工,也顾不上管宅基地这回事了。

他家的宅基地毗邻一户财大气粗的邻居。这户邻居的主人叫洛霸,在心恒老家县城的公家单位上班。这户人家翻修老房子,就把家里的杂物和建筑用的设备和工具等都堆在了心恒家宅基地上面,也没有给他母亲说。这本来也在情理之中,邻里之间就是应该相互照应吧。过不了几个月,等洛家装修好后,自然会把东西清理掉的。

可是,洛家的小孩比较淘气。在他家建筑工地上玩耍的时候,就把砖块和木材等东西,随便扔到了心恒家宅基地里,正好压坏了好多正在生长的绿豆苗。心恒的奶奶过来查看绿豆苗的时候,发现了这一情况,就过去找洛家的大人反映。

她过去的时候,洛家的男主人正好在单位上班,家里只有女主人在家。女主人听明白来意后,就不好意思地给他奶奶赔礼道歉了。心恒奶奶也觉得这并不是什么大事,就回去了。

洛家的女主人整天忙着家里的装修,等家里的小孩放学回来,就忘记心恒奶奶说的那件事情了。小孩子放学回来,照样和其他小朋友们玩起了前两天的游戏,又压倒了一片绿豆苗。这个事情又被前来查看情况的心恒奶奶发现了,她又要过去找这家的大人说理。结果这次大人都不在,只有小孩子在家玩。

奶奶走过去对小洛说:"是谁压坏了绿豆苗呀?"小洛知道做错事情了,一句话也不说。奶奶就开始教育起小洛来:"小孩子玩的时候,是不能到田里来的,要不然会破坏庄稼的。你看,你已经压坏了好多绿豆苗。这下该怎么办?"奶奶的话吓着了小洛,小洛就大声哭了起来,恰好被走进自家院子的小洛妈妈看见了。

只见她匆匆忙忙地走过来,脸上自带不悦的神色,连忙问小洛怎么了?

小洛就说奶奶骂她。奶奶这下也急眼了! 她本来没有骂小洛的意思,只是在以自己的方式教育小洛,想不到事情竟会朝着这样的方向发展。小洛妈妈就问心恒奶奶,对小洛说了些什么。奶奶岁数大了,不太能说清楚话。她支支吾吾地说:"我没有骂他……我只是告诉他,到种了绿豆苗的庄稼地里玩要是不对的,想让他以后不要再过去玩……"

小洛妈妈大概知道来意后,就气狠狠地说小洛:"你哭什么! 不就是被奶奶说了两句吗? 奶奶又没有说错,是你压坏了人家的东西! 奶奶都没有让你赔,对你还不好吗?"心恒奶奶听出了话里的别扭劲,就连忙说家里有事,先走了。可是她不知道,从此小洛妈妈就怀恨在心,对她心生不满。

2

这天心恒奶奶照例来自家的宅基地看绿豆苗的长势。小洛妈妈老远看见她走过来了,于是赶紧到水龙头处接了一脸盆的自来水,在家门口等着。

等心恒奶奶走近了,小洛妈妈就把那盆自来水泼了出去。心恒奶奶突然见一盆水泼了过来,"哎哟"地尖叫了一声,她来不及躲闪,就被浇得满身都是水。这时,小洛妈妈假惺惺地赶紧出来说:"大娘,不好意思。我没有看见您走过来,就把水泼出去了。没有把您怎么样吧?要不您赶紧到我家里来,我马上给您擦一擦身上的水,再给您找件衣服换上吧。"

心恒奶奶被淋得惊慌失措,根本没有听清楚小洛妈妈说了些什么,慌乱中回应说:"没事,我赶紧回去换身衣服吧。"她说着就往回走。

心恒奶奶毕竟年事已高,禁不起这番折腾,当天晚上就开始发烧。人糊里糊涂地躺在床上,开始说胡话。

此时,心恒的母亲正在外面打工,根本不知道家里发生了什么事情。

过了两天,心恒奶奶还是躺在床上病着,就有人去县城给正在饭店当服务员的母亲打电话,让她赶紧回家一趟。心恒奶奶病得不轻,怕人有什么危险。心恒母亲当时就很纳闷,人不是好好的,怎么会突然病倒了呢?她心里虽然这样想着,还是马上给店里的老板打了声招呼,匆匆忙忙赶公交车回村里了。

她回到家后,见心恒奶奶面色不好,急得要把她往医院送。奶奶此时已经没有力气了,在床上摇摇头,用微弱颤抖的声音说:"洛霸和他的家人不是什么好东西!这次的生病就跟他们有关系。"心恒母亲赶紧问了此事的前因后果。

接着,奶奶对她说:"我们惹不起他们。你看看,要不还是把这个宅基地卖掉吧。这样以后就不用跟他们做邻居了。"心恒母亲听了这话,眼圈顿时湿润了。这可是她丈夫留下来的唯一财产呀。现在住的房子已经破烂不堪,以后还准备在宅基地上盖座新房子。要是卖了宅基地,以后心恒在哪里结婚?

奶奶说完这些话,满眼都是泪水。

心恒母亲当天晚上就去小洛家讨公道去了。小洛父亲连忙向她道歉,说小洛母亲泼水的时候,没有在意门外面是否有人,结果不小心就泼到老人家身上了。老人家估计是着凉了,加上年事已高,身体状况可能就不好,身边也没人照料,出现了这样的事情。

"可祥,真是对不住!心恒奶奶看病花了多少钱,我们来承担。"小洛父亲自觉理亏,给邻居赔了不是。小洛母亲在一边附和着,还一边用手拭去眼角的泪水。小洛躲在门外面,听着屋里大人们的讲话,感觉有什么大事情就要逼近这个家了。

心恒母亲满肚子都是不平,但又不好发泄出来。毕竟洛霸也是村里的能人,要是在这个事情上过多纠缠,反而会滋生出新的麻烦。

她来洛霸家讨要说法的时候,就反反复复、前思后想地考虑清楚了。若是人以后好着哩,赔点儿医药费就算了;若是人以后有什么三长两短,还是要讨个说法,不然自己以后也没办法在村里生活了。她对小洛的父母说道:"凡事要评个理。你家盖房,把东西堆在我家宅基地上,我没有说什么。给邻居行个方便,以后总归是为自己行个方便的。可是你们也没有事先告诉我一声。这就是你们做得不对。"

她看着门外面的小洛,继续说着:"小孩子不懂事,大人是可以理解的。

小洛奶奶看见绿豆苗被小洛压倒了,过来告诉你们,想让你们知道这个事情,希望你们管管小洛也是为了孩子好。况且,奶奶说小洛的时候,他已经第二次压倒了一大片绿豆苗。老人这种急切的心情,你们也能理解。要是你们家的绿豆苗被反复踩踏,你们会是什么样的心情?"心恒母亲有些激动地说着。

小洛父亲在一旁很不悦,就打断了可祥的话,大声说道:"你说吧,给你赔多少钱,这个事情能够了结? 我们也知道错了,事已至此,大家就商量着解决这个事情吧。"

可祥突然哭了出来:"这个不是钱的问题。我们是邻居,抬头不见低头见。现在要是心恒奶奶出个什么问题,闹出人命来了,怕是有人要进监狱坐牢的!"

洛霸当场拿出三千块钱,想要了结这件事情。可是心恒母亲就是不接钱,哭着离开了小洛家。

上了岁数的老人有些风吹感冒,本身就是大事情。何况要是心里再憋着不痛快,那就加速了摧残身体的过程。

心恒奶奶最近几天不怎么吃饭。可祥每天早上给婆婆打个蛋花汤,扶她起来一勺一勺地喂下去。村里人听说了这个事情之后,到处都在议论纷纷。村民们三五成群地去他们家,手里提着鸡蛋、白糖或者牛奶之类的东西看望老人。他们纷纷宽慰可祥,让她放宽心态。既然碰上这样的事情了,就听天由命吧。

一个多月后,心恒奶奶就撒手人寰了。

心恒闻讯,一脸惊恐,赶紧买票回家奔丧。

就在他回到家的当天晚上,母亲就跟他说了这个事情。心恒知道了事情的前因后果以后,义愤填膺地说:"姓洛的一家装修房子把所有的东西都堆在我们家的宅基地上,我们没有说什么。这次他们家的孩子压坏了我们的绿豆苗,奶奶只是说了他家孩子两句话,也是为小孩好。想不到他们家这么强势,竟然拿水泼奶奶。这是草菅人命!我要到法院告他们!"

3

人世间的事情,总有说不清、也道不明的。

如同父亲的丧事办得简朴又匆忙,奶奶的葬礼更为简朴。凡是认识心恒奶奶的人,都过来送了一程。许多人走之前都同情地看着心恒母子,最后只是一声叹气就离开了。这一切都被心恒看在了眼里,记在了心里。他暗暗发誓一定要给奶奶出这口恶气!

回到学校,他马上找了大学里攻读法律的同学武飞,把家里的事情告知好友,让他帮忙分析一下。这位同学认为,这个案件的性质属于刑法中典型的故意伤害致人死亡罪。《中华人民共和国刑法》第二百三十四条规定:故意伤害致人死亡或者以特别残忍手段致人重伤造成严重残疾的,处十年以上有期徒刑、无期徒刑或者死刑。那如何进行认定呢?武飞接着说道:"故意伤害致人死亡,属于故意伤害罪的结果加重犯,它是指行为人明知自己的行为会造成他人身体伤害的结果,并且希望或者放任伤害结果的发生,结果却出乎意料地造成了死亡,即对伤害,行为人具有主观上的故意,但对死亡的结果,其主观上具有过失且只有过失。从犯罪构成要件来看,故意伤害致人死亡的犯罪构成的特征是,在客观方面,表现为实施了非法伤害他人身体健康的行为,并且造成了他人死亡的结果;在主观方面,行为人明知自己的行为会造成他人身体伤害的结果,并且希望或者放任伤害结果的发生,但是并不希望或者放任死亡结果的发生,也就是说有致人伤害的故意而没有致人死亡的故意,主观上是故意加过失的双重罪过。"

心恒接着问武飞,小洛母亲的行为是否属于故意杀人罪?故意杀人与故意伤害致人死亡又有什么区别?

武飞说:"这首先要看犯罪人的主观情况,还要考察行为故意的具体内容。要通过后者来判断前者的主观故意程度。故意伤害罪的本质特征在于侵犯他人身体健康权利,行为人对其行为必然或者可能对他人造成伤害是明知的,并且希望或者放任这种结果的发生。在这里一定要注意:故意伤害即使造成他人死亡,死亡结果也不属于行为人希望或者放任的内容。然而故意杀人罪的本质特征在于侵犯他人的生命权利,行为人对其行为必然或可能造成他人死亡是明知的,而且希望或放任这种结果的发生。当死亡结果发生时,这种结果是行为人希望或放任的,当希望死亡结果发生但由于行为人意志以外的原因而致使这种结果未发生时,仍不影响行为的故意杀人之本质特征。在你奶奶的案件中,第一,小洛母亲的行为应定性为因琐事引起的发泄不满的行为,对你奶奶并没有任何深仇大恨。凭这一点就可以判断,小洛母亲的行为属于伤害的故意。因泄一时之愤,而将一盆冷水泼到你奶奶身上,这显然不具有杀人的主观故意。第二,你奶奶和小洛母亲属于邻里之间的关系,平时相处并未发生什么矛盾和纠纷。在案发当天也未发生任何激烈的矛盾,只是小洛母亲的行为引起了你奶奶的发烧感冒,加之你奶奶年事已高,各种综合因素才造成了老人的死亡。这说明小洛母亲并没有杀你奶奶的故意。第三,小洛母亲使用的工具并非法律上限制的管制刀具一类的东西。从她使用的犯罪工具也可以看出,小洛母亲对其行为所产生的后果没有上升到杀人的情况。第四,刑法上通常认为,人的头部、胸部、腹部等是要害部位,对这些部位的侵害,比其他部位更容易直接引起被害人的死亡。这能反映出行为人的犯罪心态。而小洛母亲在实施犯罪行为时,并没有对你奶奶的上述要害部分进行攻击。"

咨询过武飞后,心恒一纸诉状将洛家告上了法庭。洛霸对心恒的做法感到十分意外,他马上动用自己的行政资源和关系,全力以赴要打赢这场官司。

在法庭上,被告方的律师提出了小洛母亲是过失致人死亡,不是故意伤害致人死亡。双方就在这点上展开了激烈的辩论。

被告律师认为,小洛母亲不具有伤害心恒奶奶身体健康的故意。虽然心恒奶奶客观上发生了死亡的结果,小洛母亲主观上对死亡结果的发生属于过失心态,即不希望也不放任死亡结果的发生,死亡结果的发生是意料之外的。并且被告律师特别强调说,该起过失致人死亡的事件,发生宅基地上,属于日常生活或劳动生产等场合,不具有非法性质。

原告律师反驳道:小洛母亲实施泼水行为具有明显的主观故意。她明明知道心恒奶奶年事已高,禁不起这样的行为打击,偏偏故意实施具有人身攻击性的伤害行为,其实施泼水行为的主观心态是要为日常琐事纠纷寻机报复。这是导致故意伤害的微观真实环境。由此可以判断出,小洛母亲的心态是故意而非过失,其行为是故意伤害并导致他人死亡的行为。

经过一轮庭审后,法官分别约见双方当事人,希望双方都能让步,通过调解处理该事情。

回到村里,村委会的干部主动找到心恒和他母亲,提出若能通过调解处理此事,村委会将考虑在法律赔偿之外,对他们家追加补偿,以弥补此事对他们造成的情感伤害和经济损失。

经过半年多的调查走访以后,县委派专人由镇政府、村委会的人陪同,来心恒的家里协调处理此事。最终,法院调解处理了此事,由洛霸一家,赔偿心恒一家三万元,镇政府和村委会以慰问困难户的名义联合补偿了心恒一家一万元。县委、县政府对洛霸进行了专门的政治教育,对洛霸的妻子进行专门的法律教育。此事才最终告一段落。

4

经历过这件事情后,心恒感觉到法律是一门很实用的专业。学点儿法律知识有助于在今后的生活中,运用法律武器维护家人和自身的合法权益。

他暂时停止了对各类文学书籍的阅读,投身到国家司法考试的大军中。然而他把这个考试想简单了。司法考试全国通过率仅为8%,他又不是法学科班出身,这个考试的难度对他而言可想而知。

果不其然,经过一年多的紧张准备,他第一次坐在了司法考试的教室里。尽管他用心答题,结果还是因为差了二十多分,没有通过当年度的司法考试。

这个结果反而刺激了他。他咬了咬牙,不拿下这个考试,他誓不罢休。

在第二年的考试中,他如愿以偿地通过了司法考试。

知道结果的当天,他心里想到了他的奶奶。若是奶奶现在还活着,该有多好……

第三部:逆流而上

第一回　钱杭

1

在心恒的不懈努力下,他终于考过了司法考试,但也为此付出了惨痛的代价。

他用了一年的时间,处理家里的官司问题,又用了整整两年的时间备战司法考试。在他处理纠纷的时候,其他同学正静静地坐在教室里看书学习。在他准备司法考试的时候,考博的同学又在教室里紧张地准备着博士生入学考试。

从事学术研究工作不像社会上的其他职业,通过短时间的专门准备,就可以马上得到想要的结果。不经过三五年的漫长积累,是不可能建立起对学术的敏感性的,更不可能拥有学术的思维方式。他在三年硕士研究生的求学期间，把大量的精力和时间用在与专业课学习无关的事情上面。当他终于有精力回过头来忙学业的时候，发现自己已经快荒废了学业。

他也想继续攻读博士学位。但很显然的是，如果他考哲学专业的博士，恐怕难度会非常大。

他想，既然我通过了国家司法考试，说明对法学这门学科还是有一定的了解和认识的。自己通过自学法学都能通过国家司法考试，那以后接受系统的法学博士训练，应该也不会有多大的问题吧。他思前想后了半天，决定报考法学专业的博士研究生。但他在本科和硕士阶段又没有接受过系统的法学学科训练。法学的二级学科又那么多，他到底要报考哪个方向呢？仅仅通过了司法考试，说明这个人只是初步了解和掌握了基本的法条知识，并不意味着他就建立起了法学学科的思维方式，更不意味着他就适合走法学学科的研究道路。

但是此时心恒已下定了决心，一定要考上法学专业的博士研究生。

他在海东大学法学院的网站上逐条查找每位法学学科博士生导师的研究专长。他发现李平老师是专门从事法哲学、法理学和法社会学方向的研究，并且在哲学研究领域也有专长。他的若干学术著作就属于哲学、法学、社会学和文学等交叉学科的综合性研究。

心恒专门跑到图书馆借了李老师的一本专著来看。他看完之后，被李老师书中的观点和思想完全吸引了。于是，他给李老师写了一封信，李老师很快就回复他，欢迎他来报考。

心恒激动万分，感觉自己又可以继续读书了。他用了一个多月的时间，看了海东大学法理学的博士生入学考试的推荐书目。

拿到法理学专业课试卷的那一刻，他才发现，自己准备得一点儿都不充分。整张试卷上就两道论述题,各占五十分。一道是"谈谈你对建设法治社会的理解",另一道题目是"谈谈在地方司法实践中开展法治评估的动因、问题及建议"。第一道题是大众化题目,即使回答得不好,也会有话可说的。然而第二道题是法学界近些年来关注和研究的热点问题,他根本就没有接触过,哪里知道从何入手。于是他就从哲学评价论的角度来理解司法实践中的法治评估。这种硬着头皮答题的感觉,让他觉得这场考试对他而言十分吃力,吃力中还弥漫着一种荒诞的感觉。

他虽然把题都答完了,却根本没有信心,既然自己是否能够考上是一个未知数,他也就没有对考试结果抱有多大的希望。随后,他投入到了紧张地找工作当中。

他想在大学里工作,可是当下的行情他心知肚明——自己没有博士学位。站在大学的三尺讲台上教书,对他而言简直就是异想天开。如果想留高校的话,只能当辅导员,或者做行政。可海申市的高校竞争这么激烈,自己又能有多大的把握留在海申呢。索性把海申高校都一网打尽,如果不行再去别的地方看看。他往海申的所有本科高校投了一遍简历。过了半个多月,没有任何高校回复面试的消息。他开始慌张了,看来要考虑邻近省份乃至全国的高校了。他就又往周边省份的兄弟院校投了简历。

投简历的过程虽然漫长,不确定的因素也有很多,却也是历练人的一种途径。不经历双向选择的找工作环节,日后对工作也难以完全用心。

在他忙着准备毕业手续的时候,海申财会学院来电话通知他去面试。他专门去学校附近的商场买了一套西服过去面试,可惜终究不知道什么原因而没有面试上。

但这次面试让他积累了很多经验。例如,在面试环节,主考官还是很看重被面试者个人的思想素质、求学状况和职业意向的。带着失败的经验,他四处求职,跑到西湖师范大学参加面试。这所学校坐落于钱杭市,是一处风景秀美的地方。

这次他胸有成竹地把自己心中要培养什么样的学生,非常清晰而肯定地告诉考官:"我心中要培养的学生应当是这样的一个人。首先,他应该有强烈的社会责任感,一个人的责任感是他立足社会最好的支点;其次,他应该有推己及人的同情心和爱心,一个人的同情心和爱心是他回报社会最好的表达;最后,他应该有良好的个人修养,一个人的修养是他一生的见证。不管是本科阶段,还是硕士阶段,我都是以上述三条标准来要求自己的。第一,我通过参加各类公益性活动,深刻地感受到,一个普通的人也能够无私地为社会作出力所能及的贡献。第二,我通过积极投身到学校和学院的各种日常工作当中,在与周围人的互帮互助中,感受着人与人之间的宽容、理解和爱。第三,我希望自己的一生都在大学里度过,因为我自己一生当中最美好的时光是在大学里度过的。我希望能把学校对我的培养和付出再传递给下一代,让他们都能成为一个有修养的人,一个值得别人交往的人。"

心恒慷慨激昂地讲述着自己的经历,表达着自己的观点。他看见评委老师们不住地点头,时时流露出肯定的目光,就知道他的想法和实践已经博得了评委老师们的认可。

2

钱杭是美丽的。初到钱杭的他,却无心欣赏这种美丽。

在骄阳似火的七月,心恒来西湖师范大学报到了。

西湖师范大学是一所历史悠久的地方性综合大学,位于素有人间天堂美誉的国家历史文化名城——钱杭。这所高等学府据说是全国建立最早的高等师范学堂之一,是该省民主科学思想和艺术教育的发祥地之一,也是最早的全国官立师范学堂之一。现在的西湖师范大学作为钱杭市唯一的一所重点综合性大学,形成了人文科学、社会科学、理学和医学四大主干学科,艺术、教育、医药卫生等特色学科是该校的王牌专业。心恒对西湖师范大学悠久的校史和生机勃勃的发展潜力充满了认同感。

据说,他们这一批入职的辅导员在当年的省市辅导员招聘中竞争非常激烈。在全省召开的辅导员职业能力训练大会上,该省有关部门的领导说,西湖师范大学今年招聘的辅导员学历层次高、学习背景好,属于百里挑一的省市辅导员后备骨干梯队成员。这让心恒他们的精神大为一振。

实事求是地说,事实也确实如此。

陈花就和心恒一样,属于同一批入职的辅导员。她在本科生、硕士生和博士生的三个阶段,都是该省唯一的一所同时是985和211大学的学生。她所学的化学专业还进入了全球基本科学指标数据库(ESI)前1%,而这所学校的ESI综合排名位列全国大学的前十强。他们这一届辅导员一共十人入职。而当时报名西湖师范大学辅导员岗位的人数达到了一千七百多人。学校从上千份的求职简历中,筛选出五百多份简历,通知他们来笔试。在第一天上午的笔试结束后,心恒就等着是否能进入面试的通知。到了下午六点多,学校给他打电话,让他继续参加明天的面试。而能进入面试的总共才五十个名额。当然啦,这是心恒所不知道的。他的任务就是好好准备面试,争取能够面试上。

人生有时候就是如此残酷。

在有限的岗位面前，总有些人是注定与之无缘的。面试分为个别交流和小组讨论两个环节。前一个环节侧重考查表达能力，后一个环节侧重考查合作能力。心恒在这两个环节均有出色的表现。在这天下午六点，来自全国各地参加面试的候选人都还在面试场地外面静静地等待录取结果。最后，一张由人事处、学工部、团委等部门联合发文的录取名单终于张贴在考场门口。心恒一眼就在这份名单上面看到了自己的名字。他想要在高校工作的愿望实现了。

这是王心恒人生当中的第一份工作。

他当天晚上没有急着回海申，已经在钱杭住了两天，还没有好好看看人们口中的"天堂"到底是什么样子。在宾馆吃过晚饭后，他早早地睡觉了，为的是第二天能有充足的精力好好欣赏一下钱杭。

他已经好久没有这样兴奋过了。

第二天一早，他乘坐公交车来到了市中心。闻名全国的西子湖畔就坐落在钱杭市的市中心，这是多少人向往的地方。

公交车的终点站到了以后，他按照道路的指示牌走了一小段路，就看见前面人潮涌动的样子。他在心里想，前面应该就是了。这样想的时候，他不由得加快了脚步。果然，在一片山峦之下，一汪清澈的湖水映入了眼帘。远远地就听到了音乐喷泉的声音。这就是他一直想来的地方！

小时候，他看过无数遍的《新白娘子传奇》。许仙和白素贞相识、相知和重聚就在这个地方。他对这部电视剧里每一个关于爱情的场景都记忆犹新。只是他想不到，今生还有机会来到这里，亲眼看一下电视剧里的场景，在真实的情况中到底是什么样子。

他刚来到此处，就有人给他散发关于旅游景点介绍的传单。他马上认真看了一下，景区到底有哪些景点。他今天要把这些景点一网打尽。只见传单上印有"十景十美"的介绍,是指此处及其周边的十处特色风景。最著名的以苏堤春晓、断桥残雪、曲院风荷、花港观鱼、柳浪闻莺、雷峰夕照、三潭印月、平湖秋月、双峰插云、南屏晚钟闻名。

心恒沿着柳树飘飞的堤岸走着。他想到音乐喷泉那里看看。在路上,他看到两只松鼠在一棵树上爬上爬下,争相抢吃人们投递的小零食。他觉得这两只松鼠真是可爱至极。它们丝毫不怕陌生人,真是奇怪!

他看了大半天,才恋恋不舍地离开了这两只松鼠,把目光转向了音乐喷泉。音乐喷泉这里有好几排座位,可供游人歇脚。坐在这个地方欣赏音乐喷泉,真是让人心旷神怡。可惜的是,他来的时候,已经没有座位了。他只能站着欣赏这良辰美景了。此时的他,一扫读书期间的不愉快,想要彻底把自己陶醉在音乐喷泉的美景当中。

他仔细地考察了景点的每一个角落,不仅把所谓的"十景十美"看了,还发现景点附近有很多免费的博物馆,可以进去参观。

他参观了省会城市的综合博物馆、印学博物馆、西子湖畔博物馆、丝绸博物馆等。这些博物馆让他大开眼界。此时的他突然发现,江南水乡的文化与家乡黄土高原的文化截然不同。前者更加重视历史和文化的传承,而后者相比之下就要相形见绌了。他被南方省市这么重视历史文化资源的发掘和传承工作所感动。

"若是我的家乡也能把悠久的历史资源开发成旅游项目,该多好啊!"他不由得感叹着。

心恒漫无目的地闲逛着,早已错过了午饭时间。他虽然感觉有点儿饿,但也没有急着想要找吃饭的地方。

他喜欢一个人自由自在地探索从来没有去过的地方。

这时,他听见身边的游客说了一个名字"阿娘家"。他们好像要去那里吃饭,里面有钱杭的特色小吃,价格也不贵。心恒悄悄地跟在他们身后,和他们一起来到了景点附近的"阿娘家"。

一进店门,就发现这里的人不比景点堤坝上的少。站着的人都在排队等待点餐,点好餐后再付款,就会拿到一个号码,凭着这个号码去不同的取菜窗口领取所点的东西。排了半天的队,终于等到他点餐了。他看着菜单上的这些菜名,全都是他没有吃过的。他随便点了两个,一个是糖醋莲藕,一个是东坡肉,要了一份白米饭。

他在餐厅里绕了半天,才找到一个位子坐了下来。等到他点的饭菜出来以后,他立马尝了一下糖醋莲藕。一瞬间,他的味蕾被香浓甜美的莲藕征服了。他们家乡的莲藕是凉拌的做法,与眼前的糖醋莲藕风格大不相同。东坡肉上来后,他才发现原来是红烧肉,只不过换了一个名字。然而眼前的这块红烧肉,肥而不腻,散发着浓香的气息。他一抬头,恰好东坡肉的来历介绍就在眼前的墙上。

他很认真地在心里念叨着:宋哲宗元祐四年(1089年)一月三日,苏轼来到阔别十五年的故地任知州。元祐五年五六月间,此地大雨不止,太湖泛滥,庄稼大片被淹。由于苏轼采取有效措施,西子湖畔一带的人民度过了最困难的时期。他组织民工疏浚湖泊,筑堤建桥,使湖泊一带的旧貌变新颜。钱杭的老百姓很感谢苏轼做的这件好事,人人都夸他是个贤明的父母官。听说他在其他地方当官时最喜欢吃猪肉,于是过年的时候,大家就抬猪、担酒,来给他拜年。苏轼收到后,便指点家人将肉切成方块,烧得红酥酥的,然后分送给参加疏浚西湖的民工们吃,大家吃后无不称奇,把他送来的肉亲切地称为"东坡肉"。原来"唐宋八大家"之一的苏轼不仅官当得大,用现在的话说,还是"米其林星级大厨"呀。

吃过饭后,他漫无目的地走着,从堤坝一路上到了一座山的半山腰上。他也不知道这座山叫什么山,只见许多人都在攀爬,这激起了心恒的兴趣。他特别喜欢爬山,这项爱好是在本科阶段熏陶出来的。

当时,心恒空闲了,就约上三五好友,爬一爬位于学校附近的小山。然而钱杭的山呈连绵不绝的态势,让人一眼望不到尽头,即使看不见了,其实他们一直还在爬着,只不过到了另一个新的起点,正在向更高的目标前行。心恒跟着爬山的人群一直往上爬,越往上爬,爬的人越多,原来这里还聚集着这么多的爬山爱好者呀。当他终于觉得自己爬到了最高处的时候,放眼望去,曾经走过的路已经被遮盖在密密麻麻的树林当中。远处的湖泊就像刚下过雨后聚集在山脚下面的一片水域一样,若隐若现地向他招手。

此情此景,是他人生当中难得的一段美好时光。

第二回　寻爱

1

辅导员被称为大学校园里的"保姆"。大学生的日常起居全归辅导员管。若是学生在校期间出了什么问题,负责学生工作的辅导员自然也是脱不了干系的。

从事辅导员岗位是心恒接下来的日常工作。他被分配到了西湖师范大学的钱杭学院担任现代信息科学专业的辅导员,分管学院的学科竞赛、学术活动、心理咨询和志愿者活动等工作,兼任现代信息科学专业一班的班主任。

每天早晨六点半,他就要起床,监督现代信息科学专业学生的早自习情况。上午和下午要处理分管学生工作的各类事情，晚上还要抽空和学院里所谓的"问题学生"交流。他经常周末也在加班，因为工作日的活永远都干不完，根本没有时间闲下来喘口气。还好学生们都很喜欢他，视他为极有爱心的好老师。

在他刚参加工作的第一个年头，西湖师范大学学工部组织全校辅导员参加了国家二级心理咨询师的培训，要求所有辅导员都应通过国家二级心理咨询师的考试，成为国家二级心理咨询师。

心恒和其他辅导员一样，根本无暇顾及这个考试。但学校既然这么规定了，只好硬着头皮参加培训。况且自己还是分管学生心理咨询工作的辅导员，更要通过这个考试了。不然学生前来咨询，自己一点儿心理学常识也没有，不仅会耽误工作，还会影响对学生的心理疏通和日常帮助。

临考前的一周，他才每天晚上九点多在寝室里看书复习，连着赶了一周，就匆匆忙忙上阵了。

结果可真是有惊无险啊！

他那批入职的辅导员当中，就他一个人通过了这个考试。而他也是刚刚压线通过了国家二级心理咨询师的考试。

身边的辅导员都为他竖起了大拇指。可是，心恒内心也有解不开的困惑，一直困扰着他。他整天都在忙忙碌碌地工作，直到很晚才拖着疲倦的身体往宿舍走。虽然每天都很有成就感，但他一直觉得内心很空虚。他也不知道这种空虚感从何而来，就是觉得这种感觉挥之不去。

有一天，他发现陈花在朋友圈里发了一张小朋友的照片。这是一张刚刚出生的小朋友的照片。原来，陈花生了一个可爱的男宝宝。在大家都为陈花感到高兴的时候，他突然意识到，自己老大不小了，也该找个人认真地谈个恋爱了。

只是大城市里的谈恋爱，对一个农村娃来说又谈何容易呀！

2

西湖师范大学有很多老师热心地为单身的男女青年牵线搭桥。范老师是教务处很有资历的女老师，她见心恒老师的气质不错，人长得也很帅，在学生心目中有一些好的口碑，却一直单身，就想给他介绍对象。

其实她在心里已经给他物色好了对象，就是不知道心恒这边是什么样的要求。她和心恒的同事钟老师是好朋友，就拜托钟老师牵线。当钟老师找到心恒说明来意的时候，他心情复杂。要是接受吧，以后若谈不成的话，岂不辜负了钟老师和范老师的一番好意；要是不接受吧，自己确实老大不小了。俗话说，男大当婚，自己确实应该给自己一个机会。如果不行的话，那就再找吧。

他在内心坚决地说服自己，一定要克服害羞、内向的性格。通过和不同的人交往，锻炼自己在社会上的生存能力。

范老师和钟老师满腔热情，给他介绍的这个女性朋友姓赵名萍，是中医学院的教务秘书。赵萍是钱杭市本地人，父母在钱杭有正式的工作。这意味着，如果他以后能跟赵萍走到一起，就可以避免大城市里"青椒"挣扎在生存线上的困境。可以说，范老师和钟老师也是为了心恒好，才给他介绍了一个家庭条件优越的女孩子。

赵萍从小就过着富裕的日子，从不缺衣少穿，生活在令人羡慕的家庭环境当中。因此，她的性格比较单纯。但是她也有缺点，就是特别孤僻，不喜欢与人打交道。平时上班就一个人干自己的事情。到了下班时间,一分钟也不会停留在办公室,直接坐公交车回家。心恒大致了解了这个情况后,就费了点儿心思,思考该如何与赵萍接触交流。

他把请赵萍吃饭的方案否决了。他感觉赵萍可能并不愿意单纯吃顿饭,她真正需要的可能是精神上的交流。于是,他想到了与赵萍一起去钱杭市附近的景点转一转的念头。他第一次到这里游玩,就听说了著名的灵隐寺。他问赵萍以前去过没有。从小在钱杭市长大的赵萍说,自己不信佛,从未去过灵隐寺。但她知道灵隐寺很有名,说可以去看一看。于是心恒在去之前做足了功课。

当他与赵萍来到灵隐寺的门口时,心恒就开始给赵萍介绍灵隐寺的前生今世。他说:"你可以把灵隐寺看成是传说兴寺的典型寺庙。"

赵萍就问,为什么这样说呢?

心恒马上回应:"当今社会,传说似乎离我们越来越远。自盘古开天辟地,女娲补天造人开始,人类就拥有了自己的文明。传说以其悠久的历史、丰富的内涵为我们提供了最初的精神来源。灵隐寺以其传说的传神和许愿的神灵吸引了无数信徒顶礼膜拜。为什么灵隐寺香火旺盛,历尽沧桑,千年不朽?灵隐寺对国家优秀传统文化之一的佛教文化的兴盛和发展有哪些启迪,以及可以借鉴的地方?这是灵隐寺让我心之向往的奥秘所在。"

他接着给赵萍讲解他之前做足了功课的史料——灵隐寺的传奇身世。

据传,灵隐寺位于飞来峰景区。飞来峰取自一段令人感动的神话传说。相传,有一天,灵隐寺的济公和尚突然心血来潮,经过推算得知有一座山峰就要从远处飞来,那时,灵隐寺前是个村庄,济公怕飞来的山峰压到人,就奔进村里劝大家赶快离开。村里人因平时看惯济公疯疯癫癫,爱捉弄人,以为这次又是拿大家寻开心,因此谁也没有听他的话。眼看山峰就要飞来,济公急了,就冲进一户娶新娘的人家,背起正在拜堂的新娘子就跑。村人见和尚抢新娘,都呼喊着追了出来。人们正追着,忽听风声呼呼,天昏地暗,"轰隆隆",一座山峰飞来,降落在灵隐寺的前面,整个村庄都被压住了。这时,人们才明白济公抢新娘是为了拯救大家。飞来峰的传说是为了让人们记住扶危济困、彰善瘅恶的神灵济公,并教化世人向善除恶,帮扶他人。

从史料考证来看,灵隐寺的历史是从距今近两千年的东晋咸和元年开始算起。当时的印度僧人慧理来到钱杭,看到这里山峰奇秀,以为是"仙灵所隐",就在这里建寺,取名隐灵。五代时吴越国的国王钱俶崇信佛教,广建寺宇,灵隐寺开始兴盛,有九楼、十八阁、七十俪二殿堂,僧徒达三千余众。

说到这里,心恒顿了顿,接着说道:"其实,我是有朴素的宗教情怀的。虽然我不信教,但我还是尊重国家关于宗教信仰自由的倡导。宗教大多都通过传说和神话,教化世人向善而行,对于形成淳朴的民风具有重要的道德影响力。"赵萍听了以后,感觉他说得很有道理。

他发现赵萍认同自己的观点,就兴致勃勃地继续说下去了。

"有关灵隐寺身世的传说不止于此。灵隐寺还有一些鲜为人知的故事。相传一千四百多年以前,今秦岭湾门前,有一座笔架山,笔架山左侧,是块凤凰朝阳地。原先这里荆棘纵横,荒无人烟。后有一吴姓僧人来到这里,住在山后,以打柴种地为生。一天,僧人在笔架山丛林打柴,因为天热,将褂子脱下,挂在树枝上,又去忙活。忽然,一只大雁凌空而下,将褂子叼走,向南飞去,至现在的灵隐寺落下。僧人一路追来,但见此处绿树森森,翠柳成荫。绿影婆娑间,一岭土坨南头北尾,前饮碧水绿荷,后交浮菱青湖,左右两侧隆起两扇翼状土丘,整个地貌犹如巨鹰卧地。吴姓僧人感悟此为神灵指点,遂于此地焚香祷告,搭棚立寺,故有此一说。从此,寺庙香火兴旺,庙宇初具规模。传至碧钵和尚时,寺内有僧人一百多人,耕地两百多亩,牛十余头,水井十多口,影响上五府、下八县。到了唐贞观年间,有一天,碧钵大师在寺内说法,大将军尉迟恭接受朝廷的委派前来平叛剿匪,路过此寺,见寺庙巍峨庄严,井井有条,特进庙朝拜神灵,祈祷此去如能平妖剿匪,定禀告皇上拨款重修庙宇。后来尉迟恭一举平息叛乱,班师回朝后,立即禀奏皇帝。大唐天子李世民准奏,下旨振兴此寺。"

心恒讲完这个故事,马上点出了这个故事背后的意义。

他认为:"如果说寺庙的创建是应神灵的感召,那么寺庙的兴旺则是世人不懈奋斗,一代一代的人心诚努力的结果。我国自汉朝董仲舒提出'天人感应'学说以来,人们一直崇尚'天人合一'的理念,灵隐寺的千年传奇就是这一优秀传统文化的集中体现。"

听到此时,赵萍问:"听我爸妈说,灵隐寺还有其他名字,这又是怎么一回事呢?"

心恒大为喜悦!这个问题正中下怀,也是他马上要讲的一个故事。

他对赵萍激动地说:"相传,康熙皇帝南下江南,来到了钱杭。他在此地到处游山玩水,吟诗题字。一天,他来到灵隐寺,见到灵隐有高高的山峰,清清的泉水,山上长满碧森森的大树,地下开遍红艳艳的花,真是一个好地方,于是就设宴用膳。寺中住持知道皇帝喜欢吟诗题字,恳请他题词赠匾。康熙帝兴致勃勃,提笔写下一个占大半张纸的'雨'字。灵隐寺的'灵'字,按老写法,在'雨'下面还有三个'口'和一个'巫'。现在只剩下这小半张纸的位置,随你怎样也摆不下了。重新写一个吧,甚为难看。此时,大学士高江村在其手掌写了'林云'二字,并佯装磨墨,呈于康熙。康熙大喜,一挥而就,写下'林云禅寺'四个大字,并说'这地方天上有云,地下有林',就叫'林云禅寺'吧。从此,灵隐寺就挂着'林云禅寺'这块大匾。但是钱杭百姓并不买他的账,尽管'林云禅寺'这块匾额一直挂了三百年,大家却仍然称呼这为'灵隐寺'。"

他们来到了灵隐寺的镇寺之宝——"生天堂"古缸的位置。这个是心恒所不知道的,好在每一处景点都有专门的介绍,他们就认真地看了一下介绍。

"生天堂"相传为灵隐寺第一代住持碧钵和尚坐化的灵缸。灵缸曾失窃。现任住持释常久大师,历尽千辛万苦,探得灵缸的下落。因无钱赎缸,便无法开口索宝。大师每天鸡鸣三更便跪在持宝人蔡姓农户的门口,跪到了第九天,大师晕了过去。蔡家人急忙喂姜汤,将大师救醒。大师说明来意,蔡姓人家深明大义,将缸归还,千年古刹迎来了镇寺之宝"生天堂"古缸。

心恒觉得,古刹灵缸的遗失和归位,正是灵隐寺历经沧桑的见证。镇寺之宝是灵隐寺生生不息、延绵不绝的希望所在。

赵萍则认为,"生天堂"的古缸,集中体现了灵隐寺佛教文化的艺术魅力。

他们当天玩得很尽兴。心恒晚上回到寝室,还专门上网从文化的角度查了一些灵隐寺的资料通过聊天软件发给赵萍。

他通过聊天软件对赵萍说,钱杭的许多历史文化名人都去过灵隐寺。例如,白居易就在灵隐寺题有《冷泉亭记》:"东南山水,余杭郡为最。就郡言,则灵隐寺为尤。由寺观,冷泉亭为甲。"之后他夜宿灵隐寺,写有《留题天竺、灵隐两寺》:"在郡六百日,入山十二回。宿因月桂落,醉为海榴开。黄纸除书到,青宫诏命催。僧徒多怅望,宾从亦裴回。寺暗烟埋竹,林香雨落梅。

别桥怜白石,辞洞恋青苔。渐出松间路,犹飞马上杯。谁教冷泉水,送我下山来。"他的好友韬光禅师曾结庵灵隐山北峰,白居易与他常有诗文唱和,写过一首《寄韬光禅师》:"一山门作两山门,两寺原从一寺分。东涧水流西涧水,南山云起北山云。前台花发后台见,上界钟声下界闻。遥想吾师行道处,天香桂子落纷纷。"

心恒就喜欢这些舞文弄墨的东西。他也不管赵萍喜欢不喜欢,就与她分享了自己的发现和喜悦。其实,赵萍对文学一窍不通,也不感兴趣,她喜欢的是动漫。赵萍一回到家里,就沉浸在动漫的世界里,仿佛这个世界才是她的世界。然而心恒对这些东西却感到十分陌生,他从小就很少接触这一类的东西。因此,两人在之后的吃饭和交流的过程中,就没有第一次见面时那样的好感觉了。

有一次,他试探性地问她:"在大城市结婚需要房子吧。如果一个男的暂时买不起房子,女的愿不愿意跟他在一起生活?"

赵萍从小衣食丰足,住在宽敞明亮的大房子里。她理所当然地回答道:"那个男的连房子都提供不了,有什么资格结婚。房子是结婚的基本条件呀!"

心恒虽然觉得她的话很有道理,但赵萍这样说的时候,他的心里还是充满了悲凉。

像赵萍这类女孩有一个特点,从来不会主动和男孩联系。要是对方不联系她,她是不会主动关心对方的。而且她们有一个共同的择偶标准:房子是谈婚论嫁的必备条件,除此之外,男方还要长得英俊帅气,有一份稳定的工作,还要懂得体贴女方。显而易见,他现在的条件是达不到上述要求的。

心恒和赵萍谈了半年多,始终觉得彼此之间有隔阂。在这半年多的时间里,心恒连她的手都没有牵过。

不是心恒不想牵,或者不敢牵,而是每当他们俩走在一起的时候,赵萍故意离他有一定的距离,让他感觉到彼此之间很有距离感。

他感觉心累,觉得和赵萍谈不成,于是就把这个情况告诉了钟老师。钟老师鼓励他,再试着谈谈看。心恒心想,从小就生活在两个世界里的人,很难达成生活价值观的一致。他想找和自己有共同生活语言的人。他对钟老师说:"谢谢钟老师的鼓励,我现在还不太成熟,处理不好男女之间的关系。这个事情以后再说吧。"

其实他把与赵萍交往的事情推脱掉之后,内心很受伤害。他确实觉得自己应该抓住这个好机会,但又为自己与赵萍之间没有共同语言感到苦恼。

此时的他,对待爱情,还处于一种理想主义的心态。他还是以想象爱情的方式来对待爱情。这就决定了,他在这条寻找爱的情感道路上还有很长的路要走。

3

时间总是飞快地从指尖流逝。

在西湖师大工作的数年,身边不停有一些热心肠的人给他介绍对象。起初,他还有兴趣见一面,到了最后,心恒都不想见面了,紧接着,他果断拒绝那些给他介绍对象的人。

在一场又一场的见面中,他已经感觉到了歇斯底里的痛苦。

他在思考,为什么自己在寻爱的过程当中,一直波折不断。那个令他心仪的姑娘到底在哪里呢?

他把自己当成一个独立于自我的他人，开始与自己对话。另一个他对自己说："你一定要改变自己，开始尝试过一种新的生活。这种新生活不能缺少爱情。既然要为爱情而活，为爱奔波就从爱的方式开始改变。"

心恒就问："我该如何才能尽快找到情感的归宿。这是我唯一不敢面对自己的地方。多年的求学让我习惯自己一个人处理自己的情感问题、经济问题、生活问题。我是老师们眼中的好学生，学习认真、刻苦努力。上进的生活让我拼命学习和赚钱，但面对情感的空白，我不知道该如何打理。我为自己创造了生活的盲区。"

另一个他说："你既然知道自己生活的盲点，就该主动纠偏。"

"问题是如何纠偏？我不知道。"心恒着急地说着。

另一个他说："爱自己就为自己寻找一个值得爱的人。"

"我的爱情在哪里？"心恒苦笑着。

另一个他说："把你想象中的另一半描述出来，看看这个世界上到底有没有。若是有，就用心寻找；若是没有，就说明你给自己臆造了一个根本不存在的对象。"

心恒想了想，他对另一个自己说："我想要找一个能够和我相濡以沫，支持我的家庭的爱人。她不一定要特别漂亮，但一定要温柔贤惠。她会主动熟悉我的生活爱好，理解并支持我的人生情趣。对于我在事业上面的成败，她不会过分苛责。因为她知道，我不是一个特别会赚钱的人。我们可能过得不太富有，可能在很多人的眼里，我们的生活还会显得很贫穷。但是我们安贫乐道，在简单、真实的生活中能够体验到平平淡淡的快乐和幸福。"

另一个他说："你的要求这么多呀！这个世界有这样的女孩子吗？你又配得上这样的女孩子吗？"

这个质疑的声音让他为之一惊。心恒沉默了。

许久之后,他对另一个自己说:"如果我能找到相互支持的另一半,我一定会尽心竭力地为她打造一个温馨和睦的家庭。我相信她能够认同我的生活方式和人生理念。我也会用心为我们的未来人生筑道铺路的。"

第三回　勇进

1

人生总是既有低谷,也有高潮。

谁的人生都不会是一条笔直的、理想的直线。心恒多么希望自己的人生就像一条笔直的线段一样,从出生到死亡没有弯曲的痕迹。可是他心里很清楚,生命中遇到的许多事情,或许本来就杂乱无章。自己像曲线一样的人生发展轨迹,代表了自己在这个世界上比别人要更多地感受生活中的大风大浪。这些弯曲的人生轨迹,代表着他生命中不断经历着的曲折和坎坷。他知道通过每一次的努力,都会使人生中这些杂乱无章的线条转化为可以承受的打击。正是一次次的打击,让他变得更加顽强,也让他在摸黑的前行中取得了一次次的成功。

随着年龄的增长,自我意识的提高,他越来越清晰地认识到,自己真正需要什么,必须舍弃什么。他在不断地获得自我意识和自我主张,渐渐独立地选择了自己的发展道路。为了实现自己作出的选择,他会努力付出,即使面对困难,他也绝不后退。纵使生活中的任何努力都浸透了汗水,他依然向往着成功的喜悦和美好。在他看来,面对困难,坚强的意志就是走向成功的秘诀。这就是他选择和改变自己命运的能力。

事实上，心恒的人生发展轨迹就是从杂乱无章的曲线逐渐过渡到有章法可循的曲线，最后在他自己的想象中无限趋向于笔直的线段。这一过程用英国著名哲学家约翰·洛克的话来说就是："人生像一张白纸，洁白无瑕，美丽的人生画卷关键是靠后天对它的描绘。"

如果说心恒幼年时期的发展就像这些杂乱无章的曲线，呈现出许多种发展的可能性，那么他从小生活的环境、父母的家庭教育、学校的培养和熏陶等一系列因素，都潜在地决定了他以后的境遇和发展。此时的他面对塑造人生发展的境况，没有太多的自我意识和自主选择的能力。很多人生的曲折都被潜在地规定了，但是他通过自己一步一步的努力，朝着心中美好的向往不断前行。

他的心中藏有一个乌托邦式的梦想。他认为，这并非一件坏事。在遭受打击的时候，这个梦想就是他唯一可以寄托的生命财富。越是遭受打击，他仿佛越是明白，人生不可能简单化或理想化为没有经历过任何弯曲的线段。于是，他在曲折和挫折中培养幽默、乐观的人生态度和积极、健康的情绪表达，从而坚强、自信地面对生活。他觉得自己的人生才刚刚开始，他要把这个过程变成一种有意义的人生体验。

2

他首先想的是改变老家破败不堪的面貌。

他给母亲打了一个长途电话。在电话里，他对母亲说："妈，我们把宅基地卖了吧。不是还有赔款的钱嘛，加上我工作的一点儿积蓄，我们把现在住的房子再翻新一下。我现在也到了谈婚论嫁的年龄了，一旦有合适的对象，家里的房子是翻新的,也能拿得出手,马上就可以在老家办婚礼了。"

电话那头传来了母亲颤颤巍巍的声音。"宅基地是我们家唯一的财产,你可要想清楚。若是卖了,以后可别后悔。"

"嗯嗯,我明白。我们就把现在的房子整理好。以后我就在钱杭定居了,也不需要在老家盖第二座房子了。"

母亲看见心恒心意已定,决心支持儿子的决定。

农村的宅基地说宝贵也宝贵,说不值钱就不值钱。这个宅基地的价钱要看当时的国家政策,还要看宅基地所处的地理位置。

可祥把卖宅基地的事情跟周围邻居说了一下。很快就有人主动找上门来要买他们家的宅基地。买家故意压低了价格,想区区数千元就买走。心恒的母亲不愿意。那户人家来过好多次后,最终以稍微高了一点儿的价格成交。

母亲老是觉得吃了哑巴亏,在电话里不断地向他诉苦。心恒宽慰地说道:"卖了也好,不然心里堵得慌。这样就和那块地没有任何关系了,处理起邻里之间的关系也更方便了。妈,您现在要专心把家里的房子装修好。这可是个大工程。"

"是……"母亲附和着。但在电话里,他分明感受到了母亲低落的情绪。

生活就是这样。你总要从失落的情绪当中走出来。当母亲开始为了翻新房子的事情行动起来时,好像就把卖房子的事情给忘记了。

她和心恒商量好了,在不改变现有房子地基和框架的基础上,先加一个屋顶,然后对室内进行精装修。再把西屋整体抬高,在西屋开辟一个澡堂,引入自来水管;把厨房烧柴火的土灶拆除,安装天然气管道,引入能够排污的下水道。

可祥从小在范村长大，虽然近年来家庭频遭变故，却与村里人相处融洽，打成了一片。因此，她若是想办什么事情，还是难不倒她的。

她先是找好木匠和泥瓦工，和这些人商量好，每天大工要出多少钱、小工该给多少钱。然后她让这些人算好所需要的木材、砖瓦、水泥、沙子、土石和瓷砖的费用。她要精打细算地把每一笔账都处理好，等心恒回家，要给儿子一个明确的交代。

工期从当年的3月开始，先是给平房上面加盖屋顶。这是整个工程当中耗时最长，也是花钱最多的地方。在整个春天，心恒的家就在一片敲敲打打的声音中悄悄地改变着模样。

在农村，新房上梁的时候，一般都要请亲朋好友吃饭庆祝。母亲把日子定在周末，心恒专门坐车回家一趟，参加新屋落成的庆典。

他家的亲戚们，一个个手里提着约定俗成的礼品，笑容满面地对心恒母亲说："可祥，你的心劲真大！你一个人在家就敢装修房子。"

"这也是没有办法的事情。什么都是被逼出来的。若是吉梦在世的话，哪里轮得上我来操这份闲心！"

"是啊！要是吉梦能够看见这个家的新变化，也会开心得不得了！"心恒的一个远房亲戚附和着。

在进入初夏的时节，心恒的家在抬高西屋以后，就开始在院子里铺设管道。这是安装厨房和浴室的必经环节和重要步骤。

他的母亲从来没有见过城市里的切割机。她在村里多方打听，才从县城里找来一个能够切割水泥和砖块混合地板的切割机。她不懂用这个机器的市场价格，就和操作的师傅协商价钱。那个县城里来的师傅，同时还带来了两个小徒弟打下手。经过一天的忙碌，把他家的院子、厨房和西屋，划开了一道道的口子。师傅最后走的时候,跟她要了一千五百元。她惊讶地说:"这么贵呀?!"这个人说:"确实是这么贵,这个就是市场行情。"

等所有的管道都铺好以后,可祥请来了安装天然气管道、燃气灶、热水器的师傅,顺便打听了一下使用切割机的价钱,才发现自己上当受骗了。这些师傅告诉她,一台切割机用一天最多给他五百元就行了。她听了以后,心里特别气恼,但是钱已经给了,还能有什么办法!

接下来就是室内精装修,需要换掉家里所有的电线,粉刷墙壁。这也是一桩耗费时间的苦力活。等一切都结束的时候,已经到了当年的秋天。

母亲对心恒说:"家里这次装修一共花了七万多:加装屋顶花了两万,厨房花了一万,浴室花了一万,西屋花了三千,院子花了一万,室内装修花了两万。这下把之前的积蓄全花光了。"

"妈,我在西湖师大工作,还存了一些钱。"

"你留着自己用吧。以后还要给你娶媳妇呢。现在娶媳妇和以前不一样了,很花钱的!"

3

家里的事情暂时告一段落了,心恒的心里还装着另一件事情。

硕士读书期间他通过了司法考试,到现在还没有把司法考试资格证转换成律师资格证。现在,他觉得是时候处理这个事情了。

他当时考出来,就听说以后律师的准入门槛会越来越高。通过司法考试,不能直接申请律师执业证,先要找一家律师事务所实习一年,实习期满之前要参加当地律协组织的律师执业培训,培训考核合格后,还要参加实习律师的面试，面试合格后，才能去当地的司法局申请首次执业律师的行政许可。

对于高校教师的他而言，如何才能找到一家可以接受兼职的律师事务所，这是摆在他面前的一个难题。

他在一次去法学院听讲座的过程中，认识了法学院的一位任课教师张治。张治是西湖师范大学年轻的副教授，已经在刑法领域有一定的研究专长。他的一个师弟在钱杭市的一家律所是合伙人，可以推荐心恒到那里去实习。心恒对张治满怀感激之情。

张治就说："这个是随手帮的小忙，你不要放在心上。"

就这样心恒来到了张治师弟的律师事务所——钱杭正义律师事务所。正义律所擅长民商事案件的委托代理。心恒在硕士读书期间，看过相关方面的法学理论著作，感觉来这个所实习很适合自己。

张治的师弟姓韦名胜利，是从西湖师范大学法学硕士毕业后，来到正义律所工作的。经过多年的打拼，他不仅在钱杭市买了房子，过上了幸福的小康生活，而且已经成为正义律所的合伙人了。韦胜利也算是一般人眼中的成功人士。

他对心恒说："实习律师每周要写一篇周记。你的带教律师就是我，我每半年给你填写一次律所考核意见。一年期满给你填写年终考核意见。你周末和寒暑假，可以来律所参与案件办理，届时我会给你安排一个位子，安排助理律师协调你办理相关案件。等你通过为期一年的实习，顺利拿到律师执业证后，就可以成为正式的执业律师了。现在你还只是实习律师，实习律师是不能以律所名义独立结案和办案的。等你能独立办案时，按照案件的标的会给你50%~80%左右的提成，你看这样行吗？"

心恒感觉韦胜利办事公道,人也实在,话也讲得很清楚。双方就这么愉快地把心恒律师实习的事情定了下来。

心恒的辅导员工作本来就很忙,即使周末也要经常加班工作。在这一年期间,心恒实际上就只有整个暑假在律所实习。就在这段时间里,他接触了几起社会上的经济纠纷案子,都是高达一百万元以上的大规模集团诈骗案。这让他感受到了社会的复杂和律师这个行业的重要性。

他只是帮忙做了一点儿事情,主要精力还是放在了如何通过律协组织的培训和面试上面。

没有在律所经历过系统实习的心恒,特别担心面试会通不过。当他为期一年的实习就要结束的时候,他申请了市里律协的面试。

律师面试要求必须西装革履,女性还不准佩戴金属类的挂件和首饰等物件。单凭这一点就可以感受到,律协组织的行业面试是正规的、严肃的。

面试当天,心恒又一次穿得笔挺。他在心里无数遍默记律师法的相关内容,以及实习期间接触过的案件。

可是当他真正坐到面试考场的时候,一位资深律师问他:"谈谈你这一年办理过哪些案件?"心恒面红耳赤地说:"我是兼职律师,其实都是简单地参与过几个案件。没有像其他实习律师那样,全程跟踪过一个案件。"他如实的回答让自己都感到心虚。

另一位女律师问他:"你在学校的工作是不是很忙呀?"

心恒马上接话:"确实很忙,但也利用暑假到律所进行实习了。我在工作期间,根据学校要求还通过了国家二级心理咨询师资格的考试,希望以后在律师职业生涯中也能派上用场。"

在场的面试官,相互之间看了一下,都笑了。

第三位律师请他抽取一道题目进行答题。心恒一看这道题目他会，就马上作答了。那位面试官说，你再仔细审一下题。心恒马上意识到，可能是答错了，又认真地审了一遍题目，发现确实答非所问，马上把正确答案说了出来。这下，三位面试官都一脸轻松的表情。最后一位面试官对他讲道："你是高校老师，不要紧张。你看，你明明就会，为什么要紧张呢？你紧张了，就容易出错。"心恒不好意思地低下了头。

面试通过后，他申请了人生当中的首张律师执业证。他为自己设定了人生发展轨迹，就是当一名高校老师并兼职做律师。

或许是他在学校里的时间太长了。当他的这一愿望真正实现的时候，他突然有了一种真正进入社会的感觉。

4

心恒在西湖师范大学的日子总是过得很快。

转眼间，他的第一个聘期结束，到了考核的时候。

由学校人事处、学工部、团委和钱杭学院组成考核组对他这一个聘期的工作进行考核。他紧张地准备着考核材料。他在准备的过程中，回顾了自己来到西湖师范大学之后的日子，心里突然生出一种悲壮的感觉。虽然自己是学生心目中的好老师，感觉自己的考核肯定没有问题，但他把人生当中最美好的青春年华奉献在了西湖师范大学。若是自己一辈子在这里，干不出一点儿让社会认可的事情来，就白白地糟蹋了自己。

他的内心深处一直还有一个考博梦。虽然经历过一次考博的失败，暂时熄灭了他心中考博的熊熊火焰，但他一直不想放弃这样的梦想。然而学校有规定,辅导员经历过三个聘期都合格后,才有考博、读博的资格。而他才刚刚结束第一个聘期,离自己的梦想还很遥远。

他虽然有这样的想法,可是不敢对任何人讲。若是让领导知道了,会以为他是一个"心在曹营身在汉"的家伙,给领导留下不好的印象。

他看着自己管理的毕业生,纷纷都考取了研究生,到梦想之地去实现人生理想的时候,内心就特别地激动。

他对这些可爱的学生们说:"你们读研不仅是为了实现自己的人生理想,更是在帮助一些没有考上研究生的人实现着他们的梦想。你们一定要好好珍惜读研的机会,用心读书呀!"

学生们对他的寄语有所感动,纷纷表示不会忘记老师的教诲。

学校的考核结果出来了,他获得了优秀的考核成绩,这一成绩在当年参加考核的辅导员当中仅有5%的比例。

学院领导也非常支持心恒的工作。为了鼓励他,提拔他当团委副书记,继续分管原来的学生工作。除此之外,还让他参与学院行政工作的整体运行和管理。这是学校和学院领导对他的信任。对他而言,这一任命让他意识到自己的工作岗位更加重要了,自己身上的担子更加重了。从另一方面来说,他更加无心准备考博的事情了,也更无暇顾及律所的事务。

就在他的事业刚刚起步,并小有成就的时候,他又迎来了人生命运的转折点。

第四回　转机

1

西湖师范大学虽然是一所地方性高校,却有着非常悠久的历史。应聘到这里的辅导员,绝大多数都有985或211大学的研究生求学经历。心恒在这里结识了许多优秀的辅导员。他们把自己的求学理念和育人想法贯穿于日常工作实践当中,努力让西湖师范大学的学生们变得更加优秀。

心恒在这里就认识了教育学院的辅导员毛志勇老师。他与志勇的情谊,可以用他家乡的一个故事来讲述。

《庄子·山木》里有一句话:"君子之交淡若水,小人之交甘若醴;君子淡以亲,小人甘以绝。"

贞观年间,唐朝名将薛仁贵与王茂生夫妇就用行动诠释了这句话。薛仁贵在落魄之时,全靠王茂生夫妇接济。后来,他随唐太宗李世民东征时功劳巨大,被封为"平辽王"。一朝登龙门,身价升百倍。前来送礼祝贺的文武大臣踏破门槛,他都婉言谢绝,只收下平民百姓王茂生的"美酒两坛"。一打开酒坛,薛仁贵才发现里面装的是清水。他命人取来大碗,当场连喝三碗。在场的文武百官不解其意,他就说:"我过去落难时,全靠王兄弟夫妇救济,没有他们就没有我今天的荣华富贵。我知道他们生活贫寒,送清水也是一番美意,这就叫君子之交淡如水。"

心恒与志勇的交往虽然比不上这样的历史佳话,却也平淡如水,不求虚华,让他从中感受到了君子之交的恬淡与乐趣。

心恒在海东大学快要硕士毕业时,曾有过短暂的迷茫。当时没有考上博士,他曾一度灰心丧气,心想求学梦恐怕就此戛然而止了。然后他匆忙来到西湖师范大学报到,内心不免有些惆怅。

当时正值暑假,师生大都不在学校,他就一个人慢慢地熟悉新学校的环境。走在偌大的校园里,品咂着心境的孤独,心恒在内心默默地鼓励自己要勇敢地融入新环境中。

在当天办理报到手续的过程中,他从网上得知以前学校的校长刚刚去世。到了晚上,全国各地的报纸纷纷刊登了这个事情,详细介绍了校长生前的传奇事迹。晚上回来,他看完当天的这些报纸,昏昏沉沉地回到宿舍,再也没能压抑住内心的悲伤,大哭了起来。

后来,他意识到,需要认识并结交志同道合的新朋友。志勇就在他最彷徨的时候,进入了他的生活世界。他是这里的老辅导员,以过来人的身份宽慰着心恒。在他的帮助下,心恒有意识地调整了自己的心态,开始适应全新的生活方式。

他们从陌生到熟悉,逐渐建立起了相互鼓励、相互帮扶的友情。

心恒第一次去他的寝室,就发现他有许多书籍。

他爱读书,即使平时工作再忙,也要抽空学习。第一次去志勇宿舍看到的画面,无形中增加了心恒对他的了解和信任。志勇开始慢条斯理地给他讲述每本书的内容和作者情况,还结合自己的心得体会与他探讨其中的问题。

每当碰到熟悉的历史故事,志勇就试图还原不一样的历史过程。他从来不盲目说出自己的想法,而是运用严谨的逻辑挖掘不为人知的历史细节,或分析有争议的地方,甚至旁征博引,让心恒从中感受到了思考的乐趣。心恒就喜欢这样的生活,也向往这样的生活,自然就能和志勇酣畅淋漓地深入

116

探讨。

不加班的时候,心恒就给志勇打电话,约他到学校的操场跑步。他们两个人一起在漆黑的操场上跑步。在锻炼身体的过程中,志勇讲到对一个问题的理解,心恒如果不同意,两个人还会就这个问题应该怎样重新解读发生过争论。这种争论有时候谁也说服不了谁,但他们在争论的过程中,对该问题有了与以前不一样的理解。心恒这才明白,就在他与志勇探讨的过程中,他自己的学习能力和思维方式有了很大变化。他不再僵硬地依赖某个权威观点,或执着于某一家之言,而是学着理性客观地思考一些问题。这无疑对心恒之后的考博起到了巨大的帮助作用。

志勇无论在学习上,还是在生活中,都尽可能地帮助心恒。心恒一家在装修房子的时候,因为钱款不够,当他跟志勇开口的时候,志勇毫不犹豫地拿出一万块钱。心恒要给志勇打个借条,他说兄弟之间不需要这个,让他以后有钱了,再还上也不迟。在接下来的一年里,心恒努力工作,分两次还上了所借志勇的款项。心恒对志勇说,他从小到大就喜欢学习,成绩在学校里一直拔尖。在高考中,他以当年县里的优秀学子身份被南开大学录取,并出色完成了本科和硕士阶段的学业。他在大学期间通过国家助学贷款等方式自力更生。为了减轻家里的负担,他没有听从老师们的建议继续攻读博士学位,而是南下珠海工作了一年。但他还是喜欢高校里的生活环境,于是就来到西湖师范大学开始了辅导员的职业生涯。可他没有放弃考博梦,而且执着地准备着。尽管学校里的各种事情既烦琐又劳累,他还是拼命挤时间看书学习。

志勇也曾经历过一次考博的挫折。心恒就把他同样的经历与志勇分享。他们两个就不断地相互鼓励。

志勇在心恒来到这里的第一年快结束的时候,考取了著名学府的博士研究生。他告诉心恒,他已经连着考了几次,就在最艰难的时候终于看到了希望。他用自己的故事,勉励好朋友要坚持下去,通过继续奋斗最终实现自己的梦想。

心恒在考博路上也受过挫折,正处于人生中对职业选择摇摆不定的阶段。他一面继续用心工作,一面与灰心丧气的另一个他作着艰难的斗争,不停地告诫自己:"一定要向志勇老师学习。"

志勇从钱杭去江都市时,心恒帮他拎着行李,一直送他进了火车站。他在内心为好兄弟能圆梦感到高兴,又为自己的未来感到惆怅。在候车室里,志勇对他说:"只要你不放弃考博的希望,就一定能够考得出来!期待日后能够听见你金榜题名的好消息。"

这是志勇踏上江都市列车之前,鼓励心恒的一句话。心恒牢牢地记住了这句话,他把志勇当成了人生的榜样,重新投入到了考博的复习当中。

2

心恒逐渐把全部心思投入到考博上面,工作自然就少投入精力了。

天下没有不透风的墙。俗话说:要想人不知,除非己莫为。

很快,学院领导就发现心恒不像以前那样爱加班工作了,周末的时候,他也不再出现在办公室了。

刚开始,领导也不直接与心恒谈心,只是在具体的工作上面敲打他。其实,心恒在工作上面并没有出现任何疏忽的地方。

这天,心恒想在中午吃饭后,利用午休时间回宿舍躺一下,不然下班后,晚上复习功课的时候容易犯困。可是领导在午饭之前把他叫到办公室,告诉包括他在内的办公室同事说,今天中午吃完饭后开个会,商量一下下届学生会干部选拔任命的事情。其实这个事情归办公室的另一个老师负责,领导只需要和那位老师商量即可,用不着为此专门召开讨论会。

心恒隐隐约约感觉到,领导这样做是专门针对他,为了不让他睡午觉。

当天中午开会一直到下午上班时间。他不仅整个下午精力不济,无心工作,并且晚上也没有精力复习考博的资料。整个人一回到寝室,就只想躺在床上睡觉。结果他睡着后,手机没电自动关机了。

第二天上班的时间,领导给他打电话,让他来领导办公室一趟。他看见领导后,领导马上面带不悦地说:"你怎么昨天晚上手机关机了!你知道辅导员的手机应该二十四小时开机的。要是昨天晚上你分管的班级有同学出事情了怎么办?!现在的学生从小到大没有吃过什么苦,心理素质都不好。要是遇到什么不开心的事情,发生什么极端的行为,你能担得起这个责任吗?你昨晚关机的事情,从本质上来说,就是一起工作事故!我本来可以向学校学工部反映这个情况的。考虑到你是第一次出现这样的情况,我就不向上汇报了。你以后要注意,不要再出现这样的问题,你知道了吗?!"

他连忙紧张地解释道:"书记,不好意思,我昨晚手机没电自动关机了,我没有发现这个情况。这是我的不对,我保证今后一定不会再出现这样的情况。"

领导听了心恒的口头保证后,也没再说什么,就让他回去继续工作。心恒回到办公室后,气就不打一处来。

他在心里琢磨着这件事情。这明显就是领导有意找碴儿为难他嘛!他又不好对办公室其他老师说这个事情,只好把这件事情忍气吞声地咽到肚子里了。他估计，领导今晚半夜的时候肯定还会再给他打电话的。

晚上回去后，他一边复习，一边守着电话。果不其然，夜里一点半的时候，领导打来了电话。他马上接了电话，"书记，请问您找我有什么事情?"对方没有回答，直接挂断了……

3

尽管他已经开始感觉到，这份工作他干得不如以前那么愉快了，但学生们依然很喜欢这位很有爱心的老师。

他时常把家庭贫困、学习成绩却很好的学生领回自己的寝室吃饭。每个月发工资了，他还不时地给这些学生发一些补助。这些学生刚开始是坚决不收的。心恒就说:"王老师没有别的意思，就是让你在平时改善一下自己的生活。"

学生们拿着这个钱，眼角泛出了红圈圈。心恒给他们讲了自己成长的故事。

"王老师家境也不富裕。从小在农村长大，基本上什么家务活都会做。农忙时节，还要帮助父母到地里收割庄稼。你们和我一样，来到大城市都是无依无靠。只有自己学习成绩好了，拿到学校的奖学金了，才能替父母减轻生活的压力和负担。你们一定要明白，'穷人家的孩子早当家'，这不是一句口号，而是我们的人生座右铭。虽然现在求学的时候，日子过得比家庭条件好的同学来得艰苦，但只要一直坚持学习，总会有出人头地的一天。"

学生们听着王老师的话，就问他:"王老师，你是如何一直坚持读书的?这么多年，你是如何一直一路走下来的?"

心恒微笑着说："一般人都把学习当成了人生的敲门砖。你们千万不要这样思考问题。读书确实能够起到改变命运的作用，但是读书并不是为了外在的功利的目的，而是为了活得清清楚楚、明明白白。通过读书，你可以改变自己的不利处境，让自己的生活慢慢地变好。你还可以让你身边的人过得更好。这才是读书给人的熏陶和应该表现出来的效果。只不过一般人把这种'好'理解成了外在的物质层面，很少有人能够从精神层面看待读书的问题。说一个人活得幸福，仅仅是说他吃饱穿暖就行了吗？我看未必。只有精神上得到了满足，才会觉得自己活得幸福，而这种精神上的满足要靠读书。"

他还给学生们推荐了古今中外经典的人文社会科学名著。

他不仅和学生们交流学习上的事情，还喜欢和学生们一起外出组织一些集体活动。

在西湖师范大学工作期间，他经常和不同的学生沿着城市的郊区骑行。

有一次，他们竟然从钱杭的郊区出发，骑了三个多小时。他们在江边停了下来，一起看波涛汹涌的江潮。此时的潮水虽然不如农历八月十六日至十八日期间的潮水那么大，也别有一番观潮的趣味。

只见江潮到来前，远处先呈现出一个细小的白点，转眼间就变成了缕缕的白线。随着白线的靠近，愤怒的潮水翻滚而至，几乎不给人们反应的时间。当汹涌澎湃的潮水到了眼前时，才会发现潮水可以高达三至五米。紧接着，就是后浪赶前浪，一层叠一层，宛如一条长长的白色带子，大有排山倒海之势。随着潮水向前推进，心恒他们看到眼前的潮水，无聊地拍打着堤坝，而之前的海潮已经在别处上演惊心动魄的场景了。

他打心眼里喜欢和学生们一起活动。

他在和学生们的交流中,感受着世间的纯净和简单的快乐。

4

"我终于考上博士了!"

心恒想要分享的第一个人是毛志勇。他把第一个电话打给了志勇老师,既向他表达感激之情,又向他汇报了这一振奋人心的好消息。

心恒果断辞掉了西湖师范大学的工作,又一次来到了海东大学,只不过这次他是来读博士的。

心恒和志勇分别在江都市和海申市读博,这不仅没有对他们之间的交流造成阻隔,反而密切了他们之间的学术和生活上的交流。

在电话里,他跟志勇说:"我离开钱杭的时候,还哭了呢!在去海申的公交车和高铁上,我抑制不住自己激动的情绪,无声地流下了眼泪。我结束了自己人生当中的第一份工作。而这份工作曾给我带来过幸福、快乐、苦恼和痛苦。我把数年宝贵的青春留在了钱杭,留给了西湖师范大学。然后,我又从这里回到了我朝思暮想的海东大学,重新开始我的求学生涯。"

"志勇,你说我的选择正确吗?"

"你的选择是正确的。既然你作出了自己的选择,就不要后悔。前面的人生路上还有很多精彩等着我们。我们要相信自己能够拥有美好的未来!"志勇这样给他打气。

志勇还跟他讲了读博的压力,发表学术论文的坎坷,以及撰写博士毕业论文的辛苦。心恒也和他分享了自己对学术的理解、人生的感悟,以及一些未来的想法。

让心恒喜出望外的是,志勇在学业压力巨大的情况下顺利成了家。这是在那段日子里,他听到的有关志勇的最好的消息。看来志勇在读博期间,学业、恋爱双丰收啊!心恒禁不住在内心惊叹着。

在志勇的影响下,心恒也开始憧憬着自己的美好未来。

第四部：别有洞天

第一回　面壁

1

在作家刘慈欣的《三体》系列小说的第二部《黑暗森林》和第三部《死神永生》中，有一个面壁计划。

面壁计划是一个通过利用三体人唯一战略劣势——不能隐瞒自己的思想，以及利用人类无法被看穿思想的相对优势，从而找到阻止三体人入侵地球的方法和计划的总称。

面壁计划的核心是面壁者。地球在遭受三体人侵略的情况下，诞生了许多拯救地球的计划，其中一项计划就是面壁计划。

其核心内容是：选定一批战略计划的制订者和领导者，他们完全靠主观思维，制订了战略计划，不与外界进行任何形式的交流。计划的真实战略思想、完成的步骤和最后目的都只藏在他们的大脑中,地球人称他们为面壁者。这个古代东方冥思者的名称很好地反映了他们的工作特点。在领导这些战略计划执行的过程中,面壁者对外界所表现出来的思想和行为,应该是完全的假象,是经过精心策划的伪装、误导和欺骗。面壁者所要误导和欺骗的是包括敌方和己方在内的整个世界,最终建立起一个扑朔迷离的巨大的假象迷宫,使敌人在这个迷宫中丧失正确的判断,尽可能地推迟敌方判明我方真实战略意图的时间。

在该书中,根据作家刘慈欣的描述,面壁者被授予了很大的权力,使他们能够调集和使用地球已有的战争资源中的一部分。在战略计划的执行过程中,面壁者不必对自己的行为和命令作出任何解释,不管这种行为是多么不可理解。

面壁者的行为将由联合国行星防御理事会进行监督和控制。这也是唯一有权根据联合国面壁法案最后否决面壁者指令的机构。为了保证面壁计划的连续性,所有的面壁者都可以借助冬眠技术跨越时间,一直到达地球人与三体人最后决战的时代。在这个漫长的阶段,在何时和何种情况下苏醒,每次苏醒期有多长时间,均由面壁者自行决定。在地球人与三体人相互威慑长达四个世纪的时间里,联合国面壁法案被作为一项与联合国宪章享有同等重要地位的国际法而存在,与各国制定的相应法律一起,成为保证面壁者的战略计划执行的法律保障体系。

根据面壁计划的规定,面壁者所承担的是人类历史上最艰难的使命。他们是地球上真正的独行者,对整个世界甚至整个宇宙彻底关闭自己的想法和心灵。他们所能倾诉和交流的对象,他们在精神上唯一依靠的对象,只有他们自己。他们肩负着拯救地球文明的伟大使命,孤独地走过漫长的人生岁月。

与面壁者一样,破壁者有权调动地球三体组织的一切资源,利用智子监视面壁者的一举一动,通过分析每一个面壁者公开和秘密的行为,破解他们真实的战略意图。

在《三体》系列小说中,罗辑是执掌达摩克利斯之剑的面壁者,也是自己的破壁人,还是三体生命组织唯一下令要杀死的人类。他从地球三体组织的领袖叶文洁那里了解到"宇宙社会学"的基本概念,并提出和建立了宇宙社会学,发展出黑暗森林法则和宇宙发展史的学说思想。在三体人大肆入侵地球的时候,他成为地球抵抗组织的精神领袖,参与到星环公司的曲率引擎开发当中,最终成为太阳系人类唯一的一艘光速飞船"星环号"最高权限的指挥者。在小说的结尾,罗辑在针对整个太阳系二向箔的打击下,拒绝了面壁者程心的回援,在太阳系冥王星被二维化。

心恒在读博期间,经常光顾学校周围的书店。在一次购书的过程中,他偶然接触了作家刘慈欣的系列小说《三体》。他本来就对科幻小说怀有浓厚的兴趣。他看到《三体》获得了世界最高科幻长篇小说奖——第73届雨果奖最佳长篇小说奖。他就果断把这套书买了下来。在近半个月的时间里,他什么事情也不干,专门看这部小说。

他不仅被书中的故事情节所吸引,更对作家如何设置故事情节,如何安排人物命运,如何提出思想见解所深深吸引,尤其吸引他的就是这个面壁计划。

他认为,每个人都是自己的面壁者(承担设计人生的角色)和破壁人(实现人生目标的角色)。只不过在人生的不同境遇当中,有时候人要承担面壁者的角色,思考并设计自己的人生;有时候人要承担破壁人的角色,用行动实现自己的设计,从而破解人生发展的壁垒,掌握并实现自己的人生价值。

作为自己的面壁者和破壁人,应当知道,自己才是自己最大的敌人。那把悬在自己头上的达摩克利斯之剑,就是激发自己成为面壁者,主动自我反省的制衡力量;同时也是促使自己成为破壁人,敦促自己把想法付诸实践的制衡力量。

对他而言,海东大学的博士学位就是当下悬在他头顶上的"达摩克利斯之剑"。而自己只要成为自己的面壁者和破壁人,才能尽快发表毕业要求的学术期刊论文,早日完成博士学位论文,顺顺利利地博士毕业。

2

从生活形态来看,心恒是自己读书的面壁者和破壁人。

在读博期间,读书是他生活中最为重要的组成部分和展开方式。他要通过坐冷板凳式的读书,了解并理解人类的思想文化。对一般人而言,读书充满了痛苦体验。而对他来说,读书倒像是生活的润滑剂。不读书,如何了解生活?这是他读书的真实感受。

他认为,当人们在真实的生活中忙碌奔波时,读书是发现自己的一种最好的方式。关于生活里的许多问题,对于人生中的多重困惑,作者都会在书中向你娓娓道来。当你的心灵与作者的智慧产生共鸣,你就会感受到无比的喜悦。读书不仅是在读生活,而且也是在认识自己。读不同风格的书,就会对自己产生不同的认识。只有通过阅读,心恒认为才能提升自己的思想境界,提高人生的品位,进而升华自己。对他而言,读书更多的还是一种对自己负责的生活态度。它能够间接地增加一个人的人生阅历,丰富他个人的情感世界。

从读书要求来看,心恒是锻炼自己科研能力的面壁者和破壁人。博士生的生活主要是进行科研活动。对他来说,搞研究主要是通过某种研究载体,例如"宇宙""人生""社会""文化""历史""音乐"等,运用理性思维去构造现实的生活世界。这是一条通过思想支配精神的现实和生活的现实的路径。这条路径因其能够通过理性地发现问题、分析问题和解决问题,从而使人能够更好地认识和改造人类生活的世界。在每天的读书与学习、思考与写作的过程中,心恒一直试图用科学研究的理性思维方式来认识外在于自身的生活世界。同时,通过认识和把握生活世界,为生活的世界作出自己应有的努力和贡献。直白地说,他的科研生活就是要通过写论文,不断培养自己创新性的意识和能力。

从科研结果来看,心恒是生产思想的面壁者和破壁人。思想与生活联系最为密切的地方就是大学。大学是产生思想的地方。人的思想有三个外在的表现层次,即"知其然""知其所以然"和"知其必然",依次对应经验层次的知识、理论层次的知识和意识中更高层次的知识。经验层次的知识侧重于人对世界的认识,理论层次和意识中更高层次的知识侧重于研究人与世界的相互作用。心恒在博士阶段的学习,主要是思考诸如"这些知识合理吗?""这些知识对人类有什么意义?"之类的问题。这是在已知的基础上探索未知的领域,同时通过未知之物来证明已知之物的过程。在这一过程中就产生了思想。从根本上来说,他读博的目的就是有意识地提升自己的思想水平,不断思考人类知识的边界,从而在自己创造的知识世界中加深对生活意义的理解。

对他来说,这三个层次的面壁过程是层层递进的关系。对于文科的科研工作来说，广泛阅读古今中外思想家们的传世之作，是必要的积累阶段。在经历了本科学习知识的阶段，研究生理解知识的阶段，到了博士生阶段，就应该掌握获取知识的方法，并在此基础上生产知识，创造思想。然而这一过程是任何人都无法取代你的阶段。你是自己读书的面壁者。面对书中你所不能理解的知识，你要自我学习，自学成才。这样你才有可能进入一个更高的阶段，即从事科学研究的阶段。搞科研需要你明白知识为什么会生产出来的原因。这就需要你必须具备一定的能力。人的知识有三个层次，相应地，人的能力也有三个层次。较低层次的能力与如何获得"知其然"的知识相联系，较高层次的能力与如何获得"知其所以然"的知识相联系，更高层次的能力则与如何获得"知其必然"的知识相联系。不管是哪个层次的能力都不能传授。能力只能培养。这既意味着教师对学生能力的培养，又意味着学生对能力的自我培养。而且从根本上说，教师对学生能力的培养只能从外因上起到激发内因的作用。能力的培养只能是学生自我的培养。因此在科研的道路上，人人都是面壁者和破壁人。从思想生产的环节来看，科研是生产思想的现实表现形式。人类为什么对思想怀有孜孜以求的拳拳之心呢？因为人与动物的本质区别就在于人有自己的思想。人类作为一个高级物种，本身就是地球上一切物种中的面壁者和破壁人。作为这样的物种形式，每一个人只有在成为面壁者和破壁人时，才活出了人最为本真的存在状态——作为一个有思想的人而活着的状态。

3

上面的这些感悟，都是心恒在读书和写作的过程中产生的想法。

他从博士生一年级开始,就广泛阅读法学、哲学、政治学、社会学和马克思主义的学术著作。每看一本书,他都认真地做笔记。他把读书笔记拿给他的博士生导师张教授看。张教授就在笔记的旁边写上一些评语。有的评语很详细,有的评语很简单。张教授的每条评语都能对心恒产生一些启发。

他渐渐地开始把主题相同的读书笔记整理在一起,按照张教授的评语列出相应的逻辑框架图,然后搜集相关方面的研究资料,开始自己写学术文章。

他的第一篇学术论文是法哲学方面的文章。他之所以选取这样的一个视角,是因为他的导师曾对他讲过:"我培养学生有一个理念,就是我的学生在跟着我做科研的时候,需要具备三个基本的结合维度:学习的专业维度,这个专业维度在我看来,应该是广义的;学生的学术兴趣,这个兴趣中的重要一点就是与该学生的本科和硕士阶段的学习方向相契合;导师研究的研究方向,这样导师就可以进行有力的指导,学生就可以站在导师学术成果的'肩膀'上继续前行。"他就是按照导师给他说的这三个维度来进行博士论文的选题的。

张教授就是一个成功的面壁者和破壁人。

他在张教授写的文章当中,得知导师是"文革"后第一批公开招收大学生中的一员,毕业后就留在海申市某著名高校工作。在教书育人的实践中,他逐渐把自己的学术研究兴趣集中到关于"人"的问题的研究上,之后又从"人文精神"和"人道主义"的角度来深入研究"人"的问题,并形成了系列的学术研究成果。

张教授告诉他,做博士毕业论文的过程是一个艰难的过程,要经历"破茧"中的炼狱。这是学术领域的面壁者注定要经历的过程。当你没有想法的时候,当你投稿被拒绝的时候,当你的观点不被认可的时候,面对种种的困难,你是畏首畏尾呢？还是迎难而上呢？作为一个成功的面壁者,你要有目的、有计划地通过一个个小目标的实现,最终完成你的博士论文。

张教授接着对他说:"人生何尝不是如此？我之前曾在多个场合对不同的学生讲述过古希腊神话西西弗斯的故事。西西弗斯看似在重复地做着同样一件推石头的事情,却在这种执着于每一个'当下'的过程中洞察到了人生的意义,并在穷尽和享受这每一个'当下'的过程中感同身受地体验着作为'类主体'的每一个个体的生命意义。我现在对你提出的要求是,你在做博士毕业论文的过程中,也要和我一样能够感受到这个故事本身的意义。这样,虽然我们对同一个故事拥有了相同的感受,却在理解的过程中经历了不一样的人生过程。"

他听了张教授的一席话,有一种醍醐灌顶的感觉。

心恒回到寝室后,开始过上了宿舍、食堂、操场三点一线的生活。

他每天早上六点准时起来洗漱跑步,七点到食堂吃早饭,上午八点到十一点、下午两点到五点、晚上七点到十点是他看书和写论文的时间,中间的时间段是他睡觉和休息的时间。他就这样日复一日地坚持着。

刚开始的第一篇学术论文,他整整写了半年。当他兴致勃勃地拿给导师看时,张教授只在回复邮件的正文当中写了"你再想想"四个字。这让他感到特别沮丧。他甚至开始怀疑自己的努力是不是值得的。但他转念一想,自己的论文应该写得很差,导师不想打击自己,才委婉地这样回复。自己要多看导师的著作和论文,把导师的思想和行文风格贯穿到自己的写作过程当中。他这样想着,就这样修改着这篇论文。一个月以后,当他再次将这篇论文拿给导师看时,张教授说:"此文写得好！可以当作你的课程论文上交,还可以拿去发表。"这让心恒欣喜若狂。他终于得到了导师的肯定。

张教授的意见是相当中肯的。

心恒投稿以后,不出一个月,就有一个标注多个核心的期刊录用了他的这篇论文。而当时他所在博士生班的其他同学都还没有开始写博士阶段的第一篇论文。

尝到甜头的心恒马不停蹄地接着开始写第二篇论文。他写第二篇论文的时间大大缩短了,只用了三个月的时间,就写出了一篇相关的文章。当他写第三篇论文的时候,又比第二篇论文的时间快了一个多月。然后,他开始进入一个月写一篇论文的快节奏当中。在他很有灵感和写作状态的高潮时,他一个月连写了三篇论文,每篇都得以顺利发表。

在博士一年级快要结束的时候,他已经超额完成了学校规定的发表论文数量。他的博士毕业论文也在顺利推进的进程当中。

第二回　受挫

1

人世间生活着形形色色的人,却总有这么一类人,他们一直勤勤恳恳地奋斗,试图在精神上追求高品位的人生,在平静的生活中安分守己地做着自己应该做的事情。他们认真做事。对每件事,从来刻不容缓地认真完成交付的任务。

然而他们往往很不得志,在奖励簿上,没有他们的名字。他们生活俭朴,对待生活,从来一心一意地品味着个中的百味。然而他们的生活却充满着波折,总是活在希望与失望、痛苦与快乐相互交织的情况中。

面对物欲横流，他们有自己的想法。物质财富并不能代表一切，往往在他们心中分量是很小的。对待享乐主义，他们极力反对，享受生活的乐趣并不意味着为了享乐而享乐。一切在自然中快乐，在快乐中感受洒脱。然而他们的生活在别人眼中却显得很累。因为面对生活，他们太过于敏感执着地探寻着自己的人生轨迹，但是他们默默而坚定地走着这条人生之路。

这类人生活得很矛盾，很累。在流言滋生的地方，他们不愿意公开表达自己的想法。人言可畏可以吃人，众口铄金让白变黑，以讹传讹让真相变成谎言。然而他们却喜欢在期刊等正式场合表达自己的想法。因为他们知道，这种场合预设了人们对他们的客观评价和接受的大环境。在这种场合下，人们给他们表现自己、表达意愿的机会。因此，人们会卸下平日的伪装和有色的眼镜，用一种同情理解、欣赏鼓励的眼光看待他们，这时的他们才能真正完全地表达自己的思想。

他们做事过于认真，而认真的另一个代名词就是太过于表现。因为周围不少人是以羡慕、嫉妒和仇恨的心态看待他们所做的事情。他们做对了，这些人会说他们是出于表现自己而把事情做好；他们做错了，这些人会一致把枪口指向他们，说他们不会做事，还想表现自己。

他们懂得把喜悦分享给周围的人，但是这些人会以为他们是在炫耀，炫耀自己的成绩。他们懂得把失意小心翼翼地藏在内心深处，不让爱他们的人知道。因为他们不想让关心他们的人担心，然而不懂得他们心情的一些人会以为他们不懂得与人沟通，对人不放心，不愿向别人倾诉心里话。

这类人注定要经历绝大多数人所无法企及的遭遇与苦楚。但是他们依然努力而认真地寻找着属于自己的希望和快乐。他们会珍惜生活中难得的快乐，哪怕是他人在不经意间的言行，也会在他们心中久久地驻足，荡起阵阵涟漪,让他们一直感动。

他们总是具有很强的责任心,他们一直在感恩,感谢帮助过他们的人,感谢生活中能带给他们欣慰的快乐,因为脆弱而敏感的他们需要这份快乐。

心恒就属于这类人。在学业上,他就是一颗冉冉升起的学术新星。不管是导师,还是其他任课老师,都已经注意到了他的勤奋和努力,以及取得的学术成绩。在工作上,他是博士生班的班长,积极组织班级同学联谊聚会,让他们这一届成为团结友爱的班集体。在生活上,他严于自律,每天按部就班地锻炼和学习,还热心参与学生社区的活动。他快成为海东大学博士生群体中无人不知、无人不晓的一个"名人"了。

现在的状态对他而言,正是春风得意的时候;可就身边的环境来说,有些人却是满怀复杂的心态看着他的成长。

俗话说,"人怕出名猪怕壮"。当你成为一个群体当中的焦点时,对你的毁誉都会铺天盖地,接踵而来。山雨欲来风满楼,心恒马上就要经历这个阶段了。

2

心恒进入博士生二年级时,学校开始了奖学金评定工作,对品学兼优的学生进行表彰。对于他这个年级而言,主要是对在一年级所取得的科研成果进行考核。按照一般人的正常理解,心恒绝对能拿到奖学金,还会是最高额度的奖学金。

心恒也是这么想的。

到了评奖的时候,心恒递交了申请材料。接收材料的辅导员还认真地检查了一遍他的材料。然而到了评奖公布的时候,公示里面的名额却没有他。心恒接连看了好几遍公示的名单,还以为是学院搞错了。结果他去找辅导员时,辅导员一脸愧疚地对他说:"你确实没有评到奖学金。我也不方便对你透露学院评奖的过程。你等明年的评奖吧,届时学院会补偿你的。"

心恒不相信自己会得到这样的答复。

他带着愤愤不平的心态去找他导师了。张教授说:"这个结果,让我也感到很意外。我帮你问问吧。"之后,导师让他放平心态,不要在意这些东西。

"你赶紧好好写完博士毕业论文,尽快毕业找个好工作。这个才是最主要的。"导师语重心长地对他说。

他回到宿舍,几乎崩溃地对室友讲述突然发生的这一切。

他的室友彭大虎就问他,"这次你们班级谁评上奖学金了,谁拿到了最高额的奖学金。"

心恒一想,是同班的×××拿到了。

大虎就问他:"这个×××的导师是谁,他发了多少篇论文,分别发表在哪些期刊上?"

"他的导师是学院的领导。他到目前为止,就发表了一篇论文,还是普通期刊。"心恒如实作了回答。

"那就有意思了,"大虎冷笑着。"难道你不知道评奖评优的潜规则吗?"

"我不明白你的意思。"心恒郁郁寡欢。

彭大虎是数学专业的博士研究生,也是数学学院的佼佼者。他如愿以偿地拿到了当年的奖学金,既是因为他也发表了数篇核心期刊,也是因为他的导师是系里的领导,对他很器重。大虎拿到奖学金后,请心恒到外面好好吃了一顿饭。为了安慰心恒,就拉着他去唱了两个小时的歌。

两个人坐在大屏幕前,大虎点了一首歌,是周华健的《朋友》。大虎喜欢轻柔的歌曲,这样的歌让他唱着一点儿也不费劲。而心恒擅长唱热情高涨的歌曲,就点了一首张雨生的《我的未来不是梦》。他亢奋地唱着,把评奖带来的不悦统统抛在了脑后。

两个人一直唱到晚上十一点才结束。

在两个人回寝室的路上,大虎和心恒又聊起了毕业之后的打算。心恒就在心里想着:我的未来果真不是梦吗?

3

作为大龄青年的心恒,早就为情感一直没有着落而忧心忡忡。按道理说,他长得不算太差,个子不算太低,学历也不算太差。那为什么他就一直找不到对象呢?难道是他有生理上的问题?但是他每次体检都很正常,也从外表上看不出有什么缺陷。难道是他有精神上的问题?与女孩子沟通交流存在障碍吗?好像也不是。他与周围的男女同学,以及男女老师都不存在这方面的障碍。其他人也没有觉得他有精神上的问题。那他到底是怎么了?为什么就一直落单呢?

食堂有一个阿姨,对学生们很热情,每次都愿意给学生们多打点儿饭菜。她在心恒攻读硕士研究生的时候就认识他了,他接着来读博士,想不到她还在原来的窗口打饭。

阿姨有一次在心恒等待打饭的时候,就问他:"你有对象吗?"心恒笑着摇摇头。

阿姨就说:"那我给你介绍一个对象?"心恒连着点点头。

阿姨给他介绍了一个小他六七岁的硕士生,在海下大学读书。

心恒很快就约了这个小妹妹吃饭聊天。小妹妹刚来海申,对这里的一切都抱有好感。他感觉这个小妹妹很可爱,就跟她讲应该如何在海申生活,如何把书读好的经验。诸如此类的话让这个小妹妹感觉到,心恒就像唐僧一样,在那啰里啰唆的。

尽管如此,他还是很照顾小妹妹的。每逢周末就请她吃饭,邀请她一起游玩海申的景点。他虽然在经济上并不宽裕,还是很慷慨地为小妹妹花钱。两个月下来,心恒在她身上花了数千元。

他看见她对自己有好感,还没有和她拉过手,就心急地问道:"你愿不愿意和我结婚?"

小妹妹说:"我做不了主,这个得征求我爸妈的意见。"心恒也就没有再多说什么。

第二天,在聊天软件上聊天时,小妹妹对他说:"我爸妈说了,我们家那边结婚要彩礼的。我们那里的标准是二十万。你要是能够拿出来这个钱,我就跟你结婚。"心恒瞬间感觉自己受到了深深的伤害。他只是默默地在键盘上敲了四个字:我知道了。

小妹妹看见他这样回复,一个字也没有回复。他看见她的聊天工具的头像由亮变暗了,就知道她要么隐身了,要么下线了。

心恒在接下来的一个月之内,再也没有主动联系过这个小妹妹。他无时无刻不在想着感情上的问题。现在的小姑娘为什么都这么现实!要是我们身边的女生都这样,我为什么要找对象结婚? 这不是自己给自己找不痛快嘛!

小妹妹或许已经揣摩到了心恒的心情,再没有提要和他见面。

他也再不想见到她,再也不想在今后的人生当中碰到类似的女孩。

如果受挫能让他得到成长,那么受一点儿挫折也是非常值得的。就怕受挫后,还会一直受挫,不断受挫,让人心生气馁,郁郁寡欢。

4

有些事情自己能够做主,有些事情自己是做不了主的。人活一世,做不了主的事情总比能做主的事情要多得多!

他的母亲最近经常给儿子打电话。在电话里,母亲对他说:"我感觉最近有点儿贫血。整个人没有力气,脸上也没有血色。"

心恒赶紧问道:"是不是最近吃得不好?"母亲回答说:"不是。"

"那是不是最近在外面打工太劳累了,休息不好呢?"

母亲也回答说:"不是。"

母亲说:"她最近每次来月经的量比较大。按道理说,我都快六十岁了,应该停经的。要是有,也不应该来得这么多。可是,最近几个月的量非常大。"

心恒就建议母亲到当地的人民医院好好检查一下。他对母亲说:"要不要我回去一趟,陪你一起去检查一下。"

母亲马上说道:"你不要回来。这个是小毛病,我自己会去检查。你在学校里好好读书,不要为我再操心分神了。"

过了一周,心恒再给母亲打电话时,她对儿子说:"医院让我做了一个B超检查,发现我的子宫里有几颗很大的肌瘤。每次月经时,就是子宫肌瘤导致子宫大出血的。"

心恒一听是和肿瘤有关的病，一下子就紧张了起来。

他问母亲："妈，医生说这个严重吗？能够治好吗？要不要来海申的大医院给您再看一下？"

母亲连说："不用。"

母亲接着对他讲："医生说，我这个年纪的女性，按道理说，早就应该到了绝经的时候。但是我还是每个月按时来，并且量很大。这个专家说，以后绝经了，子宫肌瘤自然而然就萎缩了，这个出血的毛病也就没有了。"

心恒对母亲说："问题是你现在还没有停经呀。要不要做手术？要的话，我请假回来陪你。"

母亲说："我不想做手术。我年纪大了，不想在身上挨这一刀。一辈子都没有动过手术，为什么现在就要动手术解决这个问题呢？我还是吃药吧。医生给我开了一些药，我先试着吃上一两个月，看看身体状况再另做打算吧。"

心恒见母亲有自己的打算，也就没有再说什么。

母亲现在每日都要靠药物维持身体的正常运行，还要经常买补血药。这是一笔很大的开销。心恒就每个月给她打好千块钱的生活费。正在读博的心恒又不去外面打工，哪里会有这么多钱呀？这些钱都是心恒在西湖师范大学工作时，省吃俭用存下来的。

本来心恒不想动用这笔钱。要是评上了奖学金，既可以解决自己的生活开销，又可以接济一下母亲。但是自己发了那么多的核心期刊，为学院做了那么多的事情，到头来还是竹篮打水一场空。这又应该怪谁呢？

给母亲治病要紧。如果还缺钱的话，自己再想办法解决。

母亲也知道心恒在学校里舍不得吃,舍不得穿,舍不得出去玩。她不让心恒给自己打钱,但是心恒每个月都把钱打了过去。母亲就骗他,在按时买药吃药,让他放心。

其实,母亲把钱都存了起来,为的是以后心恒有对象了,还要给他料理结婚的事情。

可怜天下父母心!

心恒的母亲只能以这种方式支持自己的儿子。她也没有能力给儿子解决生活费的问题,哪里好意思再伸手跟儿子要钱,更不好意思花儿子千辛万苦存下来的钱。在她眼里,这些钱以后都是救命的钱。现在就花光了,以后出现了比这个更严重的毛病时,又该怎么办呀?

心恒母亲的这个毛病一直拖到了六十多岁,完全停了经以后,才彻底摆脱了这场梦魇。

第三回　涅槃

1

在现代化历史进程中,也许每一个农村娃或多或少都会有一个城市梦。但是许多农村娃虽实现了自己的城市梦,虽然在大城市里如鱼得水,取得了骄人的成就,依然摆脱不了自负或自卑的心态。这个问题的本质是一个人在成长的过程中,心态是否成熟。而一个人的心态是否成熟,主要表现在他对自己的认识和评价是否自信上面。

心恒自从来到大城市读书,就面临着从农村出生的人要怎样做才能融入大城市的问题。这么多年走过来了,也经历了无数的坎坷和波折,他越来越觉得,自信才是自己在大城市立足的根本。

在当今的这个社会,自信是生活中影响人们的一种普遍心理。就拿心恒来说,当他越觉得自己做事会成功时,就会越自信;越觉得自己活得失败时,就会越不自信。

然而人生不如意之事十之八九,难道因为自我圈定一个不成功的定义,就要否定自己曾走过的路吗?

其实他也知道,在做事情的过程中,每个人失败的次数都要比成功高得多。难道这样就不自信了吗? 面对失败,总会有人愈挫愈勇。这些人的自信是建立在失败的基础上的。总会有人一蹶不振,他最初的自信都转化成为自卑,不自觉地会在心里看轻自己。心恒沮丧的时候,时常这样问自己:"难道我就这样倒下了?"

在日常生活中,谁都会被"自己是否自信"的问题所困扰。

遇到从来没有接触过的事情,谁都怕自己没有能力胜任。尤其是经过多次努力后,还是没有办法实现心愿的情况下,谁都会变得极度的不自信。心恒第一次考博士的经历不就是一个很好的例子嘛。当他兴致勃勃地报考博士生而没有考上时,让他对自己是否适合读博士都产生了怀疑。要不是志勇的鼓励,他估计就要放弃读博了。

带着"我能否完成博士学业"的疑问,他开始了博士阶段的求学生涯。他深深地明白,辞去工作后再来读博的不容易。因此,他没有在读博期间做兼职,也没有在读博的期间浪费时间,而是用心培养自己思考学术问题的能力,以及撰写学术文章的能力。当他的第一篇学术论文发表在较高质量的学术刊物时,他才对自己的能力产生了一点儿自信。这时,他才理解了曾经看过的一本学术著作《自我评价论》里的一句话:"自信是以能力为标志的个体关于自身的积极肯定的基本观念。"

对心恒而言,这种自信并非与生俱来的。他是以培养和锻炼自己的能力为桥梁,才逐渐地体会到了这样的一种情感。当他相信自己能干成一件事情,并努力提升自己的能力来完成它时,他其实就在做的过程中自信起来了。虽然在这个过程中免不了挫折和失败,但是他不再惧怕失败,而是发现在失败中获得成功,会比轻松取得成功来得更加有意义。

最近发生在他身上的事情,确实在打击着他。可他已经不是刚来海申时那个不谙世事的心恒了。

他经历过工作的历练,经历过社会上的人情世故,明白什么对他而言才是最重要的。他对自己生存发展的能力持有自信。这才是他生活的精神支柱,才是他人生当中最大的财富。如果对自己生存发展的能力都失去自信了,他生活的精神支柱就坍塌了,他也就站不起来了。

在建立人生自信的过程中,心恒越来越自觉地把自己命运的发展与自身价值的实现联系在一起。他清晰地看到,一个人活在这个世界上,总要为国家、社会、家人和自己做一些有意义的事情。他现在更加自信地认为,自己能够做成这些事情,并且自己做的事情能够得到大家的认可。他就是这样产生了克服困难和跨越障碍的极大热情。

虽然在现实生活中,他曾经不断地游走在自信的两个极端,即自卑或自负之间。导致自卑的原因尽管很多,但根本原因还是心恒过低估计自己能力带来的消极心理。有很大一部分原因就在于他过低估计了自己处理学业、爱情、工作和生活等方面的能力。他还太年轻,他的人生才刚刚开始,这些艰难险阻终将成为他人生路上的小插曲。导致自负的原因也很多,但根本原因还是心恒过高估计自己能力带来的在一定程度上有些扭曲的心理。

谁说你科研突出就一定能拿到奖学金的？在一个浮躁的社会里，你即使有能力也不应该有"赢者通吃"的心态。

奖学金风波终于告一段落。面对在读博时的得意与失意，他不再患得患失。此时，他才感到自己活得很坦然。

他突然发现，自信就是以平常心看待这一切。如果因为外在的得失而产生自卑情绪或抱有自负心态，那么肯定会活得很不幸福。生活中的幸福感在很大程度上来源于心态。而自信就是积极健康心态的一个重要标志。

2

他开始把以前写一些生活感悟类的小文章汇总归类。他坚持写作已经快十年了。这十年间，他写了数百篇文章，近百万字。每一篇文章都记录了他当时的所思所想和所感所悟。

当年开始写第一篇时，他就曾天真地把文章寄给了许多报刊。他的许多文章当然也没有公开发表的机会。但即使得不到发表，他也会一直写下去。他怎么会就这样轻易放弃了写作的梦想呢？

现在，当他分别归类这些文章时，突然发现他的文章都是以校园生活为主，而他的刊物阵地也主要是各个高校的校刊和校报。他第一次看到自己的文字变成铅字，就是在《海东大学报》发表了一篇关于同窗友情的文章，那种喜悦感和成就感真是一辈子难以忘怀的。

现在想来，他从来就没有接受过文学专业的训练，却在文学的园地里有了许多收获。他把这种坚持归结为如下原因：一是文学阅读的长期积累，二是内心情感的逐步积淀，三是写作技巧的不断提高，四是人生爱好的持续推动。于是,文学写作就成为他生活当中的一个部分。他把生活感悟和人生情怀都通过文字的形式表达出来。这既是感受生活点滴美好的重要方式,又是记录自己成长之路的重要方式。心恒就这样一路走来,一直让文学记录着他生命的价值和意义。

如果把心恒的小打小闹称之为文学创作之路,就有点儿言过其实了,但他在这条路上从来没有停止过。他时常沉浸在阅读文学作品的快乐之中,并把他所感悟到的心灵收获通过文字的形式传达出来。正是文学不断让他的生活充满着乐趣。尤其是当他领到稿费的时候,他就迫不及待地跑去书店买早就想要的书籍。这是文学带给他的恩赐。

现在,他有了一种想要出版这些文字的愿望。虽然这个愿望还不知道猴年马月才能实现。他却相信,他是一定会实现这个愿望的。

他一篇又一篇地整理着。有的文章是写大学生活的,有的文章是记录亲情的,有的文章是人生随感性质的,有的文章是诗歌抒情的,有的文章带有小说的性质,有的文章是与学术有关的。

他就大致按照主题和时间的排序,把一篇又一篇的文章进行分别归类。这些看似毫不相关的文章,经过他的整理突然就有了可以成书的模样。但是他知道,这样的一个阶段还达不到出书的要求。在每一本书中,所有的文章还要再次细分,把思想、情感、内容和形式相同的文章分别再归入到相应的位置当中。这些文章又具有了第二次生命。

当他写着每一篇文章的时候,这每一篇文章就具有了独立的生命。这些独立的生命记录着心恒的生命轨迹。而当这些文章被归入不同的书籍当中,通过不同的表达方式展开自己的表现形式时,就在自己的独立生命之外具有了一种整体性的生命。让这本书因为这种整体性的存在而具有了生命和价值。这就如一粒粒珍珠具有自己独特的美。若是把这一粒粒珍珠串成项链,这串项链就具有了自己独特的美。

他感受到了!

他感觉到,自己正在完成一件极具价值的事情。这件事可以说是他人生当中的一项重要事业。他现在比以往更加迫切地想让这几本书面世,让他们见证一个寒门学子是如何步步征服命运,自信地行走在生活的舞台上。

他知道,现在的时机还没有来到。他要像蛇一样冬眠,静静地等待春天的到来。

在潜伏期间,他会一直坚持自己的文学涂鸦。

他知道,有些人家的孩子之所以能赢在起跑线上,就是因为这些孩子的父母从小就培养孩子们的爱好,但是这种爱好也许不是真正的人生爱好。他们在强迫自己的孩子学习各种乐器,报名各种棋类培训班,写字画画样样不能落下,还要把球类运动搞好。孩子们的天赋还未激发出来,就被淹没在各式各样的培训当中。这些孩子失去了自由自在的童年,想让他们从这些培训当中培养出爱好来,恐怕是家长们的一厢情愿。

然而在心恒的童年时期,他曾经无数次想参加这样的培训班,可是父母没有能力给他提供这样的条件,家里也没有任何能够激发他想象力的环境。他就活在维持生存的最低的水平线上。文学对当时的他而言,属于生活层面较高层次的精神需求。而他只能感受到生存层面的东西。

现在不一样了。他自己在大学里培养了文学的爱好,这是谁也不能从他身上拿走的。他现在要淋漓尽致地发挥这一爱好。

他甚至挤占了自己宝贵的学术时间,用来浏览近些年出版的世界文学名著。他还要继续进行文学创作,直到这一方面能够和他的学术方面一样,能够成为支撑他生存的本领。

他把已经成稿的书稿封存在电脑里，着手开始写着尚未成形的书稿。这些书稿就是自己的孩子，他百般呵护地整理、修改和撰写着他的这些书稿。他相信，让它们集体亮相的日子不会太远了。

3

在心恒博士二年级的第一个学期，他的博士毕业论文就写好了。

他拿给张教授看，导师看过之后，邮件回复他："恭喜你，虽然你的博士毕业论文还有需要完善的地方。但是，在我看来，你的博士毕业论文已经达到了毕业要求。"

他向学院打听了博士如何毕业的流程。学院的教学秘书给他的回复是："一般来说，我们学校的博士生正常毕业年限是三年，很少有提前毕业的情况。如果你想申请提前毕业的话，需要发表学校指定刊物的文章数的两倍才行。"

心恒马上跟教学秘书说："我们毕业规定要发表两篇核心期刊，而我现在已经发表了七篇核心期刊，加上其他普通期刊，一共发表了二十多篇论文。我是符合这个提前毕业的要求的。"

教学秘书就说："提前毕业，还要征求学院和导师的意见。不是你符合提前毕业的条件，达到提前毕业的要求，你就能够提前毕业的。你的这个情况，我会向学院领导反映的。你再征求一下你导师的意见吧。"

心恒就征求他导师的意见。导师邮件给他回复说："你符合提前毕业的要求，就可以申请提前毕业。我这边同意你申请提前毕业。"

　　收到导师的回复意见，心恒就吃了一颗定心丸。他半年前就在想着提前毕业的事情。他一边准备提前毕业的材料，为申请作好准备；一边开始找工作。

　　他的博士室友彭大虎也很关心他的毕业问题，就对他说："你读博期间，没有获得过任何奖学金，就要两年毕业了？我读博期间，拿了无数学校的奖学金，还要等三年才能毕业。你碰上了好导师，真是幸运啊。你应该好好感谢你的导师，他是真心在帮助你。"

　　大虎的话确实中肯。

　　因为在他的身边正发生着一件奇怪的事情。他们学院的一个导师，带了一名博士研究生，已经在校五六年了还没有读出来。这个博士生也发表了两篇核心期刊的论文，也完成了博士毕业论文。可是，他的导师就是认为他写的博士毕业论文达不到毕业的要求，要求他不断地修改。他已经给导师交过好几稿了，但是他的导师就是不肯在申请博士毕业答辩的材料上签字。他为此事也找过学院领导。学院领导的回复是，导师的意见需要认真聆听。如果导师觉得这个博士毕业论文不能送出去参加盲审，就说明这个博士毕业论文确实还需要修改，学生就要根据导师的意见认真修改。不然送出去参加盲审，如果不能通过，不仅影响顺利毕业的时间，还会给学院和导师带来各种各样的麻烦。

　　那个学生就多次拜访他的导师，他的导师给了他许多具体的修改意见。他回去之后，根据导师的修改意见进行修改。可是当他把修改后的论文拿给导师看时，导师说他根本就没有根据自己的意见来修改。导师很生气地让他重新再拿回去继续修改。久而久之，那个学生就和导师在心理上有了隔阂，在情感上有了距离。他甚至多次在同学当中私下提到想换一个导师。

可是学校规定,学生在入学之后一年半之内,如果想换导师的话,可以跟学院提出换导师的申请,他早就已经过了申请换导师的规定时间。

他就和导师这样僵硬地耗着。

这两年,学校为了清退超过六年还未毕业的学生,就专门下发了一个文件,里面规定:"凡是超过六年尚未毕业的学生,都要开除学籍,强制清退。"

周围的人纷纷劝他说:"你就不要这个博士学位了呗。你现在要赶紧工作。现在的就业形势这么紧张,出去找份工作,对你来说,或许是一个转机。"

可是他根本不听这些话,也听不进这些劝言。他和他的导师一样,都很坚持自己的想法,谁也不肯做出半点儿让步。于是,他们就成为学院乃至全校的一个话题。

当他把这个故事讲给大虎的时候,大虎连连摇头,很无奈地说:"这个世界上怎么老是有这样的学生和老师!本来就不用搞成两败俱伤的事情,被这个学生和他的导师搞成了遍体鳞伤,大家都感觉很受伤。这个事情谁也怪不得。归根结底,还是那个学生学术能力的问题。如果他的博士毕业论文确实很优秀,能够达到毕业的要求。他的导师是根本不敢为难他的。"

他觉得大虎的分析一针见血。

他此刻突然感觉到,自己的博士求学生涯不算太失败。除了没有拿到奖学金,没有谈到女朋友,现在还没有一份好工作,他感觉一切都还顺风顺水,顺他心意。

就在他和大虎说话的时候,他的手机响了。他一看,是从隔壁的省份打过来的电话。他就作出了嘘的手势,大虎就不说话了。

"喂,您好。请问有什么事情?"

"是海东大学的王心恒吗？我是江南京华大学的老师。你之前给我们投了一份应聘简历,我们想让你过来面试。请问您找到工作了吗？想来我们这里面试吗？"

心恒马上回答:"我刚开始投简历,会准时过来面试的。"

这所大学是很知名的大学之一,比海东大学的排名要靠前得多。大虎给他竖起了一个大拇指。

"还是你牛！兄弟今后就仰仗你了！苟富贵,勿相忘！"

"还不知道能不能面试上呢,你不要给我戴高帽子。小心我摔下来,你不敢扶我。"心恒大声地笑着说。

之后,按照约定的时间,他参加了这所大学的面试,结果还真给面试上了。但是即便这个大学是很好的学校,也注定是与他没有缘分的。

第四回　导师

1

张教授是经历过"文革"后,再进入大学读书的老一代学者。这样的特殊经历,让他懂得求知的可贵。在大学里,他本来学习的是数学专业。由于对哲学感兴趣,并且对哲学中"人"的问题感兴趣,他就在大二那一年跨专业转到了黄埔师范大学的哲学系,师从国家著名哲学家。他在读书期间非常用功,并发表了数篇论文,毕业之后直接留在黄埔师范大学教书,并在教书期间攻读了哲学硕士学位。

张教授在年轻时就是当年海申市的学术新星,海申的很多高校都想"挖"走他。为了获得一个更好的发展,张教授最后选择了黄埔财经大学,到该校的人文学院当了院长。他在当院长期间忙于行政事务,无暇顾及学术。在经过一段时间的调整之后,他认为自己还是要在学术上有所作为,就来到海东大学担任学术带头人。

张教授在研究专长上,主要的研究领域是人学,出版了数十种关于人学问题的研究专著,其中《人的存在论问题》《人的认识论问题》《人的评价论问题》,这三部被学术界称之为"人的问题三部曲",影响甚广。

在教学工作上,他给本科生开设《人学概论》,研究生开设《人学文献选读》《人学前沿问题研究》,博士生开设《人学方法论研究》等课程。

在教材撰写上,他公开出版了《生活中的人学》《人学与智慧》《人学与人生》等。

在社会兼职上,他是国家人学学会的副会长,海申市人学学会的会长等,对海申市人学学科的建设和发展作出了杰出贡献。

在发表论文上,张教授在哲学、人学等领域的重要学术期刊上发表了学术论文三百多篇,其中超过一半被各类报刊复印资料全文转载。

在科研项目上,张教授先后承担过国家哲学社会科学重大攻关项目、教育部人文社会科学重大攻关项目、海申市哲学社会科学重大攻关项目、海申市教委重大攻关项目等十余项课题。

在获奖方面,张教授先后获得过"国家教学名师""海申市教学名师""国家教育突出贡献奖""海东大学最受学生欢迎教师"等荣誉称号。

张教授所取得的成就,可以说心恒在这辈子想都不敢想的。他当年看着张教授的个人简历,就有一种巨星降临的感觉。他暗自下定决心,一定要考上张教授的博士研究生。

张教授是学术界名人,想考他的博士的人自然很多。心恒考上他的博士生以后,才得知每年都有三十多人报考他的博士生,而他只招一到两人。他的许多硕士生都在排队等着报考他的博士生。如果当年有考不上他的博士,但确实非常优秀的学生,学院的其他博导也会抢着把这些人纳入麾下。

心恒怀着一颗感恩的心,投入了张教授的师门。他希望在张教授的点拨下,能遇见更好的自己,能领悟到人生中的更高境界。

2

张教授治学严谨,绝不允许同门中有任何学术上的作假、造假的行为。

心恒在给他看自己写的第一篇论文的时候,张教授就给予过充分肯定。心恒就大胆地向张教授提出请求,能否署上张教授的名字一起发表。张教授对此严厉批评过他。

张教授说:"我历来不主张一篇文章署两个名字的做法。这篇文章到底是谁写的?现在的学术界,有些导师为了种种目的,千方百计让自己的学生帮忙干活。学生写出来的文章,导师不仅要署上名字,还要署名是第一作者。这不仅是一种学术造假,而且有违学术伦理道德。在我的师门,我是绝对不会允许这种情况发生的。"

张教授义正词严的话语,让心恒内心万分羞愧。

张教授是国内多家核心期刊编委会成员,经常审阅其他人的文章。他对心恒说:"在期刊编辑部看来,文章一旦投稿,作者人数和署名顺序一般是不能随意改动的。如果需要修改作者人数或署名顺序,需要专门作出书面解释,并且征求所有作者本人的签名同意后,才能进行改动,否则的话,就会发生一些侵犯他人著作权的问题,导致不必要的麻烦和纠纷。对于编辑而言,如果忽视这个问题,主观上将署名的变动仅仅看作作者的事,往往在出现利益纠纷的时候,恰恰可能会将编辑也卷进去。现在的学术论文署名其实是一场利益之间的博弈。许多导师拿学生的文章评职称、拿课题,扬名立万;许多学生拿导师的名字发表论文,导师却一点儿也不知道这个事情,无形之中败坏了导师的学术声誉。"

张教授继续对心恒说:"你很有学术天分的,你也很能吃苦,以后你在学术道路上会走出自己的一片天地。你要相信自己。我从来都自己写论文、发文章。不与学生合发论文的一个目的,就是希望你们自己能够锻炼出学术能力,然后通过发表系列论文的形式开辟一个新的学术前沿领域。"

张教授看着心恒,语重心长地告诫道:"你想要在学术界稳住阵脚,就必须找一个自己擅长的研究领域。在这个领域深耕细作,不断推出一系列的研究文章,让同行们通过你的文章知道你逻辑上的层层递进关系。你的文章必须是你自己通过思考,能够逻辑推演出来的东西,不能是别人咀嚼过的废料。你怎样才能拥有自己的东西呢? 要多看书,多思考,多交流,多写作。看哪些书呢? 首先要看导师的书吧,如果你连导师在研究什么都不知道,你如何跟着导师作研究。你还要多看某一领域的权威书籍,这样才能对某一个问题有深刻的认识。如何进行思考呢? 你要把研究对象与社会现实结合起来,你的研究应该切中社会现实才能具有生命力。和谁交流呢? 要通过发表论文和参加学术会议的形式,多与国内的同行专家交流。写作需要注意什么呢? 要注意你的逻辑是否能自圆其说,要注意你的价值追求是否符合社会发展的客观规律和时代发展的具体要求。"

张教授就是这样一步步把心恒引入了学术的道路上。

3

在心恒找工作的问题上,其实张教授也有自己的看法,但是他没有跟学生说,他尊重学生自己的选择。

心恒很用心地找工作,给江南地区所有的985、211大学都投递了个人简历。与此同时,他还想做个博士后,还给海华大学投递了博士后申请的简历。心恒的这种做法,其实透露出对自己未来的去向一片迷茫的状态。其实他所投递简历的单位也是特别挑剔的。他就这样一边修改博士毕业论文,一边病急乱投医式地找工作。他虽然有点儿着急,但是心情还是非常愉悦的。他感觉自己博士毕业了,前途还是一片光明的。

心恒在博士二年级的第二个学期,迎来了人生的第一次博士后面试,面试海华大学的博士后。这个大学是海申市高校中的龙头,也是全国的文科重镇。心恒就抱着试试看的态度来参加博士后的面试。这场面试的主考官是薛教授,这位教授是他主动选择的博士后合作导师。

薛教授是马克思主义领域的全国著名专家,是中央马克思主义理论研究和建设工程的专家,也是海华大学马克思主义基本原理的学科带头人。

他针对心恒的博士后进站报告展开了详细的点评,把心恒说得一愣一愣的。心恒的博士后进站报告是张教授提前看过的。张教授说,这个报告还可以,他才敢拿出来用的。结果在薛教授这里,心恒的博士后进站报告成了问题百出的报告。心恒在面试的过程中,就感觉到,这个博士后恐怕是没有希望了。可是当面试结束的时候,薛教授与学院其他专家进行了沟通,他们一致通过了心恒的进站申请,这让心恒喜出望外。

在接下来的日子里,他还面试了邻近省份的有色冶金大学。这次面试通过了两个人,另一个来自北平大学。心恒认为自己的科研成果是不算差的,关键问题是试讲环节。文科老师的一项基本功是试讲。心恒在准备应聘的时候曾经与张教授交流过这个事情。张教授让他在自己的博士毕业论文中准备一个章节进行试讲。由于试讲内容是自己的研究专长,他发挥出色,有色冶金大学当场就要和他签署三方协议。心恒抱歉地跟对方说,目前自己属于提前毕业,还没有拿到三方协议。对方就让他一周之内尽快拿到,然后过来签署协议。

他不仅给江南地区的知名高校投递了应聘简历,还给北方地区的知名高校、西南地区的知名高校都投递了应聘简历。

他刚从一个学校面试回来,位处北方的北洋工科大学又给他打电话,通知他去面试。对方开出的条件是,如果他能来北洋工科大学,学校就直接聘请心恒为副教授,按照学校高端人才引进的相关待遇进岗入编。心恒一听,这个学校对他很重视,再三思考之下,他就来到了北洋工科大学。院长派专车到高铁站接他,当天晚上陪他一起吃饭。第二天,在面试结束后,院长又让专车送他回海申。心恒从未受到过如此高规格的礼遇,他动了想到北洋工科大学来工作的念头。

到目前为止,还没有一所海申本地的知名高校想要应聘他,但他仍然不死心。他听说,有的海申本地高校在试讲的时候,会特别重视教材的内容。心恒征求张教授的意见。张教授说,你还是选取教材的某一个章节,结合自己的研究方向来讲。心恒听取了他的意见。

他一直等待着海东大学会应聘他。

最后的压轴学校,总是要千呼万唤才能出来。海东大学终于给了他一个机会。

　　这天,心恒又一次穿着笔挺的西装,他为母校的面试准备了很长时间。等他来到面试现场,发现只有系里的主任和副主任参加了此次面试。而且这场面试的应聘者就他一个人,这是专门为他举办的一次面试。心恒倍受感动,就开始投入地讲着已经烂熟于心的内容。等他讲好以后,系主任说:"你讲课很有激情,以后上课会很有感染力,学生会很爱听的。"

　　系里的副主任接着说:"你以前上过讲台吗?"

　　心恒笑着摇头说:"没有。"

　　心恒和他们本来就是师生关系。在提问环节结束之后,他们又聊了一些学院和导师的事情。最终海东大学也通知他,"你被录取了"。

　　心恒马上把海东大学、有色冶金大学、北洋工科大学都录取他的消息告诉了张教授,他重点强调了北洋工科大学是以副教授来引进他的。

　　张教授听了以后,直接问了他:"海华大学的博士后有消息了吗?"

　　他回答道:"薛教授也要了我。"

　　张教授就直截了当地说:"那你还是去海华大学做博士后吧。"

　　他有些不解,明明自己找的工作都很理想,为什么要放着这么好的工作不要,偏偏要去海华大学做博士后呢?

　　张教授见心恒一脸茫然,就对他说:"海华大学也是全国著名的学府,你还需要到那里继续提升你的学术水平。等你以后从海华大学出站了,说不定还能留在海华大学工作呢。"

　　见导师这样坚决地让他去海华大学做博士后,心恒就放弃了其他高校的丰厚待遇。

　　两年之后,心恒会站在海华大学的讲台上,满怀激动地给自己的学生讲述张教授是如何点拨他的故事。只不过这是他之后的人生要展开的内容了。

4

张教授在王心恒的人生当中起到了不容忽略的重要作用。

在他读博的短短两年多的时间里,他就系统学习了张教授怎样搞科研的方法,认真学习了张教授关于人学的思想,也学习了张教授如何在这个世界上为人处世的方式方法。

虽然时间不长,王心恒却深受张教授的影响。这体现在他写的学术文章上面,没有张教授建立的一套系统的人学理论体系,心恒绝对不会这么快地写出他的博士毕业论文《人学评价论——法律的视角》。

张教授对心恒的影响还体现在他看问题的角度上面,没有张教授对他博士生涯规划的指点,他绝对不会两年就博士毕业了。

张教授对心恒的影响还体现在他的生活上面,没有张教授每两周一次与他促膝长谈,他绝对不会这么有激情地展开自己的博士生活。

张教授对心恒的影响还体现在他的情感上面,没有张教授对心恒的鼓励、支持和点拨,心恒会一直在生活中觉得缺少父爱。

他真的要好好感谢张教授。

心恒在毕业之前跟大虎说:"我感到自从跟了张教授,自己进步很大。这离不开张教授的指点。尽管我犯过多次错误,张教授就像我的父亲一样,在批评和教育中开导我,使我很受触动。在张教授的悉心教导下,我已经不再像本科那样无知,不再像硕士那样迷茫。现在的我知道自己应该做什么,重点要放在什么上面。虽然现在马上就要毕业了,今后可能也不太会有人像张教授那样告诉我该怎么办了,但是我已经知道自己应该怎么办了。"

他继续对大虎说:"在我报考张教授之前,我还报考了其他老师的博士,但是没有考上。在我万念俱灰,感觉当时的我都快坚持不下去了的时候,张教授收我为徒。我当时还在想,要成为一名博士生就这么难吗?考上以后,张教授约见了我,语重心长地对我说,他是在面试的时候,被我想要辞职读博的精神所感动。我就这样成了他的博士生。我当时很不服气,就马上辞掉工作,提前两个月开始我的博士生生活,为的就是证明我没有一点儿不如别人。在我的努力下,经过一年的奋斗,张教授对我总体来说,还是比较满意的。"

大虎和心恒一个寝室,知道他经常找张教授交流,谈他的生活感受,聊他的学业情况,探讨他接下来的打算。而张教授对他的安排也算满意,对他人生的发展也还放心。大虎也发现,心恒是通过自己的行动证明了自己,也通过自己的行动打动了张教授。

张教授是一位严肃、认真、负责、可敬的老师。他对不同的学生有不同的教法。对像他这样严于自律的人,张教授就给他充分的自由空间,让他在学术的天地里自由探索。

有一次,张教授对心恒说:"你当了三年大学老师再回来读书,就更加能够体会到静心读书的来之不易。"

张教授说得对。在学生和老师之间不断的身份转换,让心恒更加珍惜来之不易的学生身份,也让他对教师职业有了深刻的理解,更加对老师拥有一种崇敬之心。

虽然求学路上,有寒有暖。但是在心恒的求学路上,张教授就是一盏指路明灯,照亮了他前进的道路。张教授还在心恒的心里种下了一颗梦想的种子。每当他身处逆境的时候,就能够感受到梦的力量。面对各种压力,他始终坚守着张教授对他的期许。

这是心恒在内心对导师的一份承诺。

第五部：自强不息

第一回　"神秘"

1

海华大学是心恒做梦都想上的大学。但这个"梦"曾经离他非常遥远。他以为要来海华大学求学，"猴年马月"也轮不到他。

人们常用"猴年马月"这个词来形容一件事情的遥遥无期，来比喻事情的未来结果无法预料。"猴年马月"也就成了不太可能的泛指。

心恒早在多年前来海东大学求学的时候，就曾多次专门来到这所神秘大学的身边。他喜欢海华大学身上的神秘气息，就一直用"神秘"称呼这所学校。走在"神秘"的校园里，那种对名校向往的心情使他无法释怀。这所学校的主校区的校园环境非常古朴典雅。曾对"神秘"有影响力的多位历史文化名人的雕像立于校园一隅，彰显出"神秘"对杰出人物的景仰。每条林荫道都用"神秘"的元素命名。辉映堂、校史馆、人文馆等著名建筑就坐落于校区主干道的环路上。这里的每一座建筑、每一条道路、每一个地方都有它的来历史。这种用心记录历史的举动让他特别感动。"神秘"是尊重历史的学校，也是有历史底蕴的学校。当时初来海申闯荡的心恒就在心中感叹着，猴年马月我才能来这里求学啊？

"燕子园"比邻校史馆，相传是三国时期东吴的乌衣巷旧址。"神秘"建校时，此地曾为私人别墅，被誉为"神秘"保姆的相辉校长不惜举巨债购得此园。"神秘"三宝之中的一宝（建校奠基石）就位于此处。唐代诗人刘禹锡曾在此作了一首诗："朱雀桥边野草花，乌衣巷口夕阳斜。旧时王谢堂前燕，飞入寻常百姓家。"他是在感慨世事的沧桑巨变，而现在的心恒却惊喜地认为，自己这只老百姓家的"燕子"终于在做博士后的时候飞入了"王谢堂"。

每个学子的心中都有一个燕园的梦，"神秘"就是多少像他一样的贫寒学子梦寐以求的象牙塔啊。

他曾经在心里想着，进入"神秘"求学的梦想恐怕要等到猴年马月了。到了那个时候，他的梦想才会实现。想不到，这个想法竟然真的就实现于猴年马月。

在十二年一轮的猴年马月里，即丙申年甲午月戊午日至丙申年甲午月丙戌日的日子里，心恒正静心安坐在"神秘"的燕子园，追逐他的梦想！

猴年马月正是实现梦想的日子。

他这样想的时候，就下定了决心，之前的遥不可及的求学梦，就都放在猴年马月里一起实现吧。

在"神秘"的猴年马月，他正在通过求学的实际行动实现着心中的梦想。

他在海东大学的时候，海申市的教委曾经给在校的研究生们设立过两年的博士生科研创新项目。当时以心恒的科研实力,本来就可以轻轻松松拿到这个课题。这个课题的名额也多,几乎人手一个。但是不清楚当时的学院领导是基于何种考虑,就没有让他拿。这对当时的他是一个很大的打击。

而当他来到"神秘"大学以后,这边的学院鼓励他申请各种课题。他把写好的课题拿给薛教授看。薛教授很认真地给他作了修改回复。看着基金本子上被修改的密密麻麻的痕迹,心恒内心特别感动。心恒在薛教授的鼓励下,勇敢地申报了全国博士后科学基金面上资助项目。在接下来的日子里,他焦急地等待着结果。他觉得自己应该能够申请上。在这个本子上,他和薛教授都倾注了大量的心血。如果拿不到的话,他首先愧对的是薛教授对他的栽培。

终于等到结果了。当他点开网上的那个公示名单时,内心波涛汹涌。他都能够听见心脏扑通扑通的声音。他一个名字、一个名字,一个学校、一个学校地看着。终于在海申市的名单中,他看到了海华大学一栏下有自己的名字。他拿到了人生当中的第一个重要课题。他总算在"神秘"的平台上,在巨大的科研压力下有所收获。

他赶紧将这个消息告诉了薛教授和张教授。薛教授鼓励他再接再厉,张教授对他表示热烈祝贺。

"神秘"不仅通过馈赠科研课题,大大缓解了心恒的经济压力,还给他创造了一个编织更美好的梦想的机会。

他感觉在这里,一切都是值得憧憬的。走在"神秘"的校园里,穿着带有"神秘"元素服装的师生们都是那么的朝气蓬勃。他们对于通过努力就有希望,并能做出成绩的事情,就是那么的充满信心。

在心恒拿到课题的那一年,与他经常交流的两个博士后好友就在猴年马月拿到了分量超重的国家级课题。这对很多教授而言,都是很难办到的事情,但他们办到了。这无疑给像他这样的博士后们带来了继续前进的巨大希望。同时也让他感到,在"神秘"的校园里奋斗,一切梦想都有实现的可能。

对心恒而言,猴年马月才刚刚开始。他希望在这样特殊的岁月里,能在科研上继续有所突破。而生活在猴年马月的"神秘"校园里,还有什么不能实现的呢?

2

海华大学之所以能够得到全世界的瞩目,成为全国最高等的学府之一,就在于"神秘"的校园里有一批如薛教授这样的大学问家。

入门之前,心恒就听说,薛教授是一位逍遥派人物。作为海华大学最受研究生欢迎的知名导师,薛教授给自己的治学定位就独树一帜。他的治学理念是"有话则长,无话则短,不说空话,不说套话"。他的育人理念是"以身作则,身教重于言传"。他的座右铭是"山高水长,闲云野鹤"。

在接下来与薛教授的日常接触当中,他切身体会到薛教授确实能看开是非,真的是自由随性和淡泊名利之人。他在学问上对学生严把关,却在生活上对学生进行放养式的管理。

在高校生存,免不得要进入各种各样的圈子。自己导师的师门就是一个学术圈子。为了维护好这个圈子,师门之间经常聚餐、开会,各种交流层出不穷。但是薛教授就从未自己主动要召开师门聚餐,他很反感这一套应酬。同门之间的关系在于通过学术互助形成共同体,这是靠吃饭实现不了的。一般人都可以接受这种应酬,但薛教授有不一样的见解。心恒认为,薛教授才是真正活得洒脱的人。正所谓,酒肉添荤腥,世俗不能醒;吾累饕餮宴,超脱皆能明。心恒就立下誓言,以后自己招学生了,绝对不搞这样冠冕堂皇的应酬,而是引导学生多看书,多在学术上交流。这是他从薛教授身上感受到的治学态度。

在海华大学里求学,他想过薛教授这样的能够淡泊明志的生活。很多人在"神秘"的校园里,最大的感受是听名家课程和讲座,或是去图书馆参观。这里确实云集了海内外众多像薛教授这样的学术知名学者,成为慕名而来学子们的思想盛宴。

心恒就特别喜欢听"神秘"的讲座。虽然他有午休的习惯,如果讲座在下午一两点左右开始,他也照听不误。为了保证一天能有充沛的精力,他减少了与学习无关的活动。本来他可以去附近繁华的商业区参加各种娱乐活动的,本来他可以躺在寝室的床上睡大觉的,但他觉得这些都是在浪费时间。

他最大的乐趣就是任性地去听各种他喜欢的讲座。这种自由地选择恰好能反映"神秘"的自由传统。生活在"神秘"的校园里,你会逐渐感受到一个不言而喻的道理,那就是你的时间自己支配,你选择的后果自己承担。心恒就喜欢这样的生活方式。每当他拖着疲倦的身体结束一整天的劳累时,他觉得躺在"神秘"宿舍的床上睡觉才是人世间最大的幸福。

他还喜欢一个人在宿舍享受宁静的看书和写作时光。灿烂的阳光在外面给"神秘"的校园带来无限生机,全神贯注的心恒在宿舍里面紧张地思考着。这样的生活方式不仅是"神秘"给予心恒的一种幸福,也是"神秘"给予千千万万像他一样求学人的幸福。在心恒的隔壁住着老宫，是在职博士后，专门请假来"神秘"学习的。他比这位小弟还珍惜在"神秘"求学的这段光阴。寝室离"神秘"的图书馆较远，可老宫还是每天跑去看书，不亦乐乎。他虽已工作多年，还是很有学生的样子，不由得让心恒很受触动。

在海华大学，如果你用心，就总会找到你所需要的东西。来这里之前，你可能并不知道自己需要什么。没关系，过上一段时间，你就会找到属于自己的天地。各取所需、各安其所，"神秘"总会培养你学会独立思考，尝试自己解决生活中的问题。所以心恒在这里求学的最大感受是，通过做事明白了什么是自由、宽容、文明和关爱。

3

老宫是心恒博士后生涯中的挚友，他让心恒的"神秘"生活变得有滋有味。

心恒的博士后生涯主要是写论文、拿课题、听讲座，很少有其他活动。但自从和老宫成了朋友，心恒就开始学着打乒乓球了。

老宫告诉心恒，海申高校的体育设施都是收费的，海华大学以前也是。但在最近几年，"神秘"的体育设施开始免费使用了。

"你如果来运动，一切都是免费。这在外面要花好多钱的。"

"但是我一点儿也不会，能够学好吗？"

"有老哥在，保证教会你！"

老宫是乒乓球方面的专业高手，当"神秘"的乒乓球教授也是绝对绰绰有余的。

"神秘"的乒乓球馆不仅免费提供场地,还提供免费的乒乓球拍和乒乓球。这个小弟刚开始和他的大哥老宫打球时,把乒乓球打得到处乱飞。

老宫就对心恒说,不会打球的人,都是直板握拍,毫无章法地让球"飘"来"飘"去。

"你要首先从握拍开始,用心感受球拍与来球撞击的感觉。"

由于握拍动作不规范,心恒打出去的球很不规律。心恒用力也不均匀,时而球速很快,直接打到老宫身上;时而打得无力,都过不去球网。老宫和心恒打球打到最后,本来是教心恒打球的,结果成了给他捡球的陪练。

让他感到幸运的是,此时遇到了好教练。即使他是零起点,老宫也很有耐心。他教这个从来没有打过乒乓球的人,用长柄横板握拍。心恒的身体就像是立在乒乓球馆的一根僵硬的柱子。大哥就给小弟演示用腰部带动上身发力的动作,让心恒一遍一遍地练习。老宫还用打定点球的方法训练心恒的正手打法,心恒对球的感觉和以前完全不一样了。

在心恒对球慢慢有了感觉后,老宫就不仅教他正手和反手撞球的要领,还让他徒手练习并步、跨步、跳步和交叉步等基本动作。老宫对心恒说:"后者比前者更为重要。"

除了实践上的打球训练,老宫还给心恒推荐了网络乒乓基础课,让他课余时间及时"充电"。心恒倒是很用心。他按照老宫的要求一步步来。但心恒的问题是,光看视频,理论水平倒是不"低",就是不得要领,不能正确地实践操作,还必须老宫手把手教他。毕竟绝世球艺也不是一天就能练成的。他总是有些急性子,毕竟才刚刚开始打乒乓球,以后提升的时间还很漫长呢。

老宫比他提前一年出站了。在老宫离开之后,他认真地听从大哥的嘱咐,依然找不同的人打乒乓球。心恒在内心一直感谢着老宫。因为有老宫在"神秘"的校园里,心恒爱上了打乒乓球。这也算是他在海华大学意想不到的收获吧。

4

海华大学对许多人来讲,都曾是一个遥不可及的梦想。当这个梦在心恒的身上变成了现实,他却开始怀疑自己的学术水平了。他怕达不到"神秘"的要求,辱没了"神秘"的名声。

他不停地看书、写作和投稿。当没有取得一点点进步时,他就在心里责问自己:"怎么还没有相关刊物录用我的文章?"心急如焚之下,心恒都开始掉头发了。

头发在这半年的时间里,掉了不少。还好这头发掉得也算值了!他的多篇论文也陆续从录用通知到发表出来了。心恒知道,没有薛教授的引路,没有薛教授的用心指点,他是绝不会这么快就发表论文的。

松了一口气之后,他就开始投入到申报课题的任务当中。他的心态是轻松的,研究进程却很紧张。他决定以论文带动课题的申报,五六篇文章好不容易写好了,博士后却已经过了一半行程。他整日沉浸在如海的文籍当中,只感到日月如梭般一晃而逝。这正是心恒进站之前曾想过的生活方式。海华大学让他拥有了想要的生活,以至于他都不敢想象,出站之后,他将何去何从。

在他进站后的第二年,心恒就按照第一年的既定方案申报课题、撰写论文,间或处理一些其他事情。他怀着无比坚定的信念,全身心投入到学业当中,他一直相信,自己的付出一定会获得认可。在他心甘情愿地坐着冷板凳,享受着"神秘"的宁静、自由和关爱之时,时间就悄无声息地过去了。他越来越觉得,博士后的日子屈指可数。他甚至有些害怕失去这样的日子。他惊恐,不是因为害怕完不成学业。他害怕,是因为当学业完成以后,他会失去"神秘"的光阴。

在心恒的内心,有一句话正在一遍遍地翻滚:"为什么'神秘'的日子总是过得这么快啊!"

他已经把这所"神秘"的大学当成了自己的精神家园。他认为,"神秘"就是"神秘人"的心中之城。在来海华大学做博士后的日子里,他非常清楚地认识到,这意味着这里的"神秘"是他求学的终点之站。而在这里,他正在建立起自己的心中之城。

当他还没有建立起心中之城时,即使奋斗得再多,他依然很茫然,因为他不清楚,到底是为了什么样的结果而奋斗,这个终点会在哪里。当他慢慢地建立起它时,他才知道,他三十多年所奋斗的一切都凝结为心中之城的一部分。通过心中之城,外在世界的一切都可以被心恒从思想上来把握,心恒也能通过它来改变外在的世界。

其实,早在心恒来"神秘"之前,每个"神秘人"都在这里寻找和建设着自己的心中之城。人生当中的每一个渴望和憧憬、每一种情怀和写意、每一次进取和超越,都在为心中之城添彩增色。这既反映在"神秘人"的精神风貌上,又反映在"神秘人"为这份"神秘"所作的贡献上。久而久之,这样的心中之城就成为"神秘人"最真实的日常表达。

也是来到海华大学,他才明白,大学其实不仅是学习的场所,更是寻找精神家园的场域。

一个人活一辈子,最重要的事情就是寻找到可以安放灵魂的心中之城。

第二回　告慰

1

苦难是人生永恒的主题。很多事情在收获之前注定都会充满苦难。

心恒的父亲被苦难所折磨，英年早逝。心恒的母亲被苦难所折磨，心力交瘁地活着。心恒自己也经常在人生困顿之时，与苦难作着殊死的搏斗。

但是他已经不再是小孩子了，他必须在这场斗争中不断成熟，因为他还肩负着重要的人生使命。

在父亲去世之后，他最能对母亲的苦难感同身受。母亲一个人艰难地维持着这个家，就是为了让心恒感觉到还会有家可回。许多人曾经给他的母亲介绍对象。当知道她还有一个未结婚的孩子时，大多数人都不想再撮合这门亲事了。

这还不算孩子长到这么大，已经耗费了父母大半生的心血。每位父母都是用自己的生命在养育孩子啊！而大多数的孩子在长大以后，又会有多少人能够明白父母的辛苦！

只有内心还有一些孝心的孩子才会想着替父母分忧解难。不管是分担家里的负担，还是在涉及自身的生活方面，这些孩子总是懂得聆听父母的教诲。而不孝顺的孩子又哪里会知晓这些呢！

在孩子长大以后，大多数的父母都会很自然地把一部分家庭负担转移到孩子的身上。于是，父母的苦难也就成了孩子的苦难。

心恒或多或少经历着一些同龄人没有遭遇到的苦难。而他所经历的这一切，不能全部说是外在的客观环境造成的。这与他的父母和他个人的素质、见识，以及所生活于其中的环境也有很大的关系。

从作为出发点的人的角度来说，一切苦难都是人为造成的，包括父母的苦难，以及自己的苦难。当一个人在抱怨苦难的外因时，往往在潜意识里故意隐藏掉苦难的内因。恰恰是这个内因才是苦难的源头。

心恒作为一个从小就非常听话的孩子，以前也是非常同情他的父母的，觉得他们把自己养大特别不容易。尤其是在父亲生命中的最后岁月里，他与父亲才开始了频繁的情感交流。他突然发现，自己想要了解、也想理解自己的父亲，可惜在他还未读懂自己的父亲时，吉梦就永远地离开了他和母亲。这曾一度是他心中最大的伤痛和遗憾。

可是，心恒也一直认为，父亲一生的苦难是他自己造成的，而且他还无意识地把这种苦难转移到了心恒和他的母亲身上。他既不会过日子，也不会教育孩子，更是一辈子糊里糊涂地活着。"糊涂"的人不会执着地计较尘世的利益，活得比一般人幸福，然而也会一辈子受苦受累地活着。因为他的"糊涂"正是他苦难生活的源头，也是与他在一起生活的人的苦难的源头。

说实话，可祥跟着吉梦就没有过上两天幸福的好日子。吉梦一生从未有过正式的职业，靠东奔西跑地打零工养家糊口。可想而知，这样的生存如何能够让这个贫寒之家过上好日子，更不用提让这个家富起来了。可祥就在家里洗衣做饭，农忙时节还要打理庄稼。两个人整天忙碌着，也不算计这样的日子能够维持多久。

等心恒出生了，这个家才正式开始有了生机活力。可祥自己一个人忙不过来，就让心恒从小跟着自己干点儿活。在很大程度上，儿子的过早懂事全部都得益于干活。在劳动的过程中，人才会变得成熟。从另一方面来说，心恒的懂事也是苦难的见证。苦难让心恒一家整天活得如履薄冰，一刻不停地为了生计而奔波劳累。

对于任何人来说,苦难都是人生的一个主题。不管从什么角度来理解,每个人都可以说出一大串生活中的苦难。正确对待苦难是每个人都需要面对的人生课题。只是在面对的过程中,每个人都没有权利把自己的苦难强加到别人身上,这在处理父母和孩子的关系问题上同样如此。孩子能体谅父母的苦难是父母的福气。同时,父母也要体谅孩子的苦难。尤其是生活在当今社会,年轻人的压力都很大。父母就更应当处理好家庭里的事情,不能把自己的苦难再变成孩子的苦难。

2

进入寒冬季节,县城里的饭店都很火爆。可祥打工的饭店,在经历了一年的不景气之后,也开始逐渐热闹了起来。尤其是在12月份,临近新年的时候,各个饭店都开始张灯结彩,千方百计地吸引顾客,以便招揽生意。

在一整天的忙碌当中,可祥只有下午两三点的时候,可以短暂地休息一下。

此时,饭店暂时打烊,厨师们都在饭店的地下室里睡大觉。可祥就一个人从饭店的后门走出来,在大街上闲逛。她想出去透一口气。平日里憋在饭店的后面,一个人在拥挤的房间里择菜、洗菜、切菜,弄得整个人腰酸背疼的。现在到外面走一走,就会感觉身体舒展了,整个人也开始舒服起来。

她漫无目的地走着,但也不敢走远,因为她还要准时回来上班。

突然,她看见前面有一个人朝她走过来。

这个人穿着灰色外套和黑色靴子,正慢腾腾地迎面朝她走来。她没有细看，只是感觉是儿子朝他走来了。她转念又想，儿子现在海申市，不可能出现在这里。难道是我看错了人？她在心里默默地念叨着。她这样想着的时候，那个人已经从她身边走过，但还没有走远。她内心突然生出一种似曾相识的感觉来，这种感觉迫切地促使她跟着他走了几步。

我这是怎么啦？见到陌生人也会跟着走。难道我成了不懂事的小孩？她在这样责骂自己的时候，却"喂"了一下。那个人听见后面有人叫他，就停下来朝她看了一眼。心恒的母亲马上大步急速地走到他的跟前。

"太像了！简直就是一个模子里刻出来的。"她不由自主地念叨着。

那个人正在纳闷。她就问他："你现在是不是三十岁了？"

"是啊，你怎么知道的？"那个人听出了这是邻省附近地区的方言，就肯定地点点头。

"你上面是不是还有三个姐姐？"

她问得太过于急切了，连自己的眼圈红了都不知道。

"我不认识你，你又是怎样知道的？"对方很好奇。

"那我再问你，你父亲是开煤窑的，对不对？"

"那是很久以前的事情了。我的父亲都去世好多年了。"小伙子表情冷漠地说着。

"那你母亲现在怎么样？你为什么会出现在这里？"

"我母亲在家里，身体瘫痪了，什么也不干。我在这里打工。"他又面无表情地应答着，甚至显得有点儿不耐烦了。

"我想多和你说会儿话。"她突然哭了！

这把小伙子吓了一跳。他连忙说："阿姨，我没有说错什么话吧。如果有让您生气的地方，您不要怪我啊。我不是本地人，我先走了。"

她一把拉着他的手,连忙说:"你不要走! 我还想告诉你一个事情。"

"哦,那我等你说。"

"我马上要说的话可能会对你产生影响,我不知道现在是否合适说这个事情。但我不想错过这个机会。我太想念你了! 每天都在想你! 我对不起你! 我想让你回来!"

小伙子很是纳闷,心里在想:"这个阿姨是怎么了? 我又不认识他,突然就跟我说这么不着边际的话,真是奇怪!"

"我其实是你亲妈! 当时生下一对双胞胎男孩。你是其中的大的,还有一个弟弟在你后面出生。当时家里贫穷,养不起孩子。你父亲就和我商量,送掉一个男孩。这样家里的负担就会减轻很多。我当时不太同意,但也没有办法。生你们的时候,家里没有房子,还是住在村里的水井房里面。送你走的时候,是你出生的第三天。当时,为了想把你送得近一点儿,就送到了津和市附近的县里。你离开我的时候,哇哇哭个不停。我也哭得黑天昏地的。但是你最终还是被你现在的父母抱走了。"

"啊?! 阿姨,你不要瞎编故事! 这个故事不好这样编的!"小伙子突然大声吼了起来,周围的过路人都看了他们几眼。

"我没有编故事啊! 我为什么能知道你那么多事情? 我这些年一直就没有忘记你!"她终于一发不可收拾地哭了起来。

"阿姨,您先冷静一下。有话我们慢慢说。"小伙子把她拉到了一边。

他们就立在马路的一个地方,一动不动。

这个突然发生的事情,让双方都手足无措。

可祥终于冷静下来了,但她的嗓子已经沙哑了。她就努力想从嗓子里挤出一句话来:"孩子,你随我到津和市这边的家里转一转。我还有好多事

171

情想要问你,你看行吗?"

小伙子看着她哀怜的眼神,心中突然滋生出一种愤愤不平的情绪,但他没有当场发作。

"我还要处理一些事情。你跟我说一下你什么时候有空,我抽空去找你。你要对你刚才说的话负责啊!"小伙子的话里带了情绪。

"我知道!"可祥和他约定好了时间以后,就回去上班了。

在约定的那天,小伙子左手和右手提了大包、小包来到心恒家里。可祥提前就把装修好的家打扫得一尘不染。她接过小伙子手里的东西,连忙说,"你干吗带东西过来。这个好破费的!"说话的间隙,就把他迎进了家门。

她问他:"你叫什么名字?"

"我叫任品好。"

"真是好名字!"

"你能给我讲讲,这些年你是怎样长大的吗?"

任品好就给他讲了父亲得白血病去世的情况,爷爷从小把他管到大的事情。

"你真是命苦啊!想不到,到了现在的家,也没有让你过上好日子。"她又一次哽咽了。

听完任品好大致讲了一下他的身世。她知道他的母亲也没有能力管他,他的几个姐姐都已经成家了,也不管她,他现在可以说是无依无靠了。

她给他讲了这边家里的情况,还说了他弟弟王心恒正在海申市做博士后的事情。

她问他:"你有对象了吗?"

小伙子不好意思地点点头。

她又问了他一些关于他对象的一些情况。之后,可祥就让他住到家里来。任品好连忙摇摇头。

她就说:"这里就是你的家。你放心,虽然你的亲生父亲去世了,但我也会管你,给你成家。这样他在天之灵也会看见的。"这样说的时候,她看了看墙上挂着的吉梦的遗像。品好也跟着她的目光,看了看这张陌生的照片。

当天晚上,远在外地的儿子给母亲打电话的时候,她就马上给心恒说了这个事情。

"原来我是双胞胎,我还有一个哥哥! 这么多年了,我怎么一点儿都不知道这个事情? 你们为什么一直瞒着我?!"儿子头一次对她母亲这样大声地说着话。

"我不是想要欺骗你,而是我们家实在太穷了! 当时已经穷到连你都养不活了,还怎么会有能力再一起养他呀。你爸就果断作出了把你们当中的一个送人的决定。最后,通过抓阄的方式留下了你,把他送走了。这都怪我们,是我们造的孽啊!"母亲痛哭流涕地说着。

心恒见状,就马上变了音调安慰起母亲来:"妈,这个也不能怪你。你别哭了。我还有事情想要问你呢。"

听见母亲的哭声小了,心恒就问她:"我们两个长得像吗? 他现在做什么呀? 他那边的家庭是一个什么样的情况?"

母亲一一回答着:"就是因为你们两个人长得一模一样,那天在街上我一眼就认出了他。他从来就没有读过书,那边的父母也不管他,他从小是被爷爷管大的。现在爷爷去世了,他就跑出来打工。津和市比他家那边要繁华热闹,他就来这里打工。他现在暂时在一家玩具公司上班,给人家组装玩具,一个月赚的不多。他干的活也不算什么苦力,就是赚的钱有点儿少。他还说,他谈了一个对象。"

"哦?让他有机会把他谈的对象带过来给我们看一看。"

母亲接着说:"当时除了家里的老院子,你爸还专门买了一块宅基地,就是怕以后再和他联系上了,会用上。果不其然,还真的联系上了。我和你爸当时就商量,如果以后联系不上他了,家里的一切就都留给你;如果以后联系上了他,他要是需要的话,我们家还能有个周转。结果现在宅基地也卖掉了,还联系上了他。他还过得不太好,还谈了一个对象。你们两个都到了谈婚论嫁的年龄了,你说这个以后怎么办呀?"

"我们帮他结婚吧,就在刚刚装修好的房子里结婚。反正都是你的亲骨肉!"心恒的一番话让他的母亲沉默了半天。

"那你呢?你以后要是结婚,往哪里住?"

"我现在正在海申做博士后,以后就在这里打拼。结婚也在海申,就不在老家折腾了。你也年过半百,趁着还有精力的时候赶紧给他办事情吧。钱的问题,我来想办法!您就多费点儿心。"

心恒在农历过年的时候,回了一趟家。他和母亲为自己长得一模一样的异姓哥哥举办了简单的婚礼。

这位还有些陌生的亲哥的老婆跟他在一个玩具店打工。嫂子也是外地人,看上去蛮懂事的样子。

在他们结婚的时候,任品好通知了养父母那边的家人。他的养母没有来参加,只是派了品好的三姐过来参加了他的婚礼。

可祥就在自家摆了一桌,算是婚宴。她没有告诉邻里街坊,但这些平日的邻居知道这个事情以后,还是纷纷登门祝贺。这个是心恒村里今年来发生的一件大事。村里人都对心恒和他的母亲议论纷纷,只不过这次议论的内容都是在传达和表示敬佩的意思。他们被弟弟给异姓哥哥娶媳妇的事情震撼到了。这在他们村还是头一遭发生。

在大年初五，心恒、品好和他的老婆，在可祥的带领下，到吉梦的坟前烧了一炷香。

心恒在给父亲磕头的时候，眼圈湿润了。

他想："父亲在天有灵，终于可以安心了。"

第三回　转变

1

假如心恒在博士毕业后没有来海华大学，而是去工作了，或许他的人生就会有另一番景象。当然了，假如只能是假如，历史从来不会按照假如进行。心恒心想，如果时光可以倒流，自己一定还是会义无反顾地选择来海华大学的。

心恒是一个资质平庸的人，本来只有燕雀的视野，安敢奢望鸿鹄之志。在他看来，从小到大，被众人赞誉的优秀只会发生在别人身上。类似的故事从未在他这里上演过。他也没觉得有什么损失，这可能与他的愚钝有关，也可能与他从未见过什么世面有关，还可能与他是一个不太讨人喜欢的孩子有关。他从小到大就没有眼力见儿。聪明的学生都很会迎合老师。老师们的指挥棒指到哪里，这些学生就能在老师指挥的地方下功夫，从而考出骄人成绩。心恒就没有这样的见识和眼力，自然只能浑浑噩噩地过日子。

在其他学生都紧跟老师步伐卖力的时候，他却迷上了与考试无关的课外读物和有趣的大自然。心恒醉心于这些闲杂书籍，整天只想着与各种奇妙故事里的主人公打交道,梦想着有一天他也能横空出世,成为拯救人世间所有不公平之事的盖世大英雄。学校不是他一展本领的场地,他就到田野里逮兔子、灌田鼠、捉麻雀、捕知了、逗蟋蟀。小动物们才是他忠实的手下,它们绝不会用大人的标准对心恒的生活横加干涉。

跟大自然打交道有一个好处,就是你不用刻意迎合一些东西,知道自己会对什么感兴趣,容易发现自己的兴趣爱好。而一个人对生命的感受和领悟,往往是从最能打动自己的兴趣爱好开始的。

在漫长的阅读过程当中,心恒由最开始对故事情节的迷恋(一个名不见经传的底层人物如何叱咤风云),转移到了对话语辞藻的关注(描述他波澜壮阔奋斗史的细节),进而思考展现人物命运的历史背景(到底是时势造英雄还是英雄创造历史),以及呈现整个故事的叙事方式(英雄人物的发展逻辑)。

他想象着,人生的展开方式不应该如此吗?谁都并不是一开始就为自己预设了高大上的人生追求目标的。对心恒而言,他是在求学的过程中逐渐由懵懂到珍惜,由用功到坚持,就这样慢慢地感受到一种求学的乐趣的。这种乐趣指引着心恒,让他不是为了升学而读书,而是为了创造一个可能会更加精彩的我而努力。

心恒一路走来,自然感慨在心中。他身边那些曾经被公认为是学霸、在学校里就被认定为是社会的精英,志满意得地步入社会一展拳脚的时候,他却还在继续摸索自己的道路。他最终的归宿不是一种迎合现实的安排,也不是被享受着的既得利益的拉拢,刻意让他成为一名精致的利己主义者。这种归宿是一种能够安放心灵的归处,让他既能做喜欢做的事情,又能激情澎湃地活着,即使也发愁生存问题,却不会为此失去自我。这所"神秘"的大学,给他提供了这样一个平台。

很多人曾不解地问过心恒,你在海华大学的生活里没有感觉到压力很大吗?你在海华大学的氛围中没有遭人歧视吗?诸如此类的问题,无非想表达这样的观点:你的起点并不高,有能力在海华大学混口饭吃吗?还不如去一个差一点儿的平台,好混一点儿。

心恒真的感觉,这样的想法很是无趣。一方面,这些人不了解心恒的真实的"神秘"生活。他所感受到的海华大学确实有很多缺点,但它是海纳百川、包容个性的大学。他能在这里展现他的思考和才华,能够自由随心地活着,这是世俗功利给不了他的东西。另一方面,他为了求学牺牲了太多的其他可能,数十年的积累终于可以表达出来,并能获得海华大学的认可,难道因为有些人曾经和他在一条起跑线上,现在这个距离越拉越大,就吃不到葡萄说葡萄酸了吗?他在内心其实是想说:我的人生价值就是要在这里实现的。这里的师生既能看到我奋斗的价值,又给我提供了发挥的舞台,还尽心竭力地帮助和栽培我。这里就是我一直想要寻找的归宿。

心恒来海华大学之前,从来没有在一流的985大学接受过熏陶,更谈不上在海申以外有过学习经历了。所以在"神秘"的平台上,他一开始就对自己很没有底气。既然起点低就要用点心。他全力以赴地准备着学业,拼命地看书,想发点儿文章,以此来证明自己的存在价值。两年求学下来,虽离心中的理想和老师们的期待还有很大差距,但自己确实经历过前所未有的刻苦,如履薄冰地完成了博士后学业。当他以全新的身份踏上人生的新征程时,心中确实有五味杂陈的滋味。多年的求学就是为了迎接这一刻的到来。

为了对得起海华大学,不管是备课、讲课,还是申报课题、撰写论文,或参与各类事务,还有师生交流,他都全身心地投入其中。

现在的他只知道,自己要义无反顾地往前冲。在星光璀璨的舞台上,自己要是不努力的话,就愧对天地和良心了。

他现在已经不太在乎外在的喧嚣的声音,也不太在乎那些纷争和浮夸的鼓噪,他所知道的只有义无反顾。这是他对海华大学的承诺。

2

心恒在结束博士后的科研工作以后,留校任教的消息在他的博士生同班同学当中引起了不小震动。这十个人当中,只有三个人博士毕业了。其他的七个人在心恒做完博士后,留校任教一年之后,也没有达到博士毕业的要求。

美景是心恒的博士同班同学。她在博士毕业之后,应聘了江沪大学的教职。海华大学组织了全国教师的专业培训,全国各地高校的教师都可以报名参加。但这个是高级研修班,每年招录的名额有限,不是报名了就能参加。美景通过心恒打听了这个事情。他告诉她,确实有这个事情,并告诉她:“你先试着报一下名,说不定就能被录取呢。”心恒自己也想报名参加。他早就听说这个研修班在全国范围内有很高的影响力,国内的青年才俊大多都参加过这个研修班。这个研修班为国内的优秀青年搭建了一个很好的交流和沟通的平台。

结果,当录取名单公布时,他发现自己和美景都在里面。他马上把这个消息告诉了美景。美景听了以后,很高兴地说:“我终于可以来海华大学这样的学府来学习了。这是多少人梦寐以求的地方啊。你这么幸运地留在海华大学工作了。你妈知道这个事情后,肯定会特别开心。你为她争光了,也为你们家族争光了。"

心恒就告诉她:"我妈虽然没我读书多,但还是知道海华大学的。她自然很开心,但她也鼓励我要更加努力地工作,这样才能对得起这所大学的老师和学生,对得起你口中的'神秘'的学校。"

美景接着说:"你就是咱们班级最有出息的那个人了。海华大学以后有什么学术活动了,你要记得通知我呀。"

心恒连连点头:"那是自然,欢迎你经常来这里交流。"他看着美景说道:"其实在这里生活,压力特别大。这里的要求比一般的学校要高得多。不管是评职称,还是给学生上课,压力都很大。留校工作的这一年,我感觉每天都在打仗。每一场仗,我都拼尽全力想要打赢。尽管自己一直在努力,却总感觉离自己的期待还很遥远。"

美景笑着说:"你已经很出色了。能够留在这样的学校,就说明你是一个优秀的人。你各个方面都很好。接下来,一个是赶紧成家。这是立业以后首当其冲的事情。另一个是赶紧评职称,这个对你而言没问题的。"

但是心恒不停地摇摇头,"谈何容易。虽然进一步上进很有难度,但还是要有钉钉子的精神,要有拼了命也要拿下来的狠劲,不然一年年很快就过去了,到头来还是荒废光阴,只怕是在浑浑噩噩过日子!"

美景点点头,他们两个在这个上面是想到了一起。

3

心恒很喜欢和海华大学的学生打交道,他总是亲切地把他们叫作"简子们"。

他觉得身边的每个"筒子"都那么优秀,想要见"贤"思"齐",都感觉在更加优秀的路上有些"力"不从"心"。比起正青春年少的"筒子们",他估计与"青年"搭不上边了。这正是让他十分痛苦的事情。

他一直在想:当我正青春年少的时候,我在干什么?! 浑浑噩噩过日子,糊里糊涂忙生计,总是"竹篮打水一场空"。他痛恨自己,为什么我总是这么无知无识!

生活貌似就是这样的"恐怖"。当一个人想要有点儿追求的时候,才会发现自己原来这样的平庸,在光芒四射的"筒子们"面前简直不堪一击。还好"筒子们"经常用"可爱"两个字形容他。他每次都开心地回复:"可爱,您就多爱点儿。"

在他的课堂上面,"筒子们"在现场展示的演讲都是精心准备的,不仅幻灯片精美漂亮,而且呈现的内容系统深刻,让他感觉既难以把握,又难以指导,他有时候都不好意思。

"筒子们"确实既年轻,又想有所作为。这个现场展示的内容,上能至国家大事,下能达具体个案,真是让心恒大开眼界。关键是,"筒子们"熟练地运用所学知识,分析得头头是道。这让他不止一次在内心里自责道:"大学期间的我怎么就没有此种眼界呢? 估计我那双眼睛看到的东西一直很少吧……"

心恒讲课还是很投入的。他一边在讲台上讲课,一边通过"筒子们"的现场展示教育着自己。尤其是当他讲的某个知识点,正好就是某位同学正在思考的内容,可谓是正中这位同学的下怀。一番"请教"式的问题,到底是有意地"羞辱"他呢,还是"故意"地看他的笑话呢? 心恒有时候私底下会想一想,"筒子们"在为难老师这一方面也蛮"坏"的。

大家都知道，有句古话说得好："初生牛犊不怕虎"。"筒子们"哪里是牛犊，简直就是老虎。这提出来的问题，就像那老虎的吼声，虎虎生威啊！估计作为"老虎"的"筒子们"看见与作为"猫咪"的心恒，除了年龄上有点儿"代沟"，其余几乎一模一样，于是就敢跟他"叫板"。除了对他课堂上的内容紧抓不放，凡是有困惑的地方都想找他讨论。但问题是，老师不是百宝箱，也不是千事通，更不是万能丹。什么问题都找心恒解答，他岂不成了天下无敌的大师了……

一想到这里，心恒就马上飘飘然了。他也给自己脸上贴金，心想："筒子们看得起我，把我放在心里，我就是阿斗，也要自己主动入座。这就叫请君入瓮"。

4

心恒第一次站在海华大学的讲台，紧张得心脏差点儿都跳了出来。

他内心慌张至极，表面上却始终微笑着。如果被下面的学生发现了，岂不要在心里犯嘀咕，"这个老师好菜鸟"，紧跟着就跳起来了，群起而攻之。他千方百计地没有将这种紧张堂而皇之地表现出来，"筒子们"也没有在课堂上"逼宫"。

一切似乎相安无事……

开始正式进入个人秀的表演阶段。只见心恒四平八稳地端着"机关枪"，把诸如子弹般的内容一个接一个抛出来，无情地向下面"扫射"。事先不准备点儿"防弹衣"穿在身上，下面的学生能感受到他的强大"火药"的魅力吗？这个心恒不得而知。

突然,一个学生朝他开了"一枪"。众目睽睽之下,她振振有词地发表了一个和老师不一样的观点,企图与心恒分庭抗礼!

听完她的陈述,心恒先是对她的观点进行抽丝剥茧,分析她的论证逻辑,接着环肥燕瘦地强调不同观点的不同侧重,然后一针见血地指出她的观点中的不足,最后回到他抛出观点的最初时刻,来一个黑格尔式"同一句格言"的经验之谈。此时,全班同学一片沉默,静静地感受着被闪光灯聚焦的他们,似乎也在沉默之中达成了共识。

不知不觉,课程已经过半。学生由原来的陌生变得那样熟悉。可惜一走出教室,心恒的记忆就像被人抹去一样,下次见面还会感觉很新鲜。课堂之外,这种陌生感会在交流之中荡然无存。这种师生之间角色的转变也挺快的。

有一次,心恒说过在"翻转课堂"上展示会加一分的事情,学生们顿时兴致勃勃,大有霸占老师课堂的意味。于是一个学生就问心恒,"做现场展示是不是加一分呀?"君子一言驷马难追,当然是!他就很期待地追问:"满分多少呀?"当然是一百啦,难道会是十分吗?!他瞬间崩溃了:"老师你太坏了!一度我以为满分十分,要不然加一分怎么说得出口。"这种标准的不一致,既让学生的内心崩溃了,又让老师瞬间凌乱了。心恒就给他解释道:"从小到大的考试,满分不都是一百分吗?难道还有过十分的情况?这又不是辩论赛,也不是唱歌比赛,更不是个人T台秀。"接着,那位帅气的小伙又不甘心地问:"档期排到哪啦?我想做一个展示。"这次轮到心恒呵呵了,他在心里笑着,"难道您不嫌分数加的少吗?您辛辛苦苦准备了一阵子,只能加一分,不要多想哦。"即便如此,帅小伙半哄半骗地和他聊着,想要一个确切做展示的时间。心恒就不厌其烦地假装心疼一下他,敲定了他的真人秀……

心恒在不同的时间给不同的班级上课，其乐无穷。现场展示也不是只能个人来做，小伙伴们集体做现场展示，也一样有趣。本来他规定的时间是十五分钟，不能超时的。可到目前为止，一个班已经连续进行了三组，每次都超过半个小时。他就一边饶有兴趣地听着，一边心急如焚地等待着。"我还要完成本节课的教学任务呢，请你们高抬贵手赶紧结束吧。"虽然心里是这样想的，点评的时候还是激情澎湃，对展示的内容和形式、问题及解决方法给予充分肯定。其中的一个小组是两男八女的搭配，主持人是男性，辩论队的正反方都是窈窕淑女，大有女神来了的架势。站在中间的那个男孩貌似一跃成为史上最幸福组长！万万没有想到的是，在他已经苦等了半个多小时的时候，这位组长竟然微微一笑，说："即使我们超时了，老师也会宽容的。"瞬间，心恒就觉得天旋地转。

作为老师，他觉得"筒子们"就是他生活中的阳光。

他会一直与"筒子们"过既有意思，又充满乐趣；既能深刻，又能放松的"神秘"生活。

第四回　真爱

1

心恒一直记得自己多年前看过的一部电影——《山楂树之恋》。他被电影里纯真的爱情所打动。

许多人看过这个电影以后，都觉得里面对主人公之间感情的刻画有点儿矫揉造作，他却不那么认为。他觉得，像这样能够打动他的影片越来越少了。他越发清醒地认识到，他的身体里其实流淌着一颗"山楂树之恋"的心。

这颗心从他初次听到《山楂花》的歌曲时，就开始萌发。他曾无数次地沉浸在这首低沉而忧伤的歌曲中，一颗渴望纯真爱情的心被深深地感动。在歌声中，山楂树下的青年彷徨等待心爱的姑娘，最勇敢可爱可亲的到底是哪一个，山楂树呀，快请你告诉我。

他感觉自己的人生很不完整，需要一位心爱的姑娘来填满他生命中的缺憾。"这位心爱的姑娘，现在到底在哪里？山楂树呀，请你告诉我。"

在"不需要"爱情的年代，单身青年嘴上说自己不需要爱情，其实都在小心翼翼地憧憬着爱情。没有爱情的时候，焦虑地等待着对方的出现。有了爱情的时候，兴奋地期待着美好的未来。轻风吹拂不停，吹乱了《山楂树》下他（她）们的头发，吹乱了他（她）们的内心。夏天晚上的星星静静瞧着沉默不语的他（她）们。我们的山楂树呀，你为何要悲伤？

茂密的山楂树，白花满树开放。你却为何开出朵朵红花？

心恒一直期待着相濡以沫的爱情。故事中的老三和静秋用纯洁的爱情，战胜了今生一切的困阻，最后融入山楂树的红色的血液当中。老三需要你那鲜红的血液战胜白色的病魔，老三需要你那红色的花瓣温暖静秋的内心，老三需要你那红色的果实延续他的生命。山楂树呀，从此你将不再让世间的男女们悲伤。

每个男人都想娶一位"静秋"，每个女人都想嫁给心中的"老三"。然而他们的爱情恰似这棵山楂树，需要慢慢地绽放，才能开出这世间美丽的花朵。山楂树成全了老三，山楂树见证了他们的爱情。"山楂树之恋"成了老三和静秋的独特而美好人生的永恒一页。

"只要你活着，我也还活着。若是你死了，那我就真正地死了。"等这份爱变成习惯，爱情就可以天长地久。老三在最爱静秋的时候走了，从此忧伤

长篇小说：龙门之跃

的歌声只能轻轻荡漾在黄昏的水面上。

心恒就这样一直被感动，他一直渴望这样的生命历程，越来越渴望这种纯净的爱情。他越是寻觅不到，就越想拥有这样的爱情。他认为这样的坚守值得这么做。

世间多少人生如夏花，为后人留下了可歌可泣的爱情故事。他的"山楂树之恋"到底在哪里？山楂树的歌声已经消失在远方，大地也已盖上一片白霜。从老家农村崎岖的山间小路上走出来，站在滚滚的大江东逝水的江边，心恒何时才能拥有一段"山楂树之恋"？

2

心恒的合作导师薛教授对他的终身大事非常上心。他在心恒留校任教以后，就专门问过他情感上的事情。心恒对薛教授说，他想找一个本校的老师，最好女方的家庭有知识分子的背景。薛教授就打趣地对他说："知识分子家庭有很多怪癖。很多人找对象，都不愿意对方的父母是教师出身，嫌以后生活在一起沟通起来有麻烦。你倒好，只想找这样的女孩子。那我帮你物色一下。你也不要着急，感情的事情干着急是不行的。姻缘主要靠缘分。缘分来了，挡也挡不住的。"心恒就点点头。

很快，薛教授就对他说："我们这所大学有一位老师是搞行政工作的。她比你小一岁。我和她父母认识很多年了，她的父亲也是本校的老师，她的父母都是文化人，正好符合你的要求。你要不要见见面？如果你想见面的话，我就给你要女方的联系方式，然后你们自己联系，接下来的事情，我就不管了。如果你不想见面，我再帮你物色其他人。"

心恒赶紧说:"可以的。请恩师放心,我会认真对待的。"

在征得对方同意后,导师就把联系方式给了他。

这个姑娘名叫兰花,家住海华大学的兰景公寓。心恒第一次见面,就和他约在了兰景公寓附近的一家餐厅。兰花身穿一身素雅的蓝色外套,出现在心恒的面前。双方自我介绍过,就开始聊一些关于海华大学的事情。这是两个人谈话最好的切入点。

他问兰花:"听说你本科也是在海华大学读的,您是天之骄子!"

兰花扑哧地笑一声:"什么天之骄子,就一个普通本科生而已。现在不也在干着一份普通的工作。我倒是听薛教授说,你的课很受本科生欢迎。看来你是年轻有为的好老师,过不了几年就会成为名师。"

心恒连忙摇头:"这说的是哪里的话?我才刚开始工作,成长的道路还很漫长。在海华大学工作,压力相当大。不管是科研,还是教学,对我而言都是很大的挑战。我正在逐渐适应这所大学所特有的'神秘'节奏。"

兰花看着这位说话怪里怪气的男老师,还觉得挺有意思的,就鼓励地说:"这个不着急的,你慢慢适应。你们教学科研岗的老师比较辛苦。虽然有周末和寒暑假可以休息,其实你们从来就没有休息过。课题申报、开会研讨、培训交流、发表论文,都要在这个时间段集中来做。我们就好一些。虽然工作日很忙,但是周末和寒暑假一般没什么事情,我的工作压力比你们要小很多。但是我们赚钱也比你们少。你们的赚钱方式比我们要多元化、多样化。多劳多得,这个很正常的。"

心恒苦笑地说道:"我刚参加工作,还对海华大学这边的情况不太熟悉。以后在工作上面,还请您多多赐教。"说完话,心恒就以茶代水,敬了兰花一杯。兰花很习惯地干了一下。看来见多识广的兰花一点儿都不怯场。

他们第一次见面交流得很愉快，于是就约定周末一起去海华大学后面的私家花园游玩。这座私家花园可以说是海华大学的"后花园"，但位置却有点儿隐秘。虽与学校仅隔一条马路，比邻而居，却有许多学子不知道它的存在。

兰花老师在学校工作多年，也不知道有这个私家花园。他们过去以后，就彻底被这座花园的幽静、古朴、雅致和底蕴所折服。兰花懂一些建筑方面的知识，她虽然第一次来这里，却比他更能看懂花园的设计思路。

她说，这个"飞龙岗"是这个花园的"龙脉"。这座花园所有的水都来自"飞龙岗"的龙头，寓意源头活水的意思。而这个"走虎岭"也很有气势。你看它延绵数十米，参天大树密集生长，就说明这个选址很好。在"飞龙岗"和"走虎岭"的另一侧，有"集霭池"和"潜龙潭"，是这座私家园林的两个聚水池，上面有桥、有亭，还有名人的题字，把园林的文化底蕴充分地彰显出来。

他们很喜欢园林静谧优雅的感觉。

兰花说："这座园林与我们海华大学的风格很不一样。这里显得古朴和幽静，而我们学校就人声嘈杂。以后想要放松的时候，可以来这座私家花园来玩一玩。"心恒开心地点点头。

3

交往了半年，他觉得和兰花情投意合，就委婉地问兰花："你心中的另一半是什么样的。"兰花对他的问题心知肚明，就同样委婉地回答："每个人的另一半的样子都是双方相互塑造出来的。这个世界上从来就没有完美的另一半，只有相互理解和体谅的两个人。"这个回答让他觉得兰花不是世俗的姑娘。

他就对兰花说:"我想见见你父母,你看方便吗?"兰花轻松地说:"那我回去问问他们,再给你回复。"

心恒这下心里有底了。他回到学院,就把情况告诉了自己的导师。薛教授以肯定的目光对他说:"以后你们成家了,还要一起经历很多事情。你要记住,夫妻之间不是课题组,而是合作社。一定要相互包容才行。"心恒连连点头。

心恒第一次到兰花家,还是很紧张的。他手里大包、小包提着东西,坐在出租车里,司机师傅就关心地问他需要把空调开大一点儿吗?心恒说不需要,下了车以后,他的上身全部都湿透了。这哪里是去拜见未来的岳父岳母,根本就是临阵考试。人的面儿还没有见到,自己就先大汗淋漓了。

还好兰花的父母通情达理。

心恒一进家门,兰花的爸爸就赶紧帮忙拿东西,兰花的母亲就给他沏了一壶热茶。兰花简单地介绍了一下双方。兰花的爸爸也是海华大学的老师,已经退休。他关心地问心恒在学校工作的事情。兰花的妈妈问的是心恒老家的情况,你的母亲身体还好吗?心恒都一一回答着。

心恒和兰花一家谈到了教育问题。

心恒说,自己最大的感受是,教育不仅仅是通过改变命运让自己获得更好的生存环境,而且是通过改变自己的思维方式让自己活得明白和幸福。兰花的爸爸对此很有感触,他对兰花和心恒说:"教育的真正目的并非简单地向学生传授知识和技能,而是培养学生思考问题的方式。仅靠书本里的那点儿知识,还不能完整地理解这个世界。要想看清这个世界的本来面目,除了要学习书本知识,还要学以致用。任何能切中生活要害的东西,都是经验和理论的有机结合。"

兰花在一旁打趣地说:"爸,这个不是课堂。你教育人的老毛病又犯了。"

兰花的母亲在另一旁偷偷抿嘴笑了一下。心恒赶紧接着兰花的话说:"伯父说的很有道理!我十分同意您的观点!"

兰花不怀好意地看了一眼心恒,就说该吃饭了。

他还是生平头一次见女方家长。事后,他对兰花说:"你爸妈真是有文化呀。和他们在一起,真让人感觉很舒服。"

兰花微笑着说:"那是自然,不像某些从乡下来的大学老师,在自我修养上面还要继续提升。"

他知道这是兰花揶揄自己,就打趣地说:"高学历的人一般都高素质,比如我。低学历的就不见得了,比如某些人。"

兰花轻轻地打了一下心恒:"你说的好没有道理。谁说学历低就一定素质低的。从你这句话就知道,我爸说的没错!"

心恒就翘起嘴,在心里想:"果然父女同心"。

他对兰花说:"这个有没有素质,在以后的生活中就慢慢知道了。再狡猾的狐狸也会露出尾巴的。"

"谁是狐狸?你给我说清楚!"兰花又掐了心恒一下。

这次他提前作好了躲闪的准备。他轻轻的一转身,兰花的胳膊就在空中挥了一下。

常言说到,幸福的生活是全靠双方之间用心维持的一种亲密的关系。这不仅是人的天性,而且是人与人之间正常交往所期待的一种感受。要想在以后过得幸福,就要求双方都能为以后维持长久的亲密关系付出努力。

在生活中,遇到一些磕磕碰碰,不是先苛责对方,而是用积极的情感思考问题。这样才能既让自己活得幸福,又让身边的亲人活得幸福。

4

对心恒而言,谈婚论嫁曾是多么遥远的一件事情,现在却真实地摆在了他的面前。他曾无数次渴望牵着心爱的女孩一起去民政局领证的场景。这个场景他憧憬了十多年。真正等到他和兰花一起去的时候,他却开始怀疑自己了。

"这一切都是真实的吗?老天爷真的没有忘记我吗?我真的要结婚了?"他一遍又一遍地在心里问着自己。他在问自己的时候,又把兰花的手越握越紧,以至于兰花"哎哟"了一声,他才回过神来,连忙给她道歉。

此时的兰花也沉浸在无比的幸福当中。她也觉得,这个幸福来得太快!太突然了!

在兰花刚工作时,曾无限地憧憬自己会早点儿结婚的。她当时以为爱情不会比学业更难的。她把感情上的事情想简单了。之后,她一直没有碰上合适的人。

她在心里劝慰自己:"反正一个人过也挺好的。找个人结婚,还要伺候他。这下省得烦心了。"虽然他的父母早就催她在这个事情上面用点儿心,但她就是不乱不急,像从来就没有这回事情。

直到心中的白马王子出现了。

心恒也搞不明白兰花喜欢自己哪一点?他们在一起的时候,总是手牵手。校园里的师生早就看见他们了。有的学生就偷偷地从后面拍了他们牵手的照片,发给心恒看。心恒心想:"你和师母一样大大滴坏。"但他嘴上却说:"看不出来,你还很淘气!"

他们领了证以后,就搬到了兰江公寓。兰景公寓在海华大学的主校区附近,而兰江公寓却在海华大学的另一个校区附近。兰江公寓是政府公租房性质的教师公寓,里面住了许多海华大学的老师。

5

夫妻之间的小日子和想象中的可不一样。

心恒和兰花总不能一天三顿饭顿顿都在食堂里吃吧。他们就开始自己做饭。既然要做饭就会涉及干湿垃圾分类的问题。兰花说,我们家就一直是家庭生活垃圾分类的。心恒就请教她,垃圾如何分类。

兰花摆出了老师的姿态:"那我给你专门上一堂垃圾分类的课。上完以后记得要给我交学费。"心恒哈哈大笑着听她讲了起来。

兰花一本正经地教育着心恒:"从家庭垃圾产生的内容来看,一般把生活垃圾分为如下四种:第一类是湿垃圾,主要包括厨房产生的食物类垃圾等,如剩菜剩饭、过期食品、菜梗、菜叶、瓜皮、果皮、果屑、蛋壳、鱼鳞、毛发、植物枝干、树叶、杂草等。第二类是干垃圾,除可回收物、有害垃圾、湿垃圾以外的其他生活废弃物,如污损后不宜回收利用的包装物、餐巾纸、厕纸、尿不湿、竹木和陶瓷碎片等。第三类是可回收物,指适宜循环使用和资源再利用的废弃物,如废纸、废塑料、废金属、废旧纺织物、废玻璃、废弃电器电子产品、废纸塑钢复合包装等。第四类是有害垃圾,指含有害物质、需要特殊安全处理的生活废弃物,如废电池(镉镍电池、氧化汞电池、铅蓄电池等)、废荧光灯管

（日光灯管、节能灯等）、废温度计、废血压计、废药品及其包装物，废油漆、溶剂及其包装物、废杀虫剂、消毒剂及其包装物、废胶片及其废相纸等。"

"太复杂了！原来生活是一门学问，连家庭的垃圾分类都这么有学问。"心恒有感触地说着。

兰花点点头说："许多人不太重视垃圾分类。其实如果做得好，既环保又节约资源。垃圾分类最能看出一个人的文明修养了，也最能看出一个民族、一个国家的整体文明修养了。"

心恒是真心佩服，就对兰花说："以后和你过日子，还请你多多指教！我在这里先谢谢你了。"

兰花打趣地说："王老师拜师啦?！你这个徒弟，我可得好好用心教。徒儿现在就把家里的垃圾分分类。"

徒弟收到命令后，马上就去整理家务了。

兰江公寓这段日子正在进行小区环境大改造，开始实施垃圾"定点定时"投放活动。小区的每幢楼前都有一个大垃圾桶，供居民投放生活垃圾。但是这个"定点定时"投放活动开始实施以后，整个校区仅有十一个"固定"投放点，分别集中在各个马路的交叉口。这样每幢楼前的垃圾桶就没有了。刚开始，小区的居民们都很不习惯这个改变，他们依然习惯性地把垃圾放到以前垃圾桶所在的位置。连续放了两天，都没有人清理这些垃圾，以至于每幢楼前都成为垃圾的海洋。居民们一出门首先看到如山的垃圾。他们都用手捂着鼻子，赶紧走开。过了一周，各个楼前的垃圾终于被清理了，但还是没有看见垃圾桶被放回来。有些居民就开始自觉地往指定的地点投放垃圾，但有些居民依然我行我素地把垃圾随手放在楼门口。

兰花回到家以后，就很生气地对心恒说："那些随便放垃圾的人都是什么素质！他们怎么一点儿都不考虑其他住户的感受！"

心恒就劝慰她:"是啊。这个小区的绝大多数人都是学校的老师。但我觉得不一定是老师们丢的,可能是他们的父母丢的。"

在兰江小区的里面,住了许多老年人。这些老年人都是学校老师的父母,来这里给年轻人看孩子的。他们大都年老体衰,很不乐意再走一段远路去扔垃圾。这个"定时定点"改变了他们以前的生活习惯,因此他们本能地抗拒。

小区管委会就给登记入住的年轻人做工作,让他们回家给老人们宣传这个活动。经过了一个月的宣传后,效果还是很明显的。在绝大多数楼前,在那个"垃圾分类一小步,健康文明一大步"的宣传牌那里,已经没有垃圾了。但是总是有一些楼前依然有零星垃圾。其他楼的居民走过来,那些垃圾就像行注目礼似的,向这些过往行人诉说着自己的"身世"。

日常生活中的一些不愉快只是小插曲,紧张忙碌才是他们生活的主旋律。心恒和兰花之间的小日子,就在这不经意之间过去了大半年。

6

在一个阳光明媚的早晨。心恒和兰花又手牵着手出门了。

他们来到了学校,漫无目的地走着。

校门口的警卫员看着他们有说有笑地朝着有草坪的地方走了过去。

警卫员不知道他们的故事,但感受到了他们的喜悦和幸福。

他们正沉浸在当下的幸福之中。有谁会知道他们接下来的人生路会面临着什么样的挑战？这恐怕又得写成另一个故事了。

不管怎样,在这个故事中,心恒把家乡"鲤鱼跃龙门"的故事讲到了海申这个大城市。

　　或许,他的子孙后代们能把"鲤鱼跃龙门"的故事讲到更加遥远的地方……

中篇小说：媳妇飞了

一、房子

1

这座颇有气派的住宅,正好落座在村口。大红色的门楼,高大挺拔,正好对着人来人往的巷子。阿淳就坐在门口,心情舒畅地看着路过的行人。

这房子是他的!更准确地说,是阿淳的父母为了给他结婚专门盖的。

这里的人对自己的家总有一种特殊的眷恋。他们终生以盖上一座像样的好房子为本事、为荣耀。一辈子就干这么一件大事,非要把它干得漂漂亮亮才行!

这里的房子有一个特点,房子盖的都很高,院子显得都很大。房子盖得高,不全是为了冬暖夏凉,还可以在邻居面前把头扬得更高。院子显得大,也不全是为了多放东西,还可以显示出自家的雄厚财力。于是,就出现了一种怪现象:房子越盖越高,院子越来越大。

阿淳家的房子也是这样的。阿淳是家里的独子。他的父母忙碌了一辈子,也攒了一点儿钱。阿淳已经到了成家的年龄,却还和父母住在低矮破旧的平房里。他的父母眼看着儿子一天天长大,又是欢喜又是发愁。

"总不可能一辈子让儿子和自己生活在这寒酸的家里吧。"阿淳父母这样想的时候,就已经在心里作起了打算。

他们把阿淳爷爷在村口留下来的一块地建成了房子。这块土地可是多少人眼中的好地方!地理位置好,周边交通又方便。阿淳父母心想着,在这里盖好了房子,就不用发愁自己的儿子找不到对象了。

在农村盖房,是一件大事。

对于阿淳家来说,盖这座房子确实是费了很大的力气。

阿淳父母自己设计房型结构,自己购买建筑材料,自己动手参与其中。就这样忙碌了一年多,房子是从无到有地建了起来。

这房子建得高大威武,让人一眼看去就知道是一座好房子。但是这么好的一座房子却与周围的房子不大协调。它高出周围的房子一大截。当建筑师给阿淳父母说,这房子不需要建那么高时,阿淳父母还有些面带不悦。

阿淳母亲说:"房子建低了,怕被周围的房子压住了财运。"

"这都是以前的老说法。"建筑师的声音有些低沉。

"还是盖得高一点儿好!"阿淳母亲显得很果断。

建筑师没有再吭声。

这里流传着一个讲究,房子总要往高里盖,不然的话就没办法让家里兴旺发达。而且还有一种说法,叫"东高不算高,西高压断腰"。若是西边邻居家的房子比自己家的高了,自己家的房子就要加高。但是这样做又会引起西边邻居不舒服。于是就会在相互攀比中,不断地加高自家的房子。这样一来,房子就比着越盖越高。

阿淳母亲不仅要让自家的房子成为全村的第一高,而且更是在大门的装修上下了功夫。这个大门的造价竟然是房屋的三分之一。可是阿淳母亲却一点儿也不觉得心疼。相反,她感觉这个大门给她挣了脸面。

这里的人都很在意大门的好坏,大门就是一座阔气宅院的点睛之笔。它不仅成为主人有钱有势的象征,还能为主人赢得邻居们一阵又一阵的赞美声。如果是穷人没有办法与之比高下的话,就会在大门上安装一个瓦楼,讨一个"垒高一层、与之齐平"的说法。

人活在这个世界上,谁也不甘心被人压着,于是就在盖房子上倾注了大量心血。

阿淳家的房子虽然盖得阔气,却也不是十全十美。

在他家盖这个大门的时候,就有人跟阿淳母亲说:"不要为了多贪一小块地,把大门对着巷子,对你们家的风水不好。"

"大门对着巷子,不是说我们家有出路吗?如果门不对巷,岂不没有了出路?"阿淳母亲听不进他人的好意劝阻,执意要把大门正对着巷子盖。

2

阿淳的婚房就这样盖好了。接下来,给他找个媳妇就成了这个家的头等大事。

阿淳父母给乡里乡亲,乃至邻村相识的人,都进行了托付。大家都把阿淳的事情应承了下来。但是过了好长一段时间,也没人来给阿淳父母提媒说亲。阿淳父母觉得自己不太方便直接打听,就托了邻村往来比较频繁的熟人,帮忙问问是什么情况。

　　过了几天,到底是什么成了阿淳娶媳妇的障碍,就一清二楚了。到阿淳家来说明情况的人,略带一些语重心长,对阿淳母亲说:"本来有好几家姑娘与阿淳的年龄相仿。我们都觉得蛮般配的。可是,一给对方提这个事情,刚开始答应得好好的。过了几天,再来问话时,就直接给回绝了。人家也在背后打听你们家的底细,然后就是不愿意把女儿嫁给你们家!"

　　阿淳母亲着急了,连忙问:"到底人家嫌弃我们家什么了?"

　　"这个不太方便说。我也说不出口。"

　　"你快说! 我不会怪你的。你是为了我们好,我们明白的。"

　　"那我就心直口快了。俗话说的好,'宰相肚里能撑船'。你可千万不要生气!"

　　"嗯嗯。"阿淳母亲用牙咬着下嘴唇,紧盯着这个热心肠的人。

　　"人家说,'你们难打交道'……"

　　"哎呀,这话咋这样说! 我们都是本分的庄稼人,平日里只会种点儿地,又没有得罪过什么人,哪里会难打交道?"

　　"你看,我也不太知道你们家的事情。反正你以后多少要注意点儿。不然惹来外面七嘴八舌的议论,也不是什么好事情。"阿淳母亲微微低下了头,不仔细看,也看不出到底是沉着脸,还是不好意思地红着脸。

　　至此,阿淳母亲多长了一个心眼。她在心里嘀咕着:"难道我们家阿淳还要守着一棵树!?"为了阿淳的终身大事,她要开始想点儿别的办法。

　　听说,现在正在流行一个新鲜事物。

　　男女双方喜欢通过婚姻介绍所认识。阿淳母亲就打起了婚姻介绍所的主意。她专门跑到县城,寻找合适的婚姻介绍所。20世纪80年代,解决大龄青年的婚姻问题非常重要。为了解决30岁以上未婚青年的个人问题,各级的工会、妇联和共青团都把它作为一项重要的工作来抓。婚姻介绍所就是在这种情况下应运而生的。

当讲明来意以后，婚姻介绍所的人马上就说："我这里符合你要求的女孩子倒是也有，就不知道你和阿淳能否看上？"

"我们都是普通老百姓，就图个安稳过日子，有啥看上看不上的。你介绍的，我们都会认真对待的。"

"那好，我就给你牵一条红线。你让他们试试看，成不成，这个收费都是不退的。"

"好的。"一种势在必得的豪迈之情，瞬间涌上了阿淳母亲的胸膛。

"世间的事情，要是都能通过婚姻介绍所一次性解决，那该多好！"阿淳母亲很喜欢这个新鲜事物。

阿淳母亲走出婚姻介绍所的那一刻，心情舒畅。她感觉，自己心里的一块石头终于可以落地了。

然而婚姻介绍所又不是感情介绍所。爱情能像街头的商品那样估值和买卖吗？

二、见面礼

1

殷姑娘是婚姻介绍所介绍过来的。

殷姑娘第一次来阿淳家,阿淳母亲别提有多开心了,脸都笑成了一朵花。

她连忙招呼殷姑娘和她父母往炕沿上坐。殷姑娘有点儿害羞,躲在父母身后。阿淳站在一边,显得有些手足无措,不知该如何是好。他母亲就大声吆喝道:"这个孩子今天是怎么啦?还不赶紧招呼着,让小殷姑娘坐下来!"阿淳的双脚像是拴了一大块沉重的石头,慢慢吞吞地朝着殷姑娘这边挪了起来。他不知道该如何做才能让殷姑娘脱了鞋子,坐到炕上。正在情急之中,母亲给他的手里塞了一杯水,让他给殷姑娘放到炕上。她又转过身,又推又拱地一定要让她父母上炕。双方你来我往地推搡了几个回合。客人终归是抗拒不了主人的热情,就脱了鞋子,上了炕。

这是女方第一次来男方家,男方自然要隆重对待。

阿淳的母亲一见殷姑娘和她的父母坐到了炕上，就赶紧给丈夫使眼色。丈夫马上有些慌张地从口袋里掏出来一个已经捂得很热的平整的红包。阿淳母亲马上赔着笑脸说："这个是给小殷的见面礼！"

殷姑娘和她父母顺势瞥了一眼阿淳父亲手上的红包，不吭一声。阿淳父亲拿着红包的手有点儿哆嗦。在老婆的逼视下，只见他一个箭步，就将红包跨步投篮式地一个抛物线轻轻丢进了殷姑娘的怀里。他看了一眼老婆，就往旁边一站。

殷姑娘父母马上赔着笑脸，"都是自家人，真的不用这么客气！"殷姑娘母亲一边说着，一边把红包又塞给了阿淳父亲。他哪里还敢再接这个红包。阿淳母亲马上横立到这两个人中间，把传递了好几次、已经有些褶皱的红包再次被塞进她的口袋。殷姑娘急得不知如何是好。她母亲见状，只好让女儿把红包收了，一边让她答谢阿淳父母。

双方客气地寒暄了一阵子。

阿淳不善言谈，只是默默地站着。殷姑娘也一个人静静地坐在炕上。两个人都分别在自己父母的旁边，陪着拉家常。只不过，他们时不时地用眼角的余光打量着对方的模样。

到了饭点，阿淳母亲没有在家里做饭，而是把殷姑娘一家招呼到了附近的小饭馆。她认为，只有这样才能显示出礼节上的正式，表达出对殷姑娘一家的重视。

其实，阿淳母亲在心里还有别的考虑。

这里的女人们在正式的吃饭场合是不能上桌的。这倒不是说，在平时吃饭的时候女人不被允许上桌，而是家里来了重要客人，一般都是男人在宴席上陪着吃酒聊天，女人则是在厨房里忙活着张罗饭菜。你若是好奇地问她："为什么不上桌吃饭？"她会回答说："桌子上都是男人们在喝酒聊天，我坐过来不合适，也不好看。"难道为男人们准备饭菜的女人们就不吃饭了吗？不是这样的。她们会在厨房简单吃个饭，或者等客人离开以后再把剩下的菜饭热一热。

很多人会觉得这是农村男女不平等的陋习。尤其是外出念过几年书的学生，再回到老家，就会接受不了。于是，就与长辈们争论起来。他们一般都很理直气壮，这大概就是"腹有诗书气自华"的豪迈吧。

"为什么女的不能上桌？"

"因为过去不富裕，好东西得先紧着客人吃。"

"那男的为什么就能陪着，不让女的陪？"

"男人是一家之主，理应作陪。自古以来就是这样的！"

"这不就是赤裸裸的男女不平等吗？"

"我看，只有你才会有这种想法。女人们是不会有这种想法的，我们也不会这样觉得。你要是不相信，就去问问她们……"

阿淳母亲自然很清楚这一点。现在的农村虽然也在讲男女平等，但其实大家的骨子里都是男尊女卑的思想。如果有些男的明点儿事理，叫做饭的妇女过来一起吃饭，还有可能被强行"挽尊"呢。

"菜还没有上完，你们先吃，不然端上来的菜都凉了。等菜全上齐了，我就过来。你们要多给我留点儿时间，方便我干活嘛。"

话虽然是这么说的，可她心里很委屈。

从小长在农村的阿淳母亲，很少在正式场合上桌吃饭。久而久之，连她自己都觉得不应该上桌。但是她不能把这一套用在殷姑娘身上。为了让殷姑娘感到自己以后在这个家里有地位，不要再为上不上桌吃饭的事情为难，她绞尽了脑汁。

她又怕花钱，又怕把事情办砸。但是她最后还是决定在饭店里面招呼客人。这样虽然花费不少，但她认为值得。这样做，就可以巧妙地避开"女人宴席不上桌"的问题。

在饭桌上，阿淳母亲让殷姑娘先动筷子。殷姑娘不好意思。阿淳母亲就从离她最近的糖醋鲤鱼身上，用筷子拨拉开来，把一片热气腾腾的嫩白色鱼肉夹给了殷姑娘。殷姑娘母亲赶紧说："她要吃就自己夹，让她自己来吧。"毕竟有主宾之分，男方和女方都很客气。

席间，双方谈到了工作的话题。阿淳母亲就问了起来："小殷姑娘现在正在做什么？"殷姑娘母亲连忙回应道："在县城一家文印店打杂。"

"工作累不累？平时忙不忙？"

母亲在桌布下面用胳膊推了一下殷姑娘。她连忙接了话茬："平时也不太忙，就是接了外面的项目时，要加班加点做的。"

殷姑娘母亲接了这个话头，聊开了。"她还是很认真地给人家干活。她要是不努力工作，人家会怎么看她。就会有闲话在背后传开来，'你看看那个人，除了长得好看，别的一无是处'。"

这话说到了阿淳母亲的心坎上了。她越看小殷姑娘越像自己的儿媳妇，她越看自己的儿媳妇，就越是觉得好看。

2

待到双方各自回了家，阿淳母亲对儿子说："你要经常和小殷姑娘联系。这丫头一看就是我们家的儿媳妇。"一瞬间，一股子热血涌上了阿淳的心头，弄得他脸红脖子粗的。

话说殷姑娘这边,母亲也在和女儿谈着心窝里话。殷姑娘给她说:"这个红包给你吧。"母亲让她打开看看。殷姑娘数着不算太厚的一沓百元大钞,满脸疑惑地对母亲说:"一共1001元?"

"这是千里挑一!"殷姑娘母亲面带不悦地说着。殷姑娘看见母亲这副表情,心里也不是特别开心。

这时,她的父亲在一旁催促女儿赶紧把这个钱收拾好。他还连忙说:"起码不是百里挑一嘛!我们家的姑娘还是能摆到人前,上上台面的。"

但是,殷姑娘和她的母亲就是阴沉着脸。

殷姑娘的父亲只好开始讲道理了。"你们不要老是想着占人家的便宜。我们家又不是缺那点儿钱!这个事情才刚刚开始,我们等着看他们下一步怎么行动,再作打算。"

殷姑娘母亲是精明人。这个道理,她懂!

其实,自殷姑娘一家离开之后,阿淳父亲就问老婆:"女孩第一次登门,这个见面礼是不是给得少了?"只见阿淳母亲连忙摇头,"这不是刚把房子盖好嘛。钱都花得差不多了。反正他们还要经常来我们家,以后给的机会还多着呢。现在八字才刚刚划出了那一撇,接下来花钱的地方会很多!尤其是彩礼,才是大头。接下来还要和对方好好商量商量。这个事情,一天没有敲定,就要天天勒紧裤腰带过日子。还有就是再看看他们以后的交往情况,不要让儿子的婚事出什么岔子。"

阿淳父亲虽然感觉到,如果少了礼数,不仅会被人看不起,还有可能毁了这桩婚事,弄不好就鸡飞蛋打一场空了。但是他拗不过阿淳母亲,只能顺着她的心思来。

　　若是按照当地的习俗，这个头一次的见面数应该是10001元。当地人称之为"万里挑一"，寓意自己家的儿媳妇是从一万个人里面千挑万选，最后才相中的。每个人都生活在自己的圈子里。不管是阿淳父母，还是殷姑娘父母，皆是如此。他们的圈子就那么大，看到的社会就那么多，能得到的见识也就那么一点点了。

　　阿淳很听母亲的话，试着再一次约殷姑娘单独见见面，聊聊天。但是他怎么也约不到她。殷姑娘不是说身体不舒服，就是说近期工作忙，要么就干脆以到外地出差为名，百般推脱与阿淳见面的事情。这样也搞得阿淳很是不悦。

　　阿淳满脸不高兴，跟母亲说了这个情况。母亲才开始意识到，或许是第一次的见面礼给少了。

　　事实上，殷姑娘母亲就是这样认为的。她一直觉得，女人就是应该把自己看得金贵一点儿，尤其是自己闺阁待嫁的女儿，虽不是皇宫的公主，也算是自己的千金大小姐了。

　　她越想越觉得窝火，不仅在肚子里生着闷气，还愤恨地自言自语："我的女儿也不是白白养到这么大的！这一家子，房子倒是盖得阔气。想不到这么抠门。让你们也尝一尝得不到的滋味，看你们怎么办！"

三、剩男

1

俗话说,请神容易送神难。对于阿淳家来说,却是送神容易请神难!

自从上次阿淳一家精心准备,隆重招待过殷姑娘和她的父母之后,再想请他们就难于上青天了。殷姑娘父母的肚子里正憋着一股子气。他们不怕自己的女儿嫁不出去,倒是幸灾乐祸地看着阿淳一家,看他们怎么收拾这个烂摊子。

殷姑娘父母确实有恃无恐。

他们知道,农村人重男轻女。一般家庭都要生个儿子。不管你走到哪个村子里,放眼望去,都是男的多,女的少。人们都要生个儿子传宗接代。但是他们发现,自己的儿子到了谈婚论嫁的年龄,却很难娶到媳妇。不管是走到哪个村庄,大龄"剩男"像庄稼地里的土豆,一抓就是一大把。

殷姑娘还有一个哥哥。哥哥当年就是村里的大龄"剩男"。父母为了给哥哥找对象想尽办法。

他们村是名副其实的"光棍村"。村里像哥哥这样的人，实在找不到对象，就到外地打工去了。没有逃到外地的，就干脆一辈子一个人过。要是出点儿什么事情，叫天天不答，喊地地不应。这样的人终归是要孤独终老的。

在哥哥还未成家之前，他们家的门槛就差点儿被踩坏。人们来他们家，不是为了给哥哥张罗婚事，而是问她的父母对自己找对象有何要求。早就有人看上她了。可她的父母就是不松口，前面还有一个天天在家里闹事的小子，让人不省心。

她哥闹了好几次，想要彻底离开这个令人绝望的地方。最后，还是婚姻拴住了他的心。虽然嫂子在进门之前离过婚，但是他哥并不介意。父母虽然心有芥蒂，也拗不过自己的儿子。

俗话说："宁拆十座庙，不破一桩婚。"

儿子是真心实意地想和人家过到一起，总不能把这桩美事坏在了自己的手里，活生生拆散他们吧。殷姑娘嫂子家也不是善茬儿，明明是二婚，却非要当成第一次结婚来办，彩礼、礼数一样不能少。殷姑娘的父母求爷爷、告奶奶总算是把儿媳妇讨了回来。

他们经历过儿子的婚事，就长了见识。在殷姑娘的婚姻大事上，他们一定要把花出去的钱都收回来。

2

同为农村人，阿淳的父母自然要揣摩殷姑娘父母的心思。他们让阿淳想尽一切办法和殷姑娘接触。要是她不愿意，就厚脸皮地软磨硬泡。他们相信,感情是在不断交往中慢慢培养出来的。只要殷姑娘一家没有明确表示拒绝,就还有希望。

这段日子,阿淳和他的父母频繁到殷姑娘家,不是送一些家用的礼品,就是给殷姑娘买各种东西。他们每次来的时候,殷姑娘父母嘴上都百般推辞,却从不拒绝送来的东西。等阿淳他们一走,殷姑娘父亲就把大部分的东西搬到了儿子的房间。

"爸,你们不要老是收人家的东西。不要让阿淳觉得,我们贪图小便宜,没有见过什么世面。"殷姑娘的声音有些不悦。

"他们是真心实意送过来的。你就先和阿淳好好接触,慢慢地交往吧。你要是不需要,我就让你哥和嫂子用。他们还用得着。"

"阿淳又约我出去吃饭呢!"

"那你就去吧。不多接触接触,怎么能知道他们家的真实情况?"

"你们也不问一下,我是怎么想的。"

"你要听我们的话。爸妈吃过的盐比你走过的路还要多。"

"爸,您岁数大了,容易高血压,就少吃点儿盐吧。"

"这孩子还蛮孝顺的。我真的没有白白疼你一场!"

殷姑娘捂着嘴笑了起来。

"爸,我们吃好饭后,阿淳要拉着我去商场,说是给我买几件衣服穿。"

"那你就去看看吧。你不要老穿着身上的衣服,都旧了。"

"我感觉自己就像是被阿淳买了下来。"

"我女儿是用钱可以收买的人吗?!"

"那说不定。要看谁来买我了。"

"都说女儿是爸爸的贴心小棉袄。我看,你都不如个背心。"

"那你好好穿吧。我要飞走了——拜拜——"

3

阿淳为了谈对象,提前作了好多功课。他为了让自己和殷姑娘的聊天能够轻松愉快,就找教人谈恋爱的书来看,还反复在脑海中设计可能会出现的对话内容。他要抓住每一次和她交流的机会,让她对自己尽快产生好感。

那如何才能让殷姑娘感受到自己的一片爱慕之心呢?他觉得,一定要从简单的身体接触开始。荷尔蒙告诉他,男女一旦有了身体接触,感情必然会立马升温。这是一种与生俱来的本能吗?他搞不清楚。他只是觉得,这样做的话,他和殷姑娘走在大马路上,也就不会再感觉漫无目的了。

处于青春期的男男女女,总是对接触异性抱有古怪而又神秘的好感。阿淳和殷姑娘都是如此。阿淳想牵着她的手,却不敢这么做。殷姑娘像是一直在等待着什么,但又不确定自己在等待着什么。

阿淳好几次悄悄地伸出了手。他刚要碰到殷姑娘的手,又莫名其妙地缩了回去。她好像也感觉到了阿淳的意图,但没有理会。她绝不能表现出很主动的样子,不然就失去了主动性。

阿淳再一次把手伸了过来。这次他是下定了决心,一定要抓住她的手。当阿淳的手刚碰到她的手时,殷姑娘就做了一个甩手的动作,故意把他的手甩开了。

阿淳的脸红红的。他感觉到,大街上有无数双眼睛正在盯着自己看,又觉得自己很无能,很泄气。"到底要怎样才能拉住她的手?"这对他而言,实在是太难了。

　　说实话,殷姑娘是一个特别听父母话的女孩子。甚至可以说,在感情方面她也没有什么经验可言。父母让她做什么,她就做什么。这在父母的眼里,会觉得她可是一个乖孩子。可是在别人的眼里,她就会被看作一个没有主见的人。父母没有跟她说过,男女双方处对象到底要多久才可以牵手……

　　殷姑娘只是对阿淳有一点点好感。在这个阶段,她还太羞涩。你让她被一个还不太熟悉的男孩子牵着手,走在光天化日之下。这成何体统!可是她不正在和阿淳谈恋爱吗?大家谈恋爱不都要牵手吗?可她就是觉得,现在被一个还有距离感的人牵着手不舒服,也感觉不合适。她还从未思考过,自己要找什么样的人。她也没有静下心来问问自己,阿淳是不是她要找的人。她想先测试一下,自己在阿淳的心目中,到底处在什么样的位置上。

　　她故意表现出一脸茫然的样子:"阿淳,算命的说我克夫,你还要我吗?"

　　阿淳突然之间打了一个激灵。

　　他沉默了半天,才吞吐出了几个字:"没关系,我就是想和你在一起。"

　　"难道你就不害怕吗?"

　　"有点儿怕……要不我们就这样在一起!"

　　"什么意思?"

　　"咱不领证不就行了!"

　　阿淳的这句话着实把她逗乐了。

　　她在心里想:"这个傻瓜,还蛮好玩的。"

　　阿淳瞬间有了自信心。他一把拽住了殷姑娘。

　　"哎哟!"

　　阿淳又马上松开了手。他太紧张了,一用力就过猛,把殷姑娘的手握疼了。

"我是不是有些矫情?"殷姑娘继续试探着。

"没有！是我不好,把你弄疼了。我给你赔个不是。你可千万不要放在心上啊!"阿淳着急的样子让殷姑娘感到很满意。

"我是不是个子不高?"

"人家都说,浓缩的是精华。你肯定特别聪明!"

"我是不是身材不好?"

"你不胖也不瘦,这个身材匀称得恰到好处。"

"我是不是没有文化?"

"古人常说,女子无才便是德。我相信,这话肯定是有道理的。"

"我是不是还有点儿凶?"

这种牛头不对马嘴的回答,让殷姑娘觉得好笑。

"我是不是有点儿啰唆?"

"你是有内涵的人。一点儿也不像我,只是一个四肢发达、头脑简单的傻小子。"

"我看你一点儿都不傻！还蛮可爱的。"殷姑娘看着阿淳,肯定地说着。

"真的吗？不知道叔叔和婶婶是什么意思。他们能不能看上我,喜不喜欢我?"阿淳有点儿犹豫,有点儿期待。

"我爸喜欢能说会道的人。你表面上看起来,有点儿木讷。其实,说起话来,很有两下子。"

看来阿淳的功课没有白做。他从努力中尝到了甜头,就更加用心讨她欢心了。

4

时间在阿淳和殷姑娘的你来我往中,无影无踪地疾驰。阿淳却觉得日子过得太慢。他想通过这半年多的交往,就飞快地赢得她的认可。

他觉得,是时候给殷姑娘的父母提亲了。

但是他把娶媳妇的问题想得有点儿简单了。

长期以来,农村人最大的难关就是娶媳妇。阿淳单纯地以为,只要姑娘愿意,接下来的事情就好办了。他没有想过,娶媳妇最难的关卡不是房子、不是车子、不是钱,而是女方的父母。况且对阿淳一家来说,村里的房子是准备好了,车子和钱都准备好了吗?

四、高利贷

1

阿淳父母这辈子的大部分时间,都在操心如何赚钱的问题。可是他们到老了才发现,最让自己闹心的事情,不是腰包里没有钱,而是手里捧着彩礼,却不能给自己讨个儿媳妇。而他们的儿子也渐渐地发现,自己娶不上老婆,不全是因为自己的出身不好,而是十里八村的女孩子都是"珍稀动物"。

阿淳也想出去打工。说不定,在外面碰碰运气,能讨个老婆回来。但是从外面打工回来的同龄人,却一脸晦气地告诉他:"你想都不要想了!你在外面人生地不熟的,谁能看上你?你一没有稳定的工作,二没有像样的房子,三没有正式的文凭。人家凭什么能看上你?你还想让人家跟着你走,这不就是癞蛤蟆想吃天鹅肉吗?"

"那你这次从外面回来,是不是要在村里相亲?"

"是啊!我爸妈托人给我介绍了一个。他们说,这个要是能行,就让我在家里成亲。以后就守在家里不出去打工了。一来，庄稼地里的活耽误不了；二来，爸妈岁数也大了，需要人照顾；三来，农闲季节，就在附近打打零工，赚点儿零花钱；四来，还是觉得家里的日子好过。在外面虽然赚得多一点儿，但是开销也大，基本上存不下什么钱。"

阿淳听了这番话，更加坚定了要和殷姑娘结婚的决心。

他对母亲说："你们以后就不要在吃喝玩乐上面瞎花钱了，把钱都省下来给我办婚事吧。我再不结婚，村里人不仅看不起我，更会背后笑话我的。我以后都没有办法在村里抬头了。"

"哦哦。"母亲唯唯诺诺地说着。她又是羡慕别人家的儿子结了婚，又是对阿淳还没有结婚暗自伤神。其实村里人都在背后议论。

这天，她坐在自家新盖成的大门口择菜，就听见王大娘的声音老远传了过来："我来你家专门要给你说个事。我儿子要结婚了，你们一家到时候都来喝喜酒！就图个热闹！"

"真是恭喜啊！"阿淳的母亲顿时在心头涌上了失落感，有了吃不到葡萄的滋味，让人一时间分不清葡萄是甜的，还是酸的。

"不容易，不容易。我儿子都25岁了。这么大的小伙子，再不结婚就真要变成光棍了。这两年，为了他的婚事，我的头发都愁白了！这下好了，总算熬过来了。老天爷开眼了！我要赶紧回去，多给天上的神仙们上几炷香！"

"哎呀，你儿子真的不算大！阿淳都三十好几了，这不才正在谈着对象。"阿淳母亲宽慰地继续说着，"你总算可以了掉一桩心事了。"

"是啊！你们回头都过来热闹一下。"王大娘转身就回去了。

可她并不觉得阿淳的婚事会顺顺利利的，就在嗓子里小心地嘀咕着，

"就你们家的情况，这个事情未必能成！不信，咱们骑驴看唱本——走着瞧！"

王大娘为什么要这么说？

阿淳她妈在村里的口碑不行。当年，她和阿淳爸结婚的时候，家里真的是一穷二白，连一间结婚的房子都没有，还是暂借了公家的房子才有了一个住的地方。他们夫妻从一开始就没有跟公公婆婆在一起住。当时，她和老公也没有什么积蓄，日子过得紧巴巴的。就在生活最拮据的时候，公公和婆婆也不愿意帮衬。他们有了阿淳以后，公公和婆婆更是不愿意帮忙带一带孩子。时间长了，这些事就在阿淳母亲的内心结了疙瘩，怎么也解不开。她既怨恨公公和婆婆对自己的狠心肠，又抱怨他们让自己过了好多年的苦日子，还嫌弃他们偏袒自己的小儿子。

她始终在心里憋着一口气。

她要靠自己的努力，证明给这些人看。"我不靠你们，照样能把日子过好！"阿淳母亲老是这样自言自语。

靠着自己多年的苦心经营，她把原本一贫如洗的日子过得有声有色。她禁不住自我感慨起来，"我们家的苦日子总算是熬到头了"。

事实上，阿淳家的生活条件在当地也不算太差的。只不过后来，阿淳奶奶病重，来找自己的儿子要钱看病。可是，阿淳的妈妈放不下当年的恩恩怨怨，死活不让自己的老公出一分钱。街坊邻居都说她是一个狠心的儿媳妇。

再加上，这几年，他们家确实是从泥淖里走了出来，也攒了一些钱。阿淳母亲就开始在村里到处显摆，阿淳的婚房就是一个例子。这房子原本不需要盖得耀武扬威，可是阿淳母亲就要比别人家的高。她的这些行为，引起了大家的不满。人们都在背地里，你一言我一语地议论着。

2

在阿淳的婚事上,母亲着急得不行。

她近期让阿淳频繁到殷姑娘家走动,想试探一下她们家的口风。殷姑娘的父母心知肚明,却对阿淳的殷勤无动于衷。他们在心里盘算着,闺女是自己一手抚养大的,岂是你想带走就能随随便便带走的?

看着阿淳一脸热情的样子,殷姑娘父亲作了暗示:"你看,我们这儿的结婚要遵循老祖宗的规定。男方要出彩礼,女方要出嫁妆。这样才能显示出婚姻的正式性和神圣性! 你要是真心想和我女儿在一起,就回家和父母商量一下吧。"

阿淳想问这个彩礼到底是多少钱,但是他还是显得有些幼稚了,一直开不了这个口。"人家要是提具体的数额,早就直说了。他不提,显然是别有用意。看来,只能回家,好好和父母商量一下。"阿淳只能这样想了。

殷姑娘父亲的提醒,阿淳的母亲早就料到了。她让阿淳赶紧找小叔要五万元。阿淳父亲的弟弟是一个建筑公司的小包工头,经常承揽一些私活。阿淳就在他的手下当电焊工。有一次,小叔对阿淳说:"老板最近手头比较紧张,经费周转不过来了。你的五千块工资,这阵子是发不了了。"

"小叔,没关系。你先给别人发吧。我可以再等等。"

"别人的我也发不了啊! 这下欠了大家好几十万,我都不知道该怎么办了! 小叔现在身处泥淖,你能不能帮帮小叔?"

"小叔,我怎么帮呀?"

"你看,你跟着我也干了十多年,攒了不少钱。你能不能先借小叔五万。等老板把大家的钱给我了。我马上连你的工资一起还给你。这五万,我还你的时候,按照银行的利息给你本息。你看行吗?"

阿淳想了想。自己跟着小叔混,他第一次向自己开口借钱,不借的话,以后就没有办法继续跟着小叔干活了。"好的,小叔。老板把钱给你了,你要马上先还我呀。这个是我给自己娶媳妇的钱,很重要的。"

"我知道,你放心。你跟着小叔,叔不会坑你的。"

阿淳把钱借出去以后,小叔就像忘记了这回事。好几次,他都想开口跟小叔要。但小叔以最近工地上没活,老板发不了钱为借口推脱。阿淳母亲知道这个事情以后,把他大骂了一顿。她让老公直接到小叔子家,替阿淳要这个钱。

阿淳的小叔脑子好使。他经常不在家,就是躲着阿淳一家。

这一回阿淳小叔是躲不过去了。阿淳要结婚,正是花钱的时候。凡是借出去的钱,都得想办法要回来!阿淳母亲让老公亲自去找弟弟。她觉得,有这份手足之间的亲情在,小叔子不会置之不理的。阿淳父亲为了这个事情,确实找过自己的弟弟了。他也没有到处躲闪,直接就对哥说:"哥,我没有说不还。就是现在手头紧,等你们给人家送彩礼的时候,我一定还上。你要相信我!"

"好的,这可是你说的。你可不要耽误了你侄子的婚事啊!"

"知道,你放心吧。"

阿淳父亲给老婆回了这个话,被老婆在他的胳膊上狠狠地捅了一下,撂下来一句:"你负责把这个五万要回来!不然我就跟你离婚!"她老公只是小鸡啄米般点头。

到了约定交付彩礼的期限,阿淳小叔依然没有把这个钱还回来。阿淳母亲此时不好和小叔子翻脸,怕亲戚之间闹矛盾影响了儿子的婚事,只好忍气吞声。她得赶紧再想办法。但是钱又不会莫名其妙地从天上掉下来，一个普普通通的农村人，能有什么办法？他们想和对方姑娘的父母商量一下，看是否能通融通融。想不到对方一开口就是十万的彩礼，绝无还价的意思。这对于阿淳一家来说，简直就是要命的事。一下子从哪里弄这么多钱？

"只能借了!"阿淳母亲拼命地咬着下嘴唇。

"去哪里借?"阿淳父亲一脸茫然。

"借高利贷!"阿淳母亲说的很果断。

"我们借高利贷吗？借下来的十万，到时候也不是给他们小夫妻的，不会被用于他们婚后的共同生活。你可要想清楚呀，这个彩礼是给殷姑娘父母的。"

"我当然知道！你不看，现在的彩礼越来越高。我们辛辛苦苦赚上一年的钱，都赶不上节节攀高的彩礼形势。现在的姑娘也是心高。谈对象也是，这山望着那山高。我们儿子都到了这个岁数，就心狠一点儿，再困难也要克服，把他的婚事尽快给办了!"阿淳母亲一锤定音地拍板了。

"前段时间，我看阿淳的一个朋友结婚当天，亲朋好友都很高兴地凑热闹，只有这娃娃的父母躲在房间里偷偷地抹眼泪。我想，他们肯定是觉得自己年纪大了，今后也赚不了几个钱。这娃结婚借的钱还要靠老两口来还。"阿淳父亲眼神黯淡地说着，像是在自言自语。

"老一辈结婚的时候，用头牛或一袋面就能解决。我们当年结婚的时候，你不是都没有钱买自行车、缝纫机和手表嘛。这些还是后来一件一件补上的。"阿淳母亲认为，生活就是这样，只能走一步看一步了。

"现在，结个婚咋就这么难呢?"阿淳父亲一脸沮丧地低下头。

"是啊！对我们家来说，最大的任务就是把阿淳的婚事给办了。只要把彩礼给了对方,阿淳的婚事就敲定了。还是尽快借吧。以后慢慢再还就是了。"阿淳母亲很有主意地看着丈夫。

俗话说得好,骑虎容易下虎难。即便十万的彩礼准备好了,阿淳的婚事就能定下来吗?

五、彩礼

1

阿淳一家不让对方知道,这十万彩礼是借的高利贷。

他们还以为,给了彩礼,婚事就能定了下来。可惜,他们把问题想得过于简单了。殷姑娘的父母并没有将女儿的生辰八字,用专门的红布裹好交给他们。在这里的农村,办婚事有个讲究,一般在男方提亲,交了彩礼以后,女方家长才愿意将准新娘的生辰八字交给男方。男方会根据准新郎和准新娘的生辰八字,选择结婚的良辰吉日。

阿淳的父母没有拿到女方的这个东西,内心十分的焦虑。只听见殷姑娘的母亲这样说:"现在的彩礼都流行'万紫千红一片绿'。彩礼要有一万张的五元钞票、一千张的一百元钞票,五十元的钞票再撒满一片。我们收了这十万的彩礼,就是不为难你们的意思。他们结婚的事情虽然走上了流程,但是结婚的日子以后再商量吧。我们先让他们好好相处,好好培养感情,这样结了婚才能过得幸福。亲家,你们说呢?"

"你这话说的也有道理。但把结婚的日子定下来,我们也好安心!"阿淳母亲仍想讨价还价。

"我们还要给女儿准备嫁妆。这个需要一段时间。等这边一切安排妥当,会给你们一个答复的。"殷姑娘母亲一脸从容地应和着。

"也好!小殷姑娘以后就是我们的儿媳妇了。她的嫁妆,我们也帮忙准备着。"阿淳母亲开始讨好地附和亲家。

"不用!这个我们会准备好的。但是我们这里交通不太方便。这段时间,你们可以考虑一下,给阿淳买辆车了。以后,他们回来探亲也方便一点儿。"这个买车的事情,阿淳父母确实没有考虑过。他们原以为城里人结婚才买车呢。车对农村人来说不是很实用的东西,但是亲家既然开口了,就不得不当成一回事来办。

在农村结个婚很难,难就难在这里。女方总是希望男方满足自己的所有要求。这些要求对家底不太厚实的男方来说,就是一个个难题。面对抛过来的一个个难题,阿淳父母像是哑巴吃黄连,有苦说不出。

其实,殷姑娘父母的刁难在许多人看来也是人之常情。按照当地的习俗,男女双方定亲,除了彩礼,男方还需要在婚前置办"一动不动"。

何为"一动不动"?

所谓的"一动"是指汽车,价位低了会被人瞧不起,至少要在十万元左右;"不动"是指房子,在农村要建一座像样的房子,要是条件允许的话,需要在县城里买房。男方要是经济条件富裕的话,在提亲过彩礼的同时,还会准备"十个十",即十样礼品,每样十件或十斤。这具体的内容,要看男方想通过"十个十"达到什么样的效果。一般遵循"就高不就低"的原则。东西越贵,诚意越足。通常情况下,可以包括十条烟、十箱酒、十斤肉、十条鱼、十只鸡、十箱苹果、十箱橘子、十箱点心、十斤花生、十斤小米、十斤枣、十斤糖……

这还不包括新娘的"三金"——金耳环、金项链、金戒指。这些首饰必须在结婚之前准备好,否则女方是肯定不会过门成亲的。

这个准备的内容也会随着社会的发展不断变化。随着改革开放的深入,农民的日子比以前好过了。伴随着农民收入的增加,农村的结婚费用更是飙升得离谱。在以前,男方如果经济条件不好,女方还允许男方量力而行;在现在,男方想要娶媳妇,不得不遵守随行就市的硬门槛。你娶不起,有人能娶得起!对于没有经济实力的人而言,就不要梦想着娶媳妇了。这纯粹就是白日做梦!说句赶时髦的话,面对男多女少的现实,人们开始觉得,女儿多了便是财富,儿子多了反而成了灾难。有的农民,因为拿不出彩礼,借了高利贷,背了一身债还不上,最终把老人给逼的无路可走的事情,阿淳父母也是听说过的。

为了给阿淳结婚,父母咬咬牙,买了一辆五万多的车。虽然全家人没有一个考过驾照,谁也不会开这个车,就算是个摆设,也要放到那里,不然女方还以为是男方舍不得花钱买呢!

车子买好以后,阿淳就兴高采烈地给岳父岳母和准老婆汇报此事。想不到,他扑了一个空。他的岳父大人不在家。阿淳母亲说要等家里主事的人回来以后,再商量结婚的日子。

就这样一晃,几个月又过去了。阿淳一天到晚老是在殷姑娘家,帮他们干点儿活。他心里一直有个念想:只要我真心实意地对待殷姑娘,她总会被我打动的。

殷姑娘父母拗不过阿淳这副样子,也是觉得这个事情拖不得了,就对他松了口,给了生辰八字,让他挑选结婚的良辰吉日了。

2

这段日子,阿淳父母喜笑颜开。他们正兴冲冲地给亲朋好友广而告之呢!

这内容当然是阿淳的喜事了。

他们已经给阿淳定下了大婚的日子。

这下要张罗的事情就多了。

阿淳母亲每天都在装饰婚房,还不停地催儿子赶紧把婚纱照拍了。阿淳给殷姑娘提了好几次,殷姑娘都找借口推掉了。阿淳内心不悦,非要找她问个清楚。殷姑娘实在没有办法,就直接告诉他:"我现在要出嫁,嫂子跟我要过门费!"

"你结婚,她怎么还跟你要过门费?这个过门费不是你嫁过来,我爸妈给你的改口费吗?"阿淳不解地问着。

"我嫂子说了,她先进了我家的门,你是后面来领人的。现在你要把我带走,就要把这些年她对我的好都算成钱。这个钱不给的话,怕是过不了她那一关。"殷姑娘低着头细声细气地解释着。

"她准备要多少?"

"五万。"

"这么多?"

"你不准备给吗?"

"我不是这个意思。我得回去和爸妈商量一下,尽快给你答复。"

"好的。"

阿淳在回家的路上,一直在思考如何跟父母开口说这个事情。他预感到,自己如果告诉爸妈,他们肯定会生气的。但是要是不告诉他们,这个要求又瞒不过去。他早晚都会把殷姑娘嫂子要过门费的事情说出来,不然这门亲事怕会从中生变。他的内心七上八下的,很不是滋味。

果不其然!阿淳父母听儿子讲了要钱的事情,犹如遭了五雷轰顶,气不打一处来。等他们冷静下来,又觉得还是忍了这口气。为了阿淳的幸福,一定要想办法把这个问题解决了。

这次,阿淳跟着父母一起来找一直没有还钱的小叔。他们是铁了心,一定要把钱给拿回来!如果小叔再不还钱,他们就撕破脸皮,长期蹲点儿了。小叔看这个架势,也是觉得为难。他让哥嫂和侄子先回去,承诺当天先送一万过来。他筹集这个五万,需要一段时间。等他把剩下的钱准备好了,就马上送过来。阿淳母亲不信他的这一套说辞。小叔就对她说:"嫂子,要是我今晚拿不过来一万,你就锁了我家的大门。这样总行了吧?"小叔当天确实给了一万。但剩下的四万又成了无头债,小叔迟迟不给。这就影响了阿淳给殷姑娘嫂子的过门费。

阿淳父母气得要命!但是他们也没有办法。现在正是阿淳结婚的当口,总不能先和自家人撕破脸吧。阿淳就和父母向亲戚朋友们借钱。有些人怀着成全的好意,象征性地借了一点儿。有些人不等他们开口把话说完,就果断地说"没钱"。

阿明是阿淳的好朋友。

阿明在大城市打拼,平时很少和阿淳联系。阿淳突然找他借钱的时候,他还有些不知所措,以为发生了什么事情。当知道阿淳要结婚了,马上就干脆地应承了下来。这两个人是从小玩到大的好朋友。在结婚这种大事上,阿明没有多想就借了一万。后来,阿明才知道,阿淳找了很多人借钱。这当然不是说阿淳在集资诈骗,他是真的需要用钱。阿明就找了和阿淳走得比较近的其他人,才知道他已经在婚事上花了好多钱。阿明就委婉地对阿淳说:"幸福的婚姻是金钱买不来的。你结个婚,给我的感觉就像是在买媳妇。"

"老家就是这个情况。我也没有办法。"

"当我们还没有能力让自己和别人幸福的时候,就不要强行结婚。不然的话,婚后很容易出现问题。"

"现在对我来说结个婚可难了!好不容易有这个机会,我要抓住。不然错过了,可要吃后悔药的。

"幸福的婚姻是可遇不可求的。而这样的婚姻必须建立在牢靠的感情基础上。你们的爱情不能通过金钱来维系,这个样子是不行的。你要跟殷姑娘说,人有多大能力,就做多大的事情。她爸妈和嫂子提出来的要求,不合理的就要学会拒绝。"

"你说得很对,我知道了。谢谢你的提醒!"

阿淳虽然明白了阿明的好意,但他有能力对自己的婚姻做主吗?

六、纠纷

1

婚姻是一座围城，城外的人想进去，城里的人想出来。

在复杂的现实生活中，为了婚姻反复计较，多半是不能成功的。男女双方，要么苦于磕磕绊绊的算计，要么苦于长相厮守的厌倦，要么苦于不能终成眷属的悲哀。

对于阿淳而言，他和殷姑娘的谈婚论嫁，就是一场围城的过程。阿淳对自己的婚姻展开了一场围城的战役，想攻进去。殷姑娘是围城里面的笼中鸟，想飞出来。他们一个想结，一个想飞。各自被婚姻围困，没有了自由。

离阿淳和殷姑娘结婚的日子越来越近了，阿淳母亲显得异常焦虑。连日的忙碌，让她的嗓子沙哑无力。但她的内心是充满喜悦的，多年的愿望，今朝就要实现，怎能不让人感到幸福！

就在结婚前的一周，殷姑娘的父亲突然跟阿淳说："你现在是让我女儿嫁到你农村的房子里面。你还得在县城里买一套房子,或者再准备十万,用这个钱在县城里买房。现在的结婚就流行这个。我思前想后,还是觉得不能委屈了自己的女儿。你也不能委屈了你的新娘子。你要是能满足的话,就在下周举办婚礼前把这个事情落实了。要不然的话,这个婚,我看你是结不成的。"

"叔,现在都到了这个节骨眼上,我哪里有钱在城里买房子啊!就是再让我准备十万,我也真的拿不出来啊!要不等我们结婚以后,再好好赚钱,以后肯定会在城市里买上房子的。"

"这可不行!这是最后一次开口要钱了。你们家房子都盖得那么阔气,肯定不缺这个钱,还是尽快准备一下吧。"

阿淳的内心很是不高兴,但是他又不好当着准岳父的面发作。要是他亲手把自己的婚事搞砸了,这可怨不得别人!他只能咬牙切齿地说:"叔,这个是大事。我一个人做不了主!你让我回去和爸妈商量一下吧。"

"好的,你们尽快给我一个回复。"殷姑娘父亲说话的语气里流露着轻蔑、狡诈和刁钻。

2

这下阿淳家可算是炸开了锅。

阿淳的母亲鸡飞狗跳地到处走,边走边在家里破口大骂:"姓殷的这一家就是无耻的大骗子!先是嫌弃见面礼给得少了,紧接着就要了十万的彩礼。'三金'一样不少他们,说要车子马上就买,说要过门费也给了,说要啥就准备啥。在平日里,还不停地给他们送这、送那,帮他们干这、干那。现在婚期都到了,跟亲朋好友和街坊邻居都说了,又在钱的事情上动起了坏脑筋。这无非就是巧立名目! 就是赤裸裸地耍无赖、耍流氓!"

"妈,这个婚我不结了! 我想好了! 把之前给他们的钱一分不差地都要回来,和他们一刀两断!"阿淳现在也觉得对方不是什么好东西,他恨死了姓殷的那家人。

"要是他们不给怎么办?"阿淳父亲满脸忧虑地说着。

"他们这是骗婚! 要是不给的话,我们就去派出所报警! 就说姓殷的一家打着结婚的幌子,不停地骗我们的血汗钱!"阿淳母亲用对付仇人的语气,愤愤不平地说着。

"难道就没有缓和的余地吗?"阿淳父亲仍抱有一丝希望地说着。

"他们要是真心实意地嫁女儿,就不会三番五次地为难我们。他们明明知道,我们已经被掏空了,还提这样的要求,分明就是不想结这个亲,故意刁难人!"看来阿淳母亲到了这个时候,才彻底醒悟了过来。

可是,事已至此,再怎么生气也是枉然。接下来,该用什么办法才能把已经给了别人的钱再要回来? 这才是问题的关键!

3

好事不出门,坏事传千里。

阿淳的婚事闹成这样,整个村子议论纷纷。

有人说:"这人真是丢大了! 他们怎么事先都不打听一下对方的情况,就急急忙忙地给儿子张罗婚事。这不很容易被人骗吗? 这谈了也有一年多的时间,总是磕磕绊绊的。果不其然,最后还是被骗了感情、骗了彩礼、骗了精力、骗了时间。"

有人说："这事还没有到最糟糕的地步。听说有当天结婚的，新娘子就逃跑了。当天一大早，新郎官就去新娘家接亲，新娘子已经不在家里了，而新郎官这边的酒席都准备好了，亲戚朋友也到位了。人们都在纷纷议论这一离奇的事情。"

有人说："就一般的老百姓来说，是不会干出这样的缺德事。新娘子要是不愿意，早就应该明说。女方完全没有必要收男方的彩礼，也不要让男方为结婚作任何准备。不要草率地答应了婚事，事到临头了，临阵脱逃。"

有人说："哪家子要是碰上这样的倒霉事，一辈子攒的那点儿钱，转眼之间就化为了乌有。栽倒在这样的新娘子手里，即便是当天顺利结了婚，结婚之后过不了多久也会跑，还不如现在赶紧把新娘子找回来，把彩礼钱退给男方了事。"

有人说："这男方家遭了劫，女方一家也不见得能好过到哪里去！普通老百姓就没有办法靠歪门邪道来发家致富。如果女方把歪脑筋动到了自己女儿身上，仅仅是靠拿女儿骗婚得来的钱财谋生计，那么在方圆百里会把臭名声传个遍，以后真的想嫁人恐怕也不会太容易了吧。无论女方纯粹是以骗婚为目的，还是真心不喜欢男方而不想结婚，随便找找借口就想逃避婚姻，终究不是个好办法，还是应该出来面对。"

有人说："这男方家也有问题。自己家庭条件不算太好，就不要事事逞强。你跟人家许诺了彩礼、'三金'、车子、房子。你先要看看自己有没有这个能力。没有的话，就不要找难说话的人家，省得以后人家卷走了你的东西，你没有能力追讨，欲哭无泪。"

有人说："现在的儿媳妇都是买来的！既然是买卖，就要允许人家反悔。

人家刚开始对你有好感,你还以为人家是愿意结婚。交往了一段时间,人家觉得不太合适,就是不愿意结婚,你也不能强行结婚!大不了,人家把该退的东西都退了。自己若是觉得吃亏,就从此多长个心眼。"

有人说:"这是家里不顺!阿淳家盖房子的时候,就不应该将大门对着巷子盖。这个明明犯了风水的禁忌,却执意要这么做,才有了今日的恶果。阿淳是个可怜的娃,只能怪他的命不好。阿淳和他的父母以后做啥事,都不能意气用事,一定要三思而后行。"

……

4

阿淳的婚事,最终还是让警方介入了。

只是,不管最后会得到一个什么样的结果,阿淳都很受伤。

他整日坐在大门口,神情恍恍惚惚的。

有人走过来,看见他的样子于心不忍,就主动向他问好。他爱搭不理,显示出一脸木讷的表情。

只听见,从他身边走过去的人,小声地自言自语:

"哎!马上就要煮熟的鸭子,到底还是飞走了!"

后　记

对于文学这一爱好，我一直有些执着和不舍。

从大学本科时期开始，我就不满足于阅读文学作品，而是尝试着进行文学写作。我把自以为好的作品拿去投稿，结果可想而知，就是一次又一次杳无音信。

按照常理推测，我应该浅尝辄止，就此罢休，不要再动这方面的脑筋了。自己不是这根"葱"，既然把玩过了，就要果断放手。这样做，既不会丢人现眼，又不会遭人耻笑。可是我硬要把自己当成那根"葱"，非要把自己的文字搬到众人面前，搬上大雅之堂。这不是妄自尊大，还能是什么?!

这么多年过去了，我竟然从未统计自己到底写过多少随笔。我遵循"爱写什么，就写什么"的原则，随心所欲地写。写了散文，写了诗歌，写了杂文，还写了小说。人要是真把自己当成一回事了，还可能会吓着别人的。

我一边写，一边把自己一个字一个字写出来的文章在网络上公开出来。刚开始压根儿没有什么人关注，也引不起别人的一丁点儿注意。这份失落，无异于一次又一次的打击。

虽然如此，我还是继续写了下去，一段时间不写，就情绪不佳，感觉整个人都神情恍惚。再这样下去，搞不好就骨瘦如柴，一命呜呼了。看来，还得硬着头皮"厚颜无耻"地继续写下去。

靠这个"精神鸦片"而活，是我的特殊怪癖。我有这个认识，也是事后才感悟到的。

刚开始，简单的文字涂鸦纯粹只是一个爱好，连文学都谈不上。我只觉得写着好玩，权当调剂生活的一味药。可是当看过王小波的《一只特立独行的猪》，我才意识到，人要活出属于自己的独特性，是很难的一件事。然而就是这种独特性，才为每个人提供了安身立命的根本。在千篇一律的人群中，我是不是一个独特的人？能否在格式化的人群中间，仅凭别人的一种直觉，马上就被感知出不一样的地方来？这引起了我的反思……

于是，我一直思考，一直写。

这些年来，一不小心就写了这么多字。这些字既是我引以为傲的精神财富，又是让我倍感压力的精神负担。在我成长的关键阶段，本应把有限的精力投入到学业和工作当中，可这些文字"浪费"了我太多的时间，注入我太多的情感，以至于我产生了一种执念，就是一定要给它们找到一个好的归宿。只有这样，才能既对得起它们，又对得起我自己。

它们既见证了我的青春，温暖了我的情感；又"消耗"了我的精力，"耽误"了我的正业。我对这些文字又爱又恨，简直不知道该如何处理。于是，就在对这些年写作的总结中想到，该是与它们以另一种方式相处的时候了。

以什么样的形式"告别"，这对我而言是一个极大的挑战。

要是告别得随意了，就是对这些文字的不负责任，也是不尊重过去的自己；要是告别得隆重了，显得自己有些轻浮，还以为自己真有几斤几两，闹成笑话，那可就成为别人茶余饭后的谈资了。

可是，我有这个隆重告别的本事吗？答案是显而易见的！这让我头疼得不行。我要是本领强，早就为它们寻觅到好的去处了，还用得着年复一年的苦恼吗？

我该如何放下这份割舍不掉的情感呢？经过一番思来想去，还是觉得要简单一些，同时也正式一些。只有正式对待它们，才能真正赋予它们另一种生命和另一种意义。也只有正式告别过去，我才能真正开始新的未来。于是，就有了呈现在大家面前的这套丛书。

这套丛书比起正规的文学作品，无疑会显得幼嫩、质朴。但这套丛书耗费了我数年的心血，表达了我对待这个世界的真情实感，是我看待人生的独特视角，因此它绝对是原创性质的作品。

可以说，这套丛书的独特之处就在于：

第一，这套丛书属于原创性质的校园文学作品。校园文学是校园文化建设和校园文明创建活动的重要组成部分。这套丛书讲述了一个普通的年轻学子如何通过求学阶段的所思所想、所感所悟，成长为一个向往真理、追求理想、获得思想的年轻教师。因此，从加强校园文化建设和营造文明校园的角度来看，这套丛书可以作为加强高校校园文化建设的重要抓手，成为建设文明校园和解读校园文化生活的重要读物。

第二，这套丛书可以作为高校青年大学生成才的育人载体，成为培养青年教师、助力青年教师成长的重要途径。青年兴则国家兴，青年强则国家强。青年一代要有理想、有本领、有担当，中国才会有前途，中华民族才会有希望。全社会只有关心和爱护青年，为他们实现人生价值创造机会、搭建舞台,广大青年才能更好地坚定理想信念。这当然也要求当代青年志存高远,脚踏实地,勇做时代的弄潮儿,在实现人生价值的生动实践中放飞青春梦想,在为推进全人类文明进步的不懈奋斗中书写人生的华章。青年在发展中既有机遇,也有挑战。这表明,青年施展才干的舞台非常广阔,实现梦想的前景并不遥远。这套丛书愿意以文字形式做青年的知心人、热心人、引路人,让青年怀抱梦想又脚踏实地,敢想敢为又稳扎稳打。我作为从事高校通识教育和研究工作的青年教师,通过出版反映青年教师成长成才的读物,希望能给那些和我一样渴望得到成长的人提供一个现实参照。

第三,我在高校里从事"思想道德修养与法律基础"(现为"思想道德与法治")、"社会主义核心价值观"、"马克思主义基本原理"等课程的教学和研究工作。这套丛书是否可以作为这些通识教育课程的教辅、教参读物,乃至成为新时代公民道德建设的一个重要读物,为全社会的求真、向善、审美发出萤火之光,还请大家尽情指教。我一定会根据大家的反馈,优化今后的日常工作,争取把教书育人的事业做得更好。若是这套丛书能把通识教育所要求的培养"四有新人"案例化、生活化、生动化,把显性的道德要求隐性融入学子日常生活的体悟当中,帮助高校学子树立信心、坚定理想、把握人生、健康成长,就真的太好了。

第四,这套丛书自带启蒙的性质,旨在从通识教育和思想启蒙这两个立足点发力,实现立德树人的目的。每个人都是先明白事理,才能去做正确的事情。教育的目的,就是尽量使越来越多的人能够明白事理,摆脱愚昧和迷信,这就是教育的启蒙作用。这套丛书展现了我在求学的过程中,如何用理性之光驱散笼罩在自己身上的愚昧和黑暗,如何用爱克服人生中的挫折和生活中的苦难,如何用思想充实贫瘠的生活,如何用理想照亮迷茫的命运。

可以说,这套丛书为我的未来作了情感和思想上的准备。我真心期盼,这套丛书也能照亮千千万万的学子,为这个大千世界增添一份属于我的温暖。

我还想说的是,呈现在大家面前的这套丛书,凝结了许多人的汗水。在此,感谢上海大学陈新汉教授、复旦大学肖巍教授、上海大学校报退休职工王怡老师和许昭诺老师、感谢岳父宋贤杰教授和岳母罗君逸女士,以及爱妻宋敏思女士,感谢天津人民出版社的编辑王佳欢女士。没有你们的辛勤付出,想要出版这套丛书只会遥遥无期。

最后,谨以这套丛书作为礼物,送给我的儿子任薪泽。愿他在成长的路上,能够勇敢地闯出一片自己的天地!

任帅军

2025 年春

写于上海市杨浦区兰花教师公寓南区